KB235781

너를
잃어버린
여름

너를
잃어버린
여름

앨리 스탠디시 지음 | **최호정** 옮김

키멜리움

프롤로그

영웅에게는 저마다 어떤 이야기가 있다.

나는 이야기라는 게 심장 비슷하다는 걸 깨닫고 있다. 몸속 깊숙이, 보이지 않는 곳에 모두들 하나씩 지니고 있는 것.

그렇지만 바로 옆에 있는 사람의 가슴 속에 심장이 뛰고 있다는 걸 안다고 해서 그 소리를 들을 수 있는 건 아니다. 대부분은 절대로 듣지 못한다.

이야기도 마찬가지다. 이야기는 대개 소곤소곤 속삭이며 전해진다. 그러니까 들으려면 귀를 바싹 기울여야 한다.

영웅과 관련된 이야기라면 특별히 더 바싹 귀를 기울여야 하는 것 같다.

우리는 모두 영웅을 보고 싶어 한다. 그들의 등을 두드려 주고 악수하면서 그들이 얼마나 멋있는 일을 했는지, 우리가 얼마나 고마워하는지 말해주고 싶어 한다.

우리는 그들이 용감하기를 바라지만 그 용감함 때문에 그들이 희생됐다는 말은 듣고 싶지 않다. 우리는 그 모든 용감함의 저변에 두려움이, 봄에 첫눈이 녹고 난 뒤의 와타우가 강물처럼 깊고 차가운 두려움이 있다는 걸 알고 싶지 않다. 우리는 그들의 이야기를 듣고 싶지 않은 것이다. 어찌 됐건, 그들의 진짜 이야기는 말이다.

우리는 차라리 우리 자신의 이야기를 하는 쪽을 택한다. 병사들이 전쟁터로 나가거나 집으로 돌아올 때 우리는 그렇게 하곤 했다. 그리고 잭에 관해서도 그런 식이었다.

잭 베일리가 내 눈에 처음 들어온 건 포기 갭의 많은 사람이 그를 알아보게 된 것과 같은 때였다. 1940년 여름, 나는 열 살이었다. 사흘 내내 쉬지 않고 비가 내리고 있었다. 마치 복싱 챔피언이 기습적인 레프트 훅을 날리는 것처럼 허리케인이 해안에서 애팔래치아산맥을 향해 맹렬히 달려들고 있었다 .

일요일 아침에도 비는 여전히 쏟아붓고 있었고, 거리 곳곳에 발목 높이까지 물이 차서 우리는 물길을 헤치며 교회로 걸어갔다. 더글러스 목사님이 폭풍우 속에서 소리치는 동안 신도들은 모두 흠뻑 젖은 상태로 떨면서 앉아 있었다. 그날 아침 목사님은 특별히 열띤 설교를 했다. 마치 자기 목소리에 담긴 불길이 우리 신도석의 축축한 추위를 몰아낼 수 있다고 생각하는 듯했다. 주님의 뜻이 얼마나 큰 능력을 지녔는지 강조하려고 목사님이 주먹으로 연단을 두드리자 교회는 겁에 질린 말처럼 신음했고 크게 흔들리는 듯했다.

더글러스 목사님은 더는 말을 이어갈 수가 없었다. 신도들 절반이 무슨 일이 일어나고 있는지 보려고 문으로 달려갔기 때문이었다. 다행히도 우리 가족이 앉는 평신도 좌석은 뒤쪽에 있었다. 그러니까 그건 내가 교회 계단에 모여 있는 어른들 틈을 비집고 들어가서 그들이 뭘 보는지 볼 수 있었다는 말이다.

와타우가 강둑이 터진 것이었다. 그래서 강과 교회를 분리하고 있던 흙길은 지금 아빠의 모닝커피 색깔이 되어 빠르게 흐르는 물밑으로 완전히 사라져 버렸다. 사실, 교회 계단의 절반이 이미 물에 잠겼다. 나의 절친, 루가 내 옆으로 비집고 들어왔다. "봐, 대니!" 그 애는 내 팔을 붙잡고 신이 나서 외쳤다. "메이너드 씨 차가 저기 떠내려가고 있어!"

맥과이어 아주머니가 흰 장갑을 낀 손으로 재빨리 루의 입을 막았지만, 그때 이미 우리는 물살에 휩쓸려가는 새 올즈모빌 자동차를 포착하고 있었다. 내 뒤에서 어떤 남자가 교회 계단에서는 절대로 내지르지 못할 말을 외치는 소리가 들렸는데 그건 메이너드 씨 아닌 다른 누구일 수가 없었다. 그 순간 루의 입을 막고 있던 그 어머니의 손은 재빨리 그 애의 귀로 옮겨갔다.

그때 또 다른 누군가가 비명을 질렀다. 사람들이 우리 쪽으로 떠내려오는 어떤 물체를 가리키기 시작했다.

그 물체가 가까이 다가오자 나는 그게 하나가 아니라 둘이라는 것을 알게 됐다. 그리고 그건 애당초 물체가 아니었다. 어린 여자아이 둘이었다. 쿰스네 쌍둥이, 그날 아침 홍역 때문에 교회에 오지 못하고 집에 남아 있었던 그 쌍둥이가 어푸어푸 허우적거리며 물속에서 나란히 떠내려가고 있었다.

"물에 빠져 죽겠어!" 쌍둥이가 가까이 오자 업다이크 씨 부인이 소리쳤다. "누가 어떻게 좀 해야 해!"

잠깐의 정적이 흘렀다. 우리 모두 용감하게 물속에 뛰어들 사람을 찾고 있었지만, 각자 그러지 못하는 핑계를 찾았을 뿐이었다.

그때, 내 왼쪽 어디선가 귀에 익은 목소리, 들을 때마다 나를 움찔 움츠러들게 하는 목소리가 들렸다.

"우리 아빠가 할 수 있어." 브루스 피트먼이 으스대며 소리쳤다. "우리 마을에서 수영은 아빠가 최고로 잘해."

그리고 그 말에 모든 눈길이 쌍둥이를 떠나 피트먼 가족을 향했다. 피트먼 씨는 브루스 뒤에 서 있었다. 그는 얼굴이 핼쑥해졌고, 아들의 어깨에 얹은 주먹 관절이 하얗게 변했다. 그는 마치 김이 모락모락 나는 말똥 덩어리라도 밟은 것처럼 인상을 썼다.

피트먼 씨는 콸콸 흐르는 급류 속에서 위아래로 까닥거리고 있는 머리들을 보며 눈을 깜박거렸다. 입술을 핥았다.

"가라앉고 있어요!" 쌍둥이의 조그만 머리들이 수면 아래로 사라지자 맥과이어 아주머니가 꽥 소리를 질렀다.

피트먼 씨가 뭔가 말을 하려고 입을 열었지만, 우리는 그 말이 무엇인지 결코 알지 못하게 됐다. 사람들이 옆으로 밀려나면서 내 갈비뼈가 어떤 팔꿈치에 짓눌렸다. 그리고 누군가 섬광처럼 번쩍이며 물속으로 뛰어들었다. 키는 컸지만 어깨는 좁았다. 남자라고 하기는 어려운 어떤 소년이었다.

그는 한참이나 떠오르지 않았고, 나는 누군지 모르지만 그 소년이 물에 빠져 죽었을 거로 생각했다.

"누구였어?" 엄마가 아빠에게 묻는 소리가 들렸다.

"존 베일리 아들 같은데." 아빠가 대답했다. "잭 아냐?"

그 이름이 모여 있던 사람들 사이로 퍼져가기 시작했다. 나는 당시에 잭 베일리를 멀리서 봐서 아는 정도였다. 매일 낡아빠진 같은 옷을 입고 다니는, 나보다 3년 선배로서만 말이다.

우리 뒤에서 더글러스 목사님이 큰 소리로 기도하기 시작했다. "거룩하신 우리의 주님, 하늘과 땅의 창조자시여 —."

그러나 아무도 호응하지 않았다. 우리는 잭 베일리가 자그마한 쌍둥이를 각각 어깨 밑에 끼고 팔을 들어 올리며 갑자기 다시 나타나는 모습을 지켜보느라 정신이 없었다. 그는 그런 다음 범람한 물살에 쓰러진 (아마도 그로 인해 교회가 흔들렸던 것 같았다) 자작나무를 향해 헤엄치기 시작했다. 나무의 뿌리는 여전히 굳건히 버티고 있었다. 그가 그 나무에 닿을 수 있다면, 그래서 아이들을 그 위에 올릴 수 있다면 그 아이들은 나무의 몸통을 따라 뒤뚱뒤뚱 움직여서 마른 땅에 쓰러져 있는 위쪽 가지들까지 쭉 올 수 있을 것이었다.

처음에는 성공하지 못할 것 같았다. 물살 때문에 옆쪽으로 돌아 나오는 것이 여의치 않아 앞으로 휩쓸려가려고 했던 것이다. 그러나 그때 잭은 아껴두었던 힘을 찾기라도 한 듯이 점점 더 강하게 발을 차기 시작했다. 계단 위에 있던 사람들이 소리치기 시작했다.

"아들아, 넌 할 수 있어!"

"이제 조금만 더 빨리, 그래 그거야!"

그러자 그는 자작나무에 다다랐고 나무는 그가 쿰스네 쌍둥이를 한 번에 하나씩 몸통 위로 올릴 수 있도록 물살을 막아줬다. 그 애들이 기침하며 강물을 뱉어내고 있을 때 잭이 그 애들에 뒤이어 자기 몸을 끌어올렸다.

우리는 그가 아이들을 살며시 밀어서 그 애들이 마른 땅을 향해 서둘러 나무 몸통을 따라가기 시작하도록 하는 것을 지켜봤다.

그때쯤 남자들 몇몇이 교회 뒷문을 통해 언덕에 있는 교회 묘지 쪽으로 달려갔다. 묘지는 위쪽에 있어서 아직 물이 차오르지 않았는데 그 나무의 꼭대기가 거기에 닿아 있었던 것이다. 쌍둥이가 충분히 가까워지자마자 두 남자가 큰 나뭇가지를 잡고서 그 애들을 하나씩 끌어올렸다. 그들 뒤로 잭이 뛰어내렸다.

그들이 모두 마른 땅에 올라온 순간, 다들 손뼉 치고 환호성을 지르기 시작했다. 몇몇 여자들은 손수건을 눈과 코로 가져갔다. 손수건은 이미 비에 흠뻑 젖어 있었지만 말이다. 메이너드 씨 역시 눈물이 터지기 일보 직전인 것처럼 보였다. 내 생각에 그의 눈이 촉촉하게 젖은 건 쌍둥이를 구했다는 안도감 때문이기보다는 자기 차 때문인 것 같았지만 말이다.

피트먼 씨만 기분이 더 나빠 보였다. 브루스 역시 벌겋게 달아오른 얼굴로 앞을 노려보고 있었다. 나는 루를 팔꿈치로 찌르며 그 애를 보라고 고갯짓했다. 루는 제대로 알아채고서 코웃음을 쳤다.

나는 시선을 뒤로 돌려 잭 쪽을 봤다. 나는 누군가 홈런을 치거나 깃발 뺏기에서 이겼을 때 그러듯이 그가 손을 흔들거나, 아니면 환호하거나 크게 미소를 지을 줄 알았다. 그는 그러는 대신 하늘을 향해 턱을 들고서 비를 맞으며 눈을 감았다. 이미 강물에 몸이 깡그리 씻긴 상태였는데도 마치 빗물에 새롭게 세례라도 받는 것처럼 말이다. 그날 구원이 필요했던 건 쿰스네 쌍둥이가 아니라 자신이기라도 한 것처럼.

그 삐쩍 마른 소년이 하늘을 향해 얼굴을 드는 것을 아무도 보지 못했다. 그들은 서로 부둥켜안고 안도의 웃음을 터트리며 마치 방금 우리가 모두 그 장면을 직접 보지 못하기라도 한 듯이 서로에게 그 이야기를 하느라 여념이 없었다.

다음 날 아빠는 잭을 신문 제1면에 실었다. "마을의 영웅, 쌍둥이 유아를 익사에서 구하다"라는 헤드라인이었다.

그리고 그때부터 잭 베일리는 그런 사람 ― 한 소년이 아닌 영웅 ― 이었다.

우리는 세부적인 것들을 두고 다투었다. 잭이 얼마나 오래 물 밑에 있었는지(어떤 사람들은, 맹세코 말하기를, 그가 물 밑에서 2분을 꽉 채우고 나왔다고 했다), 물에 흠뻑 젖은 쌍둥이의 무게는 얼마나 됐을지, 그가 자기 내면에서 힘을 찾아낸 것인지, 아니면 더글러스 목사님이 늦기 직전에 도와달라고 불렀던 신이 그에게 힘을 줬던 것인지 등등을 두고.

그러나 우리는 모두 한 가지 핵심에 관해서는 의견이 일치했다. 잭 베일리는 영웅이었다.

그 일이 우리를 어떻게 만들었는지 우리는 한 번쯤 의문을 던져 보지도 않았다.

그렇게 우리는 잭을 두고 늘 그 이야기를 하곤 했다. 그 이야기는 충실한 늙은 개처럼 몇 년간 그를 따라다녔다. 그러나 그것은 잭의 이야기는 아니었다.

나는 우리 사이에 일어나게 됐던 온갖 일에도 불구하고 내가 **잭의** 이야기를 과연 알기나 했던 건지 잘 모르겠다.

그는, 언젠가 한 번, 내게 말해주려고 했던 것 같다. 우리 집에 와서 같이 지내고 난 뒤, 우리가 함께 신문 배달을 시작한 지 몇 달이 지나고 나서였다. 그러니까 내가 그를 친구로 생각하게 된 이후의 일이었다. 우리는 강변 선착장에 등을 대고 햇볕을 쬐며 누워 있었다. 여름이 포기 갭 위로 그 밝은 날개를 막 펴기 시작하던 때였다.

그가 내게 '욘더'에 관해 말했던 게 그날이었다.

내가 좀 더 귀담아들었더라면 그가 무슨 말을 하려고 했는지 이해했을지도 모른다.

그랬으면 아마도 그가 실종됐을 때 소여 경관의 생각이 옳았다는 걸 알았을 것이다. 그를 아예 찾지 않는 게 나았을 것이다.

그러나 나는 탐정이 돼보겠다고 정신없이 설치며 단서를 찾으려고 했다. 루가 내게 (은밀하게 ─ 내가 여자아이에 관한 책을 읽는 걸 브루스 피트먼이 본다면 녀석은 이미 그랬던 것보다 더 심하게 나를 미워했을 테니까) 읽으라고 건네준 책들 속에서 항상 사건을 해결하곤 했던 낸시 드류처럼 말이다.

지금 생각해 보면, 내가 이야기의 주인공이 되려고 했던 것만큼이나 좋은 친구가 되려고 노력했다면 얼마나 좋았을까. 아마도 그랬으면 둘 다 될 수 있었을지도 모른다.

그러나 그때 나는 이해하지 못한 것이 너무 많았다. 나는 잭을, 그리고 작은 우리 마을과 넓디넓은 세상을 이해하지 못했다. 전쟁을 이해하지 못했다. 그리고 그 모든 것 속에서 내가 서 있던 자리조차도.

나는 아직도 영웅에게는 저마다 어떤 이야기가 있다는 걸 이해하지 못한다. 하지만 이야기마다 다 영웅이 있는 건 아니다. 이렇게 시간이 흐르고 난 뒤인 지금도, 나는 이것이 둘 중 어느 쪽인지 파악하려고 여전히 애쓰는 중이다.

영웅의 이야기인지, 아니면 영웅이 없는 이야기인지 말이다.

1

1943년 6월
금요일

잭이 실종되기 직전에 포기 갭은 숨 막힐 듯 무더웠다. 그런 일은 드물었다. 기온이 올라가서 수영장에 뛰어들 날씨일 때조차 대개는 한줄기 산들바람이 산에서 불어 내려오곤 했다. 내가 열에 들떠 있을 때 엄마가 이마에 불어주는 바람처럼 말이다.

하지만 그해 6월에는 바다에서 산들바람이 불어오기를 기다리는 게 더 운이 좋았을 정도였다. 물론, 1940년의 대홍수가 있은 지 3년이 훌쩍 지났다고 해도 우리 중에 바닷바람이 다시 불어오기를 바라는 사람은 아무도 없었을 것이다. 쿰스네 쌍둥이는 어쨌든 홍수에서 살아남았지만, 홍수가 포기 갭에서 앗아간 것은 비단 메이너드 씨의 자동차 정도가 아니었으니까 말이다.

금요일 아침에 잠에서 깼을 때 전날 밤의 폭풍우로 더위가 한풀 꺾인 게 느껴졌다. 나는 창문을 한껏 높이 올려서 열고, 비가 새는 지붕 아래 놓아뒀던 양동이의 빗물을 쏟아 비웠다. 양동이는 거의 가득 차 있었다. 하지만 새벽하늘이 발그스름하게 물들어가고 있는 지금, 어젯밤의 폭풍은 언제 그랬냐는 듯 이미 사라지고 없었다.

내가 부엌에 갈 때까지 엄마는 아직 잠에서 깨어나지 않았다. 요즘 들어 그건 특이한 일은 아니었다. 엄마의 배가 점점 부풀어 오른 뒤부터는 말이다. 엄마 말로는, 아기 때문에 여간 피곤한 게 아니라는 것이다.

나는 아기에 관해 너무 많이 생각하고 싶지 않다. 할머니가 편지에서 아무리 "기적 같은 아기"라고(내가 태어난 이후 13년이 다 되도록 엄마는 아기를 다시 갖지 못했기 때문에) 했어도 그렇다. 아기가 생겼을 때 나는 아기 생각을 엄청 많이 하곤 했다. 그 기적 같은 일에 관해서는 나중에 모두 얘기하게 될 것이다.

나는 현관 계단에서 아침 우유를 가져와서 콘플레이크 그릇에 부었다. 그 위에 설탕을 한 숟가락 뿌리기 시작했지만, 설탕 병을 집어 들었을 때 병이 거의 비어 있는 걸 느낄 수 있었다. 그달 배급 통장에는 설탕 쿠폰이 하나도 남아 있지 않았다. 그래서 나는 병을 도로 제자리에 놓았다.

요즘은 여러 가지를 계속 기꺼이 포기하고 있기에 설탕을 포기하는 것은 작은 일이었다.

시내 가게 창들에 붙은 표지판에 쓰여 있던 것이 그런 말이었다. "배급제는 우리 모두 공평한 몫을 가지는 것을 의미한다!"

나는 이렇게 작은 애국을 실천한 것을 흐뭇해 하면서 눅눅한 시리얼을 허겁지겁 먹어 치우고 그릇에 남은 우유를 깨끗하게 마셔 비운 다음 문으로 향했다. 바깥에서는 이미 솔새와 굴뚝새들이 소나무 가지들을 노래로 가득 채우고 있었다. 텃밭에는 아빠가 전쟁터로 떠난 후 머스그레이브 아주머니가 엄마와 나를 도와 심었던 토마토들이 덩굴에 달려 익어가고 있었다.

우리는 진입로와 현관이 있는 2층 삼나무 집에 살았는데, 우리 집은 진입로와 현관이 있는 다른 2층 삼나무 집들이 늘어선 거리의 맨 끝에 있었다. 대공황 이전에 지어진 그 모든 집들을 보면 그 시절 그 안에서 가족들이 생활하던 모습을 알 수 있었다.

("먼저 1차 세계 대전이 있었지." 예전에, 루와 내가 아직 친구였을 때 루가 내게 말했었다. "그다음 대공황이 왔어. 그러고는 대홍수

가 있었지. 한 번만이라도 이런 '대'라는 것들이 우리를 그냥 놔뒀으면 얼마나 좋았겠어." 그리고 나는 그 애의 말이 일리 있다고 생각하지 않을 수가 없었다.)

나는 자전거를 타고 눈에 익은 집들을 지나 시내로 향하면서 부풀어 오르는 비스킷과 베이컨 냄새를 들이마셨다. 신문사 사무실 쪽으로 언덕을 올라가면서 나는 시간을 재며 내 개인 최고 기록인 47초를 깰 수 있을지 보려고 했다. 종아리에 타는 듯한 느낌이 오는 것을 자랑스러워하며 나는 딘위디 잡화점과 스카이라인 식당을 쌩쌩 스쳐 지나갔다. 태양이 산을 뚫고 막 떠오르기 시작했다. 꼭 프라이팬에 깨뜨린 달걀 같았다.

그런 아침이면, 비록 내가 매일 배달하는 신문이 온통 전쟁 기사로 도배되어 있다고 해도, 나는 전쟁을 쉽게 잊어버렸다. 수많은 여러 풀밭에 우리 텃밭과 똑같은 텃밭들이 생겨났고 내 신문 배달 노선에 있는 많은 집의 창문에 전쟁터에 나가거나 전사한 군인의 집에 걸리는 붉은 테두리 깃발이 걸려 있었지만 말이다. 우리 집 앞쪽 창에도 붉은 테두리에 파란 별 하나가 수 놓인 깃발이 걸려 있었다. 그 별을 보면 아빠가 생각났다. 아빠는 바다 저 멀리 어디선가 자기 몫을 다해 전쟁에서 싸우고 있다.

아빠의 최근 편지는 불과 며칠 전에 온 것이었는데, 그 편지에서 아빠는 음식은 끔찍하지만 아무 문제 없이 잘 지내고 있다고 우리를 안심하게 했다. 그 부분 뒤에 아빠는 뭔가 더 써놓았는데 그게 무슨 말인지는 알 수 없었다. 검열관들이 아빠가 쓴 말을 검은색으로 지워버렸기 때문이다. 나는 아빠의 편지를 다른 종이에 대고 문질러 봤지만 아무 성과도 없었다. 우리는 아빠가 어디 있는지, 혹은 뭘 하고 있는지, 그런 어떤 것도 알아서는 안 되었다.

이마 위에 막 첫 땀방울이 맺힐 때 나는 <헤럴드>지 사무실 앞에 자전거를 세웠다. 잭의 자전거를 찾아봤지만 아무 데도 보이지 않았다. 이상한 일이었다. 잭은 거의 언제나 나보다 먼저 사무실에 도착하곤 했기 때문이었다. 종이 울리면서 문이 열리고 메이너드 씨가 터덜터덜 걸어 나왔다. 그는 한 판 싸울 거리를 찾고 있는 사람처럼(보통 그랬다) 가슴을 앞으로 떡하니 내밀고 있었다.

"안녕하세요, 메이너드 씨."

그는 내 쪽으로 모자를 기울이며 손목시계를 내려다봤다. "좀 늦었네, 그렇지?"

"그렇습니다."

내가 늦었다면 잭은 훨씬 더 늦었다는 말이다.

"엄마는 오늘 아침에 출근하신대?"

"그렇습니다."

"좋아," 그 말의 의미와는 전혀 다르게 들리는 소리로 그가 말했다. 그는 앞머리가 벗겨지고 있는 탓에 상당히 넓어진 이마에서 땀을 닦아내고는 모자를 다시 뒤로 젖혔다. "너하고 할 얘기가 좀 있어. 배달을 먼저 갖다 와. 그리 오래 걸리지는 않잖아?"

나는 하품이 나오는 걸 참았다. "네, 그렇죠."

메이너드 씨는 <힐탑 헤럴드>지를 포함해서 우리 마을 일대의 모든 신문사를 소유하고 있었다. 아빠는 그해 1월에 징집되기 전까지 <헤럴드>지의 편집인이었다. 떠나면서 아빠는 메이너드 씨를 설득해서 엄마가 그 자리를 맡도록 했다. 엄마는 어쨌건 대학에서 영문학을 공부했고, 아빠의 자리를 메우려고 남자들이 줄을 서 있지도 않았던 것이다. 예전에 남자들이 맡아서 하던 일들을 이제 모두 여자들이 하는 상황이었다.

메이너드 씨는 달갑지 않게 그 제안을 수락했지만, 자기가 어디서든 문제를 일으킬 수 있다는 결의에 찬 모습으로 한 마리 큰 호박벌처럼 사무실을 부산하게 드나들기 시작했다. 그는 엄마가 아기 얘기를 하자 얼굴이 거의 푸르죽죽해졌지만, 엄마는 일을 계속할 수 있다고 주장했고 또 그렇게 했다.

사무실 바로 바깥에 그날의 신문이 꾸러미로 묶여 있었다. 그 신문들을 잭과 내가 마을에 있는 모든 집과 가게에 배달했고, 나머지 신문들을 빌리 업다이크가 산골짜기 아래, 그리고 농장에 사는 사람들에게 배달했다. 농장의 빨간 외양간들은 여름 정원을 온통 누비고 있는 무당벌레들처럼 푸른 언덕에 점점이 박혀 있었다.

빌리 몫의 신문들은 이미 없어졌지만, 잭과 내게 할당된 분량은 여전히 높이 쌓인 채 우리를 기다리고 있었다.

잭과 나는 1년 반 동안 함께 신문을 배달하고 있었다. 매일 아침, 우리는 자전거를 타고 가게와 사무실들이 있는 포플러 스트리트를 함께 쭉 달려간 다음 각자의 동선을 향해 헤어졌다. 나는 그와 나란히 자전거를 타고 가면서 농담과 이야기를 주고받는 그 시간이 하루 중 제일 좋았다. 그 조용한 이른 아침이면 온 동네를 우리가 오롯이 다 차지하고 있는 것만 같았다. 그리고 그 기간을 통틀어 그가 늦었던 적은 한두 번밖에 없었다.

나는 그가 꼭 필요한 때가 아니면 자기 집에 조금이라도 더 머물고 싶지 않은 게 아닐까 하고 생각했었다.

나는 거의 날마다 그에게 주려고 아침에 남은 음식을 안장 가방에 집어넣곤 했는데 그날 아침에는 깜박하고 말았다. 그건 아무 문제도 아닌 것이, 그는 아직 코빼기도 보이지 않고 있었기 때문이다. 문제는, 제시간에 신문을 받지 못하면 사람들이 불평할 것이고, 그러면 내 급여가 깎인다는 것이었다.

　나는 내 몫의 신문들을 안장 가방에 싣고 늘 하듯이 맨 앞면에 눈길을 줬다. 새로운 제한 속도 35마일을 위반해서 한 주 동안 적발된 운전자들의 자동차 번호판 목록이 실려 있었고, 우리가 낸 것보다 더 많은 휘발유가 전쟁 물자로 필요하다는 엄중한 독촉의 말이 있었다. 옆 동네인 휘슬링 힐에 있는 사료 가게 광고 한 꼭지. 탄광 광부들의 파업 기사 한 꼭지. 특별히 흥미로운 건 아무것도 없었다.

　내가 내 신문들을 모두 실었을 때도 여전히 잭이 나타날 기미가 없자 나는 더는 기다릴 수 없다고 결정했다. 그래서 나는 나머지 신문들을 내 안장 가방에 꾸역꾸역 다 끼워 넣었다.

　"나한테 신세 한 번 진 거야, 잭 베일리." 나는 중얼중얼 투덜거렸다. "그리고 제대로 된 이유가 없다면 곤란해."

2

마을 중심부는 주유소에서 시작해서 주민센터를 마지막으로 겨우 몇 블록 이어진 직선거리였다. 그 거리에 은행, 보험회사, 이발소, 페니 박사님의 병원, 도서관, 잡화점, 식당, 그리고 석재나 벽돌로 지은 다른 건물 몇 개가 있었는데, 어떤 건물도 2층을 넘지는 않았다. 이렇게 이른 시간에는 그 건물들 바깥에 주차된 차가 거의 없었고 수레를 끄는 말들도 역시 없었다.

나는 포플러 스트리트의 배달이 끝나자 거기서 가까운 집들로 배달을 갔다. 그 집들은 대부분 이끼가 살짝 깔린 지붕과 단정한 현관이 있는, 소박한 목재 집들이었다. 전쟁 복무를 알리는 깃발이 없는 집에는 미국 국기가 바람에 나부끼거나 창밖으로 내걸려 있었다. 뒤쪽으로는 숲이 무성하게 솟아 있어서 그 집들은 마치 초록색 캔버스에 그려 놓은 예쁜 그림 같았다.

딜런 프라이스의 집처럼 어떤 집들은 앞쪽에도 나무가 있었다. 나는 프라이스의 집에 신문을 던지면서 집 안에 커튼이 모두 다 드리워져 있는 것을 봤다. 우리는 한동안 등화관제 훈련을 하지 않고 있었는데도 말이다. 그 집 깃발 위에 걸린 별은 우리 집 같은 파란색이 아니었다. 금빛이었다.

금빛은 누군가가 전쟁에서 돌아오지 못할 것이라는 뜻이다.

교장인 번치 선생님이 2주 전에 교실 밖으로 딜런을 불러 그 애의 어머니가 그 소식을 전할 수 있도록 했을 때 나는 그 애 옆자리에 앉아 있었다. 그러나 그 애의 어머니는 그럴 필요가 없었던 것 같다. 교장 선생님이 이름을 부른 그 순간에 그 애는 자기 아버지가 돌아가셨다는 걸 알았을 것이다. 우리 중에 가족이 전쟁터에 나가 있는 아이들은 항상 반쯤은 예상하는 일이었다.

나는 딜런의 집에서 멀리 벗어나려고 황급히 서두르는 바람에 누군가가 길가에 버린 병뚜껑을 하마터면 못 볼 뻔했다. 결국 나는 그걸 주우려고 한 바퀴 빙 돌아서 돌아가야 했다. 내 주머니로 들어간 그 병뚜껑은 나중에 내 고철 수집 통에 추가될 것이었다.

어젯밤의 폭풍우로 여전히 포효하고 있는 와타우가강을 넘어가는 다리를 건너면서 내 마음은 다시 잭에게 흘러갔다. 나는 그가 금방이라도 내 뒤에 나타날 거라고 계속 생각하고 있었다. 그가 오지 못할 무슨 일이 있었을까?

아플 수도 있을 것 같았지만 내가 아는 한 그는 감기도 걸린 적이 없었다. 게다가 그 전날만 해도 그는 멀쩡했었다. 그게 아니어도, 집에 그냥 있기에는 잭에게는 돈이 너무나 필요했다.

그의 아버지인 베일리 씨는 수많은 일을 했다. 담배를 건조하고, 옆 동네 휘슬링 힐의 제지 공장에서 구슬땀을 흘리고, 심지어 석탄 배달도 했다. 다만 그는 그 어떤 일도 결코 오래 하지는 못했는데, 일이 자기에게 전혀 맞지 않거나, 아니면 몹시도 마음에 들지 않곤 했던 것이다. 그래서 내가 알기로 잭이 신문 배달로 버는 돈은 그저 용돈에 불과한 것이 아니었다.

동네 모든 집에 신문을 배달하고 나서 나는 배달 구역을 가장 가까운 농장들로 넓혔다. 농장에서는 이미 오래전에 하루가 시작되고 있었다. 강 건너 먼 곳에는 머스그레이브네 농장이 있었는데, 도로를 사이에 두고 집과 외양간이 옹이투성이 늙은 사과나무 과수원과 분리돼 있었다. 머스그레이브 가족은 그 무렵 이미 그곳을 떠난 지 몇 달째였지만 그 집 진입로를 지날 때 나는 아직 그 적막함이 익숙하지 않았다. 머스그레이브 아주머니가 아침 일과를 시작하던 농장의 집과 외양간에서는 종종 그분의 노랫소리가 흘러나오곤 했다. 나는 잠깐 멈춰 서서 그 목소리를 즐겨 들었다. 다가오는 물굽이와 급류를 하나하나 다 아는 산 개울처럼 맑고 또렷한 목소리였다.

때로는 아주머니의 아들인 조던이 진입로 아래에서 나를 기다리고 있기도 했다. 자전거가 굽어진 도로를 돌면 내가 오는 걸 보려고 그 애가 목을 쭉 빼고 까치발을 하고 서 있는 모습이 보이곤 했다. 내가 신문을 건네면 그 애는 그걸 가슴에 살포시 껴안고 부리나케 집으로 다시 들어가면서 잊지 않고 언제나 수줍은 듯 **고맙다고** 나지막하게 말하는 것이었다. 나는 그때까지 신문을 보고 그렇게 신이 나는 어린아이를 한 번도 본 적이 없어서 그 애가 왜 그토록 신문을 애지중지하는지 이해하지 못했다. 도서관 사서인 발렌타인 씨 부인과 있었던 일을 엄마가 설명해 주기 전까지는 그랬다.

그 집에 시선이 가자 그 기억이 떠올라 나는 갑자기 침울해졌다. 달콤할 거로 기대하면서 깨물었던 체리가 혀끝에서 시기만 하다는 걸 알았을 때처럼 말이다. 머스그레이브 가족의 집은 지금 비어 있고, 그들의 땅은 피트먼 씨가 그들의 농장을 산 후 고용한 어떤 사람이 경작하고 있었다.

나는 방향을 틀어 계속 달렸다. 내가 마지막으로 신문을 배달하는 곳은 과부인 바그너 씨 부인의 집이었다. 그 할머니는 동네 서쪽 외곽 도로에 있는 가파른 언덕 꼭대기에 살고 있었다. 사실, 그 집 신문은 빌리 업다이크가 트럭을 타고 도는 노선 바로 옆에 있었기 때문에 그가 배달해야 했다. 하지만 그는 그 할머니가 독일인이라는 이유로 배달을 거부했다.

그 얘기를 하자면, 나 역시 그 할머니에게 신문을 배달하는 게 그리 좋지는 않았다. 그 언덕은 너무 가파르기 때문이기도 하고, 그분을 보면 오싹한 기분이 들기 때문이기도 했다. 그래서 나는 항상 잭이 그곳에 신문을 배달하도록 했다.

그 집은 그 자체로는 예쁜 집이었다. 분홍색 생강 쿠키 모양 장식을 처마를 따라 쭉 달아 놓은 파란색 집이었다. 바그너 씨 부인은 내가 태어나기도 전부터 그곳에 살았고 과부가 된 것도 그만큼 오래됐지만, 그분과 남편은 1차 세계 대전 이후에 독일에서 이민 온 것으로 알고 있었다.

내가 기억하는 한, 그 과부 할머니는 두문불출하며 지냈다. 우리가 좀 더 어렸을 때, 우리는 모두 일요 교회 학교가 끝나면 함께 어울려서 그 할머니 이야기를 하곤 했다. 어떤 아이들은 그 할머니가 마녀라고 했다. **진짜** 마녀 말이다. 어쩌면 옛날 동화 <헨젤과 그레텔>에 나오는 그 마녀일지도 모른다. 그 할머니는 어쨌건 독일인이고, 그에 어울리는 집에 살고 있었다.

좀 더 최근에는, 브루스 피트먼이 우리에게 그 과부 할머니가 근방 포로수용소에서 탈출한 다른 독일인들을 고용하고 있는 게 확실하다고 우겼다. 그 애 말로는 그들은 그 집 안에 구멍을 파고 나왔고, 그 할머니가 사우어크라우트 양배추절임을 양동이 한가득 만들어 주는 동안 우리 마을을 공격할 계획을 세우고 있다는 것이었다.

어쩌면 우리는 브루스 말을 믿었을 수도 있고, 어쩌면 그냥 믿는 척했을 수도 있다. 우리는 모두 그 과부 할머니를 두려워하는 만큼이나 그 애를 두려워했다. 하지만 지금까지 그런 건 거의 문제가 아니었다. 우리는 지금껏 내내 잭이 영웅이라는 데 생각을 같이한 것처럼 그 할머니는 악당이라는 것 역시 이해했던 것이다.

하지만 엄마는 그분이 돈을 낸 손님이고, 누구나 그렇듯이 낸 돈만큼 받을 거라고 했다. 잭 입장을 얘기하자면, 그는 그 언덕이나 그 집에 대해 한 번도 불평하지 않았다. 그는 그 어떤 옛날이야기를 들어도 무서워하지 않았는데, 지금은 나도 그렇다.

어쨌거나, 나는 열세 살이 다 돼가고 있었다. 그 과부 할머니가 무서울 만큼 어린 나이는 전혀 아닌 것이다.

언덕 꼭대기에 이르자 숨이 찼다. 나는 안장 가방에 손을 넣어 마지막 남은 신문 한 장을 끄집어냈다. 나는 그걸 현관으로 이어지는 벽돌 통로 위에 던졌다.

내가 정말로 두려워하지 않는다는 것을 스스로 증명이라도 하듯이 나는 그 집을 꽤 오래도록 쳐다봤다. 나는 현관문 위의 스테인드글라스를 보며 어깨를 펴고 위층 창문에 드리워진 무거운 커튼을 향해 실눈을 떴다. 혹시 누구라도 지켜보고 있지 않을까 해서 말이다.

그런 생각을 한 바로 순간, 희미한 움직임이 보였고 2층 창문 안쪽에서 누군가의 윤곽이 포착되는가 싶더니 커튼이 제자리로 돌아왔다.

오싹한 느낌이 거미가 기어가듯 목뒤로 흘렀다. 거대한 몸집의 굶주린 독일인들의 환영이 내 머릿속으로 들어왔다.

다음 순간, 나는 그 할머니의 집과 그 집의 비밀을 뒤로한 채 학교를 향해 언덕 아래로 날아가듯 달려가고 있었다.

3

계절에 따라, 그리고 옆으로 지나가는 사람이 누군가에 따라, 패터쇼 선생님의 교실에서는 온갖 냄새가 났다. 항상 나는 건 연필밥의 톡 쏘는 냄새였지만, 젖은 모직물이나 건조되고 있는 담배 냄새, 사과 조림이나 신선한 송진 냄새도 났다. 운이 없으면, 다른 냄새에 섞여 더 생생해지는 돼지 오물 냄새가 나는 일도 흔했다.

그렇긴 해도, 그날 아침 나는 그 오물 냄새 때문에 멈춰 설 시간이 전혀 없었다. 계단을 뛰어 올라가느라 여전히 숨을 헐떡이는 채로 내가 교실 문을 밀고 들어서자 패터쇼 선생님은 잠시도 지체하지 않고 말했다.

"지각이야, 대니." 선생님은 턱을 아래로 끌어당기며 안경 너머로 내게 얼굴을 찌푸리며 말했다. "점심시간에 교실에 남아 있어. 이제 네 자리에 앉으렴."

"네, 선생님." 나는 우물우물 말했다. 사정을 호소하려 해봐야 소용없다는 걸 나는 알고 있었다. 지금 가만히 있으면, 선생님은 어쩌면 내게 자비를 베풀어 점심시간 종료 10분 전에 벌을 끝내줄지도 몰랐다. 그러면 나는 고등학교 복도로 살짝 들어가서 잭이 거기 있는지 볼 수 있을 것이다.

내 책상을 향해 터덜터덜 걸어가면서 나는 계속 고개를 숙이고 있었는데, 그게 다행이었다. 내가 지나가려는 순간 브루스가 발을 쑥 내미는 게 보였기 때문이다. 나는 급히 멈춰 섰다.

브루스의 얼굴은 고약하기 그지없었다. 주황색 주근깨부터 턱에 있는 흉측한 작은 흉터, 못된 눈빛까지 그랬다. 그의 아버지가 마을 일대의 농장들 절반을 소유하고 있었지만, 브루스는 언제나 때를 밀어 씻은 듯 말끔한 모습이었다. 짐작건대, 그 애는 괭이를 잡아본 적도 없을 것이다.

그 애는 내가 자기를 쳐다보는 걸 보고는 윙크를 했다. "그냥 장난이야." 그 애는 입 모양으로 말하며 발을 책상 아래로 도로 집어넣었다.

나는 그 장난을 함께하는 척하려고 억지로 미소를 지었다. 하지만 그게 진짜 뭔지 나는 알고 있었다.

그건 신호였다.

브루스의 오른팔인 로건 애벗이 옆 책상에서 코웃음 쳤다.

그날 아침 과부인 바그너 할머니의 집에서 도망치던 내 모습을 그들이 보지 못한 걸 감사해야 할 것 같았다. 브루스가 딱 나를 겨냥해 준비한 화살통에 또 하나의 화살이 추가될 뻔했으니 말이다. *"오구오구, 꼬마 대니가 겁이 났구나? 기대고 울 어깨가 필요해?"*

루가 쳐다보는 게 눈꼬리에 느껴졌다. 나는 내 자리에 털썩 앉으며 국어 책을 꺼냈다. 내 옆자리에는 딜런 프라이스가 앉아 있었는데 작고 창백한 얼굴의 그 애는 창밖을 바라보며 자기만의 생각에 골몰해 있었다. 패터쇼 선생님이 그 애를 야단치지 않을 거라는 걸 나는 알았다. 누가 그 애를 비난할 수 있을까?

나는 아침이 칠판 위 시계에서 느릿느릿 지나가는 것을 지켜봤다. 초침이 얼마나 느리게 움직이는지, 그냥 아예 멈추지 않을까 하는 생각이 들었다. 마침내 점심시간이 되자 나는 우리 반 아이들이 줄지어 나가는 모습을 지켜봤다. 운 좋은 아이들은 따뜻한 밥을 먹으러 집으로 가는 반면 일부는 급식실로 향했다.

루와 내가 아직 친구였을 때 나는 가끔 그 애의 집에 함께 가곤 했다. 맥과이어 아주머니는 항상 버터를 닭이나 돼지 모양의 틀에 부었다. 루와 나는 누가 머리를 자를지 다퉜다. 하지만 그건 맥과이어 가족에게 모든 게 달라지기 전의 일이었고, 그 후 나와 루의 사이도 달라졌다. 이제는 루조차도 집에 자주 가지 않았다.

교실에 남는 벌칙으로, 나는 왜 지각하면 안 되는지 글을 한 단락 쓴 다음 그 각각의 문장을 분석해야 했다. 패터쇼 선생님은 책상에 앉아 시험지를 채점하고 샌드위치를 먹으면서 한 번씩 내게 눈길을 주고 문장을 교정해 줬다. "'늦은'은 형용사야, 대니. 부사가 아니란다."

내가 쓰는 걸 다 마치자 선생님은 내 글을 검사했다. "문장 구조는 만점이야." 선생님이 말했다. "하지만 네 글씨는 어째야 할까?"

패터쇼 선생님의 목소리는 엄했다. 하지만 선생님치고는 괜찮은 편이라고 나는 생각했다. 선생님이 자로 우리의 손목을 때리는 일은 거의 없었다.

"죄송해요, 선생님."

"괜찮아. 오늘은 그 정도면 됐다. 지금 가면 점심 먹을 시간이 좀 있을 거야."

선생님은 내게 두 번 말할 필요가 없었다.

포기 갭의 아이들은 5학년이 될 때까지 교회에 있는 학교로 갔다. 그런 다음 체육관과 야구장, 급식실이 있는 3층짜리 화강암 건물의 진짜 학교에 올 수 있었다. 5, 6학년은 3층에서, 7, 8학년은 2층에서, 그리고 고등학생들은 1층에서 수업을 들었다.

나는 7학년이어서 2층에 있어야 했기에 1층 복도로 갔을 때 복도가 텅 비어 있는 걸 보고 마음이 놓였다.

나는 잭이 지금 어떤 수업을 받고 있는지 확실히 알지 못했지만, 수학이 아닐 거라는 건 알았다. 그의 수학 수업은 일과의 마지막 시간이었는데 번치 선생님은 거의 항상 그를 방과 후에 남게 해서 추가 과제를 시켰다.

잭과 학교가 농장의 개와 헛간의 고양이처럼 서로 맞지 않는다는 건 비밀이 아니었다. 그건 그가 멍청해서가 아니었다. 번치 선생님을 포함해서 어떤 사람들은 그렇게 생각하는 것 같았지만 말이다. 그건 단지 다른 것들과 달리 글자와 숫자들이 그에게는 이해되지 않는 것뿐이었다. 그는 바람을 통해 곧 눈이 내릴 거라는 걸 알았고 낚싯줄 매듭의 고리 수를 내가 아는 그 누구보다 잘 셀 줄 알았다.

베일리 씨는 잭이 학교를 그만두고 먹을 것을 사냥하거나 돈을 좀 많이 벌 방법을 찾는 데 더 많은 시간을 보내길 바랐다. 실제로 많은 아이가 그렇게 하거나 가족의 농장을 돕기 위해 학교를 빠지곤 했다. 특히 수확 철에는 그랬다. 하지만 베일리 씨가 잭을 집에 있게 하려고 할 때마다 마을 아이들의 무단결석 조사관인 로울랜즈 씨가 나타나서 그를 곧장 교실로 돌려보내곤 했다.

그래도, 잭은 다음 주면 열여섯 살이 될 것이다. 이제 더는 로울랜즈 씨가 관여할 수 없는 나이가 되는 것이다. 그러면 어떤 일이 일어날까?

나는 번치 선생님 교실만 빼고 모든 교실의 창문 안을 들여다봤다. 몇몇 고학년 학생들이 올려다봐서 얼굴이 화끈거렸지만, 어디에도 잭의 흔적은 없었다.

그는 외모로 보면 전혀 특별한 점이 없었다. 크지도 작지도 않은 키, 직접 잘랐음이 분명한 밝은 갈색 머리, 빽빽이 늘어선 고르지 않은 치아, 그리고 오랜 시간 햇볕에 그을린 긴 얼굴의 맑은 눈이 그였다. 그런데도 잭은 군중 속에 있으면 어쩐지 눈에 띄었다. 특히 지금, 나이 많은 남자아이들의 많은 수가 이미 입대해서 전쟁터로 떠난 상황에서는 더 그랬다.

나는 점심을 먹고 돌아오는 마지막 무리의 학생들과 함께 패터쇼 선생님의 교실로 들어왔지만, 그날 오후 수업에 집중할 수가 없었다. 내 머릿속에는 온갖 가능성이 맴돌았는데 어느 것 하나 좋은 것이 없었다.

다가오는 잭의 생일, 그리고 아래층 교실에서 사라진 그 모든 다른 남자아이들 생각이 계속 났다. 열여섯 살은 많은 일을 할 수 있을 만한 나이였다. 학교를 그만둘 수 있는 나이이기도 하지만 부모의 허락만 있으면 전쟁에 자원입대할 수 있는 나이이기도 했다.

하지만 베일리 씨가 집에서 더 쓰임이 많을 잭을 입대하도록 허락할 리는 분명 없지 않을까?

나는 생각에 너무 깊이 빠져 있었던 탓에 오후 종소리가 들리자 깜짝 놀랐다. 내가 얼마나 다른 데 주의를 팔고 있었는지 패터쇼 선생님이 알아채지 못해서 다행이었다. 딜런이라면 아버지 일을 고려해서 선생님이 봐주겠지만 나는 같은 대우를 받지 못할 것이라는 걸 알고 있었다.

"여러분, 고철 수집 기한이 며칠밖에 남지 않았다는 걸 기억하세요." 선생님이 소리쳤다. "우승자는 한 명뿐이겠지만 나는 여러분 한 사람 한 사람이 우리 나라를 위해 제 몫을 해주리라 기대합니다."

그 말에 나는 마음이 조금 들떴다. 군인들이 녹여서 탱크와 총알 같은 것을 만드는 데 사용할 고철 조각들을 나는 집과 마을 곳곳에서 틈날 때마다 주워 모으고 있었다. 우리가 전쟁에서 이길 수 있도록 할 물건들이었다. 각 학년에서 고철을 제일 많이 수집한 아이는 연말 특별 행사에서 상을 받을 것이었다. 나는 몇 주 동안 우승을 꿈꾸고 있었다.

가방을 싸서 집에 갈 준비를 하는데 패터쇼 선생님이 내 이름을 불렀다.

"칠판을 닦아야 하는데," 선생님이 말했다. "네가 적임자야."

선생님은 결국 내 주의 산만을 눈치채고 계셨는지도 모른다.

4

"학년이 **거의** 끝나가는 건 **알지만**," 내가 칠판을 다 닦았을 때 패터쇼 선생님이 말했다. "네 어머니는 네가 학업에 전념하지 않는다는 소리를 듣고 싶지는 않으실 거야. 특히 지금의 어머니 상태에서는 말이야."

"네, 선생님, 그러시겠죠." 나는 후회하는 것처럼 보이려고 고개를 숙였다.

"좋아, 그럼 이제 가보렴." 패터쇼 선생님은 얼굴에 잔잔한 미소를 띠고서 나를 내보내며 말했다. "월요일에 보자, 최고의 태도로 말이야."

계단은 거의 비어 있었기에 나는 계단을 두 칸씩 뛰어 내려갔다. 정문 밖으로 나가자 눈 부신 햇살이 비춰 나는 걸음을 멈추고 눈을 찡그려야만 했다. 순간적으로 눈이 보이지 않는 상태에서, 그들의 모습보다 목소리가 먼저 들렸다.

"돌려줘, 브루스!"

"안 그러면?"

나는 눈을 깜박여 빛에 적응했다. 계단 아래에 루가 허리에 양손을 얹고 서 있었다. 남자아이처럼 짧게 자른 금발 머리에 오빠인 조지의 것이었던 작업복을 입고 있었다. 나는 그 애가 그런 모습으로 몰래 집에서 나온 건지, 아니면 그 애의 엄마가 그냥 체념하고 만 것인지 궁금했다. 맥과이어 아주머니에게는 분명 더 큰 걱정거리들이 있었던 것이다.

루는 내게 등을 돌리고 있었다. 브루스와 로건이 그 애와 대치하고 있었는데 그 둘은 어깨를 나란히 하고 자전거에 다리를 걸치고 서 있었다. 브루스가 손에 책을 들고 있는 게 보였다. <낸시 드류> 책이었다.

나는 가슴이 철렁했다. 맥과이어 가족은 어떻게 봐도 부자가 아니었다. 루는 멋진 옷이나 좋은 물건이 많지 않았다. 설령 있었다고 해도 그 애는 태생적으로 그런 데 신경 쓰는 아이가 아니었다. <낸시 드류> 책들이 그 애의 소중한 보물이었다. 나는 도우려고 해야 한다는 걸 알았다. 비록 우리가 더는 말을 나누지 않는 사이라고 해도 루는 나를 위해 똑같이 했을 것이다.

그러는 대신, 나는 몸을 움츠려 그늘 속으로 들어갔다.

루가 앞으로 뛰어들어 책을 낚아채려고 했지만, 브루스는 그 애의 손이 닿지 못할 만큼 높이 책을 들어 올렸다. 루는 책을 향해 뛰어올랐지만, 브루스는 느긋하게 로건에게 책을 넘겼다.

"바로 돌려줘, 이 돌대가리들아." 그 애가 강하게 말했다.

"네가 욕을 시작하고 싶을 줄은 몰랐는데." 브루스가 말했다. 하지만 그의 얼굴에 번지는 미소는 루가 그랬다는 게 더없이 기쁘다는 걸 말해주고 있었다. "왜냐하면 네 오빠에 관해 떠도는 말들을 들었으니까."

"새가슴 어때?" 로건이 말했다. 그 애의 목소리는 지난 봄에 변성기를 겪어서 이제 황소개구리처럼 낮고 굵었다. 입술 위에는 콧수염이 처음 돋아나고 있었다.

"약골이지."

"배알도 없는 겁쟁 —."

루가 브루스의 정강이를 겨냥해 오른발을 휙 내뻗었다. 하지만 그는 그 애보다 살짝 빠르게 다리를 들어 올렸고, 그래서 루의 발은 허공을 갈랐다. 그리고 루는 거의 넘어질 뻔했다.

"얘가 너랑 싸우고 싶어 하네, 브루스!" 로건이 요란하게 웃었다.

"그걸로 설명이 되네." 브루스가 눈을 가늘게 뜨며 대답했다. "모든 싸움 유전자가 다 얘한테 간 거야. 오빠는 하나도 못 받고."

"입 닥쳐!" 루가 소리를 질렀다. "싸우고 **말겠어**! 지금 당장 너랑 싸울 거라고!"

"와서 가져가 봐." 브루스가 책을 다시 높이 들어 올리며 말했다. 루가 달려들었을 때 나는 무슨 일이 일어날지 깨달았다. 똑같은 일이 내게도 한 번 일어났었기 때문이다.

나는 지켜보고 있을 수가 없었다. 휙 돌아서서 학교 건물 안으로도로 뛰어들었는데, 마침 어떤 남자가 서둘러 나오고 있었다. 나는 그 사람의 가슴에 정면으로 부딪혔고 그런 다음 넘어지고 있었다. 허공을 가르며 뒤로, 시간을 거슬러 뒤로.

지난 일

1941년 10월

나는 뒤로 쓰러지면서 단단한 흙바닥에 머리를 부딪혀 움찔했다. 땅에 부딪힌 두개골 부위에 찢어지는 통증이 밀려왔다. 하지만 최악은 그게 아니었다. 나는 숨을 쉬고 있었지만, 어찌 된 셈인지 호흡을 가다듬을 수가 없었다. 폐가 타들어 갔다. 가까운 어딘가에서 웃음소리가 들렸다.

"작은 계집애가 우는 거야?" 로건이 낄낄거렸다.

그림자 하나가 햇빛을 가리며 내 위로 나타났다. 브루스였다.

아빠에게 설득당해서 가게 된 딱 한 번의 스카우트 캠핑 이후 그 애는 내 삶을 어둡게 하는 그림자였다.

"오, 안 되지," 그 애가 조롱했다. "작은 아기가 겁이 났구나?"

"애는 엄마가 필요한 것 같아." 로건이 들뜬 목소리로 말했다.

나는 왜 그 멍청한 캠핑에 갔던 걸까? 고학년 스카우트들이 모닥불 주위에 앉은 우리에게 숲속에서 우리를 기다리는 살아 있는 것들과 죽은 것들에 관한 무서운 이야기를 들려주던 그 캠핑 말이다. 그때 브루스와 나는 같은 텐트를 쓰도록 배정받았었다. 고학년 남자아이들 몇몇이 한밤중에 몰래 다가와 그들이 경고했던 바로 그 괴물들인 척했을 때 나는 공포에 휩싸여 엄마를 찾으며 울기 시작했다.

"마마보이, 자 어서," 브루스가 몸을 숙이고 이제 내게 미소를 지으며 말했다. "넌 울고 싶잖아."

그 캠핑 이후 몇 년 동안 그것은 게임이 되었다. 브루스가, 보통은 로건과 함께, 나를 다시 울리려고 하는 것 말이다. 내가 얼마나 계집애 같은지 한 번 더 증명하려고 하는 것이었다.

그 당시에, 나는 보통 루와 함께 학교에서 집으로 갔지만 그날은 그 애가 감기로 결석해서 나 혼자 있었다. 자전거를 타고 야구장 옆을 지나가는데 브루스와 로건이 뒤에서 다가왔다. 나는 그들을 따돌리려 했지만 소용없었다. 로건이 내 안장 가방들 중 하나를 잡아당겨서 자전거가 미끄러지고 나는 땅에 떨어졌다.

거기 누워서 이제, 나는 숨을 헐떡였고 약간의 공기가 내 몸에 다시 스며들었다. 차가웠지만 반가웠다.

"자 어서," 브루스가 다정하기까지 한 목소리로 나를 구슬렸다. "울어. 우린 말 안 할게."

"싫어." 나는 꺽꺽거리며 말했다.

나는 숨도 제대로 쉴 수가 없었지만, 있는 힘을 다 끌어모아 일어나 앉았다. 발을 비틀거리며 일어나려고 할 때 브루스가 공중에서 주먹을 뒤로 당겼다. 뱀이 공격하기 전의 모습이었다. 나는 얼굴 앞으로 손을 올리고 타격이 오기를 기다렸다.

그 대신, 비명이 들렸다.

손을 내리자 누군가가 브루스의 목뒤 옷깃을 잡고 그를 뒤쪽으로 잡아당기는 게 보였다. 잭 베일리였다.

브루스는 나보다 컸지만, 잭은 그때쯤 몸이 더 커졌고 브루스보다 적어도 15kg은 더 나갔다. 그는 말썽꾸러기 강아지를 목덜미로 잡아올리는 정도의 힘으로 브루스를 잡아당기는 것처럼 보였다.

다음 순간 잭은 그를 더그아웃 벽에 거칠게 밀어붙였다. 로건은 얼어붙어서 입을 벌린 채 옆쪽에 서 있었다.

"괜찮아?" 잭이 물었다. 그 말이 그가 내게 했던 첫 마디였는데, 나는 그게 누구에게 하는 말인지 깨닫는 데 시간이 좀 걸렸다.

"응." 내가 말했다. "숨쉬기가 좀 힘든 것만 빼면."

"저 녀석 때문에 놀라서 숨이 막혔을 거야." 그가 로건을 향해 고 갯짓하며 말했다. "숨을 몇 번 깊게 쉬고 나면 괜찮아질 거야."

그의 목소리는 차분하고 평온했다. 브루스 피트먼을 벽에 밀어붙인 상태에서 의학적 조언을 하는 게 세상에서 가장 자연스러운 일인 것처럼 말이다.

그때쯤 브루스의 얼굴은 분노로 시뻘게졌지만 크게 뜬 눈은 전전 긍긍하고 있었다. "놔줘!" 그는 으르렁거리면서 잭의 손아귀에서 어깨로 빠져나오려고 하다가 안 되자 그의 발에 침을 뱉었다.

그러자 잭의 눈에 섬광이 번득이며 눈이 다이아몬드처럼 밝고 단단해졌다. 그의 턱이 뻣뻣해지자 나는 그가 브루스의 얼굴을 정면으로 때릴 것이라고 잠시 확신했다.

"너는 —." 그가 입을 열었다.

그러나 곧 그는 말을 멈췄다. 그가 눈을 감았다가 다시 떴을 때 그 단단한 모습은 사라지고 없었다. "네가 다시 이 애를 괴롭히는 걸 내가 보면, 넌 후회하게 될 거야. 듣고 있어?"

브루스는 내가 알아듣지 못할 무슨 말인가를 중얼거렸다.

"뭐라고?" 잭이 물었다.

"들었다고 했어!" 브루스가 짖었다.

"좋아," 잭이 말했다. "그럼 가."

그가 브루스를 쥐고 있던 손아귀를 풀자 브루스는 자전거로 달려갔다.

"있잖아, 우리 아빠 말로는 너는 쓰레기일 뿐이야. 기다려 봐, 아빠가 이 일을 들으면," 잭의 손이 닿지 않을 만큼 안전해지자 브루스가 말했다. "그때는 네가 후회하게 될 거야!"

잭은 무심하게 어깨를 으쓱했다. "난 너희 아빠가 무섭지 않아."

브루스는 내게 마지막으로 더러운 눈빛을 던지고는 먼저 도망갈 기회를 잡은 로건 뒤를 쫓아 가버렸다.

잭은 그들이 숲속으로 사라질 때까지 지켜봤다. 그런 다음 내게 돌아와 손을 내밀었다. "나는 잭이야." 그가 말했다. "잭 베일리."

대홍수에서 쿰스네 쌍둥이를 구했던 날, 잭은 마을의 영웅이 되었다. 하지만 브루스에게서 나를 구해준 날은 그가 나의 영웅이 된 날이었다.

5

1943년 6월

순간, 나를 향해 손이 내려오고 있었다. 나를 다시 일으켜 세우고 있었다. 나는 한참 동안 내가 어디 있는 건지 떠올리지 못했다. 나는 야구장 옆이 아니라 학교 현관 계단에 있었다. 잭이 나를 두들겨 패려던 브루스를 막았던 일이 있은 지 1년 반이 지났는데 이번에 브루스와 로건이 사냥하고 있던 건 내가 아니었다. 루였다.

나를 일으켜 세우는 희멀건 얼굴이 초점에 들어왔다. 번치 선생님이었다. 번치 선생님은 잭의 선생님이었지만 학교 교장 선생님이기도 했다. 선생님이 수학을 가르치기 시작한 건 정교사였던 선생님이 입대하고 난 뒤부터였다.

"다음번엔, 길을 갈 때 좀 더 주의를 기울이게, 티먼스 군." 그의 목소리에는 짜증이 묻어났다.

그는 그러고는 나를 지나쳐 갔다. 루가 땅바닥에서 일어서고 있었다. 그 애의 책은 잔디 위에 죽은 것처럼 펼쳐져 있었다. 브루스와 로건은 자전거에 올라타면서 웃고 있었다.

"너희들, 멈춰!" 번치 선생님이 명령했다. 선생님은 목소리가 젖은 장화처럼 철벅거리는 키 작은 남자였지만, 그래도 교장 선생님이었다.

브루스와 로건은 똑같이 혼란스럽다는 듯 천진난만한 표정을 지으며 그를 향해 돌아섰다.

"넌 괜찮니?" 선생님이 루에게 다가가며 물었다. "쟤들이 너를 밀어 쓰러뜨렸어?”

루의 머리카락은 뒷부분이 삐죽 솟아 나와 있었다. 볼에 흙이 묻은 상태로 그 애는 브루스와 로건, 그리고 번치 선생님을 번갈아 쏘아봤다. 그 애는 천천히 책을 향해 손을 내려 뻗었다.

“아니에요.” 그 애가 말했다.

“아니라고?” 번치 선생님이 다시 물었다. “하지만 내가 본 것 같은데 ―.”

“아뇨, 선생님,” 루가 말했다. “제가 넘어진 거예요. 엄마는 항상 제가 눈이 침침한 오소리처럼 어설픈데다가 예의는 그 반쯤도 모른다고 말씀하시죠. 그래서 제 품행 점수가 그렇게 낮은 거예요.”

나는 그 말에 거의 빙그레 미소를 지을 뻔했다. 그리고 비록 루가 바로 내 앞에 있는데도 그 순간 나는 그 애가 몹시 그리웠다.

번치 선생님이 인상을 찌푸렸다. 그리고 나를 향해 돌아섰다. “무슨 일이 있었는지 넌 봤지, 그렇지?”

루의 눈길이 느껴졌다. 브루스와 로건의 눈길도.

“아뇨.” 나는 우물거렸다. “아무것도 못 봤어요.”

“저희 가도 될까요, 선생님?” 브루스가 말했다. 최고로 차려입은 일요일의 복장처럼 단정하고 예의 바른 목소리였다. “아버지가 집안일로 저를 필요로 하세요.”

번치 선생님은 마을에서 제일 힘 있는 사람이 브루스의 아버지인 상황에서 그의 거짓말을 꾸짖어야 할지, 아니면 말아야 할지, 풀 수 없는 계산 문제에 맞닥뜨리고 만 것처럼 보였다.

결국, 선생님은 한숨을 쉬었다. “그래,” 그가 말했다. “바로 집으로 가거라.”

나는 루에게 눈길을 던졌다. 그 애는 작업복 바지에 <낸시 드류>

를 털고 있었다.

"티먼스 군," 내가 슬그머니 가려고 할 때 번치 선생님이 말했다. "잠깐만 기다려. 넌 항상 잭 베일리랑 붙어 다니지?"

"우린 친구예요." 나는 그 말을 정정했다. 내가 그저 성가신 모기처럼 잭의 주변을 **맴돈다는** 암시가 마음에 들지 않았던 것이다.

"음, 잭이 오늘 수업에 오지 않았어." 번치 선생님이 말했다. "수학이 낚시만큼 재미있지 않을 수는 있지만, 기말고사를 놓치다니. 내일 오지 않으면, 우리 사이의 거래는 끝이라고 그에게 전해라."

"아… 알겠습니다." 나는 당황해서 중얼거렸다. "무슨 거래인데요?"

번치 선생님은 가느다란 눈썹을 치켜올렸다. "그냥 그렇게 전해, 티먼스 군."

선생님은 계단을 성큼성큼 올라갔고 나는 루와 단둘이 남았다. 자전거 보관대로 가면서 내가 그 애 옆을 지나칠 때 그 애는 뭔가를 말하려고 입을 연 것 같았다.

나는 그게 뭔지 알아낼 만큼 계속 머물러 있을 생각이 없었다.

6

잭이 번치 선생님과 무슨 거래를 했는지는 몰랐지만, 그걸 깨뜨리는 건 좋은 생각은 아닌 것 같았다.

자전거를 타고 학교를 떠나면서 나는 우리가 평소 만나는 장소인 강가의 버려진 선착장으로 갈 생각이었다. 어쩌면 잭이 거기서 나를 기다리고 있을지도 몰랐다. 그러다가 어젯밤 폭풍우 때문에 수위가 높아진 게 생각났고 선착장은 아마 하루 정도는 더 물에 잠겨 있을 거라는 걸 깨달았다.

나는 포플러 스트리트를 달리면서 눈이 빠지도록 그를 찾았다. 면도를 새로 하고서 이발소를 나서는 더글러스 목사님 옆을 지나치면서 나는 손을 흔들었다. 사서인 발렌타인 씨 부인이 막 도서관을 나오고 있었다. 나는 서둘러 지나갔다. 그분이 나를 보면 언제나 그러듯이 다정하게 말을 걸리라는 것을 알았기 때문이다. 그러나 그분을 보면 나는 머스그레이브네 텅 빈 농장이 생각나기만 할 뿐이어서 친절하게 말을 받아주고 싶은 마음이 전혀 없었다.

주유소에서는 빌리 업다이크가 지도를 들고 내가 모르는 어떤 사람을 돕고 있었다. 딘위디 잡화점 바깥에는 아이스크림 트럭이 서 있었고 어떤 어머니가 한 손에는 장바구니를 들고, 다른 손에는 칭얼거리는 유아를 안고서 걸어 나왔다. 하지만 잭은 없었다.

나는 <헤럴드>지 사무실로 향했다. 엄마가 거기 있을 텐데, 나는 잭이 들러서 신문 배달을 하지 못한 이유를 이미 설명했기를 기대하

고 있었다. 엄마를 실망하게 하면 그에게 좋은 일이 없을 것임을 나
는 알고 있었다.

사무실에 들어가자 비서인 후퍼 아주머니가 나를 쳐다봤다. "어
이, 어떻게 지내나, 동업자?" 아주머니는 안경 너머로 내게 윙크했다.
아주머니에게는 토미라는 어린 손자가 있었는데 그 애는 카우보이를
좋아했다. 그래서 나도 그럴 거로 생각하는 듯했다.

지난번 크리스마스 때, 아주머니는 내게 작은 양철 카우보이 장
난감 세트를 줬다. 나는 이미 그런 장난감을 갖고 놀 나이가 아닌
데 말이다. 그러나 엄마는 후퍼 아주머니가 그것들을 찾느라 엄청나
게 수고했을 거라고 했다. 금속 제품은 지금 뭐든지 전쟁 물자로 쓰
이기 때문이다. 엄마는 그다음에 내가 사무실에 올 때 그것들을 가
져오게 했다. 그때부터 쭉 후퍼 아주머니는 내게 똑같은 질문을 하
고 있었다.

"거친 서부 생활은 어때, 대니?"

"아주 좋아요, 아주머니." 나는 내 고철 수집 통 속에 다른 것들과
나란히 들어 있는 그 카우보이들 생각에 약간의 죄책감을 느끼며 말
했다. 그건 모두 내가 기꺼이 했던 희생이었다.

아주머니가 빙긋 웃었다. "엄마 보러 왔어?"

"네, 아주머니."

나는 이미 뒤쪽 책상, 아빠가 예전에 앉아 계셨던 자리에 앉아 있
는 엄마를 볼 수 있었다. 엄마 주위에는 신문들이 무더기로 높이 쌓
여 있었고 엄마는 볼펜으로 입술을 두드리면서 뭔가에 몰두해 있는
모습이었다. 찡그린 얼굴 옆으로 밤색 머리카락이 흘러 내려와 있었
다. 사람들은 항상 우리가 닮았다고 했다. 나도 똑같은 밤색 머리에
똑같이 길쭉한 얼굴이었고 주근깨가 있는 녹색 눈은 언제나 너무 진

지해 보였다.

"이제 동생이 생길 날이 머지않았구나." 후퍼 아주머니가 계속 말했다. 그리고 또 한 번 윙크했다. 마치 이 얘기가 우리 두 사람의 비밀이라도 된다는 듯이. "난 너희 엄마한테 아들일 거라고 계속 말하고 있단다. 분명 그럴 거야. 너도 그게 좋겠지?"

"그럴 것 같아요." 내가 말했다. 사실대로 말하자면, 나는 새로 태어날 아기에 관해 어떤 식으로든 그렇게 많이 생각하지 않으려고 애썼다. 그런데 갑자기 보이는 것이었다. 어린 남동생과 함께 있는 내가, 잭이 내게 가르쳐 준 것처럼 여러 가지 것들을 쉽게 여기도록 가르치고 있는 내가.

머스그레이브 아주머니가 어린 조던을 데리고 와서 엄마와 차를 마시며 앉아 있는 시간에 나는 조던 때문에 귀찮았던 적이 없었다. 나는 신문에 나온 단어들 중 그 애가 모르는 말을 알려주고 내 야구 수집품을 보여주는 게 좋았다. 아마도 남자 아기인 게 **좋을지도** 모른다.

"그래, 뒤쪽으로 가면 돼." 후퍼 아주머니가 초대하듯 손을 흔들며 말했다.

사무실의 다른 책상들은 대부분 비어 있었다. 소여 씨는 진주만 공습이 있고 난 뒤 곧바로 입대했고 해서웨이 씨는 아빠가 입대한 직후인 몇 달 전에 징집됐다.

그게 그 당시 포기 갭의 상황이었다. 남자들은 거의 다 전쟁터로 갔거나 낙하산 박음질, 탱크 조립, 전투화 제작 등 임금을 더 많이 받을 수 있는 서부나 북부로 가는 길을 찾아 떠났다. 머스그레이브 가족도 그랬다. 물론, 머스그레이브 가족에게는 떠나야 했던 그들만의 이유가 있었다. 그것은 임금과는 별로 상관없는 일이었고, 모든 게 발렌타인 씨 부인이나 피트먼 씨 같은 사람들과 관련돼 있었다.

엄마와 후퍼 아주머니 외에 그날 사무실에서 일하는 유일한 또 다른 사람은 오글트리 씨였는데, 그는 아마 전쟁에서 싸우기엔 너무 나이가 많을 것이다. 그는 책상에 앉아 가슴에 팔짱을 낀 채로 졸고 있었다.

"엄마." 나는 그의 낮잠을 깨우지 않도록 목소리를 낮춰 말했다.

엄마가 시선을 들었다. 그러더니 얼굴에 미소가 커다랗게 번졌다. 엄마는 머리카락을 뒤로 쓸어 넘기면서 펜을 내려놓았다. "대니 왔구나." 엄마가 말했다. "학교는 어땠어?"

"좋았어요." 나는 말했다. 점심시간에 벌을 받은 일이나 패터쇼 선생님에게 꾸중을 들었다는 걸 말할 필요는 없었다. 엄마의 억양은 엄마가 자라난 지역처럼 굴곡이 없었는데 그것 때문에 우리의 작은 산간 마을에서 엄마는 다소 이방인처럼 여겨졌지만, 그 목소리를 들으면 나는 항상 마음이 안정되곤 했다. 라디오에서 들리는 목소리처럼 또렷하고 고른 그 목소리가 나는 좋았다.

"잭이 오늘 아침에 전혀 보이지 않았어요." 내가 말했다. "그의 배달 구역도 제가 해야 했어요. 잭 봤어요, 엄마?"

엄마의 눈썹이 두 개의 작은 물음표 모양으로 찌그러졌다.

"아니." 엄마가 대답했다. "이상하네. 잭은 배달을 빼먹은 적이 없었던 것 같은데."

"없었어요."

"어쩌면 아팠는지 모르겠다." 엄마는 그렇게 추측하며 읽고 있던 어떤 다른 신문의 기사에 대고 펜을 두드렸다. 엄마의 오른쪽 팔꿈치 옆에는 <뉴 리퍼블릭>지가 펼쳐져 있고 그 옆에는 <더 네이션>지가 있었다. 아빠는 ("상황을 계속 속속들이 알기 위해") 매주 전국에서 나온 여러 잡지를 읽었는데, 이제 엄마도 읽고 있는 것이었다.

"하지만 잭은 아픈 적이 없는걸요." 내가 말했다. "제 생각엔… 제 생각엔 그의 집에 가봐야 할 것 같아요. 괜찮은지 보려고요."

엄마는 내가 말을 미처 끝내기도 전에 고개를 흔들고 있었다. "베일리 씨가 거기 있을지도 몰라. 그러느니 너를 곰의 굴로 들여보내는 게 낫겠다, 대니."

"하지만, 엄마, **잭** 형이잖아요." 내가 항변했다. "무슨 일이 생겼으면 어떡해요?"

엄마는 잠시 망설이다가 책상 너머로 손을 뻗어 내 눈에서 머리카락을 쓸어 넘겼다. 엄마의 손가락은 잉크로 얼룩져 있고 오랜 세월 쓸고 닦고 음식을 만드느라 거칠었지만, 엄마의 손길은 언제나 부드러웠다.

"네 말이 맞아." 엄마가 말했다. "하지만 널 혼자 가게 할 수는 없어. 나도 같이 갈게. 짐을 좀 챙기자."

"알겠어요." 내가 말했다. 절대 인정하지는 않겠지만, 나는 엄마가 함께 가준다니 마음이 놓였다. 엄마가 지갑과 코트를 챙기러 일어날 때 엄마가 읽고 있던 기사의 헤드라인에서 단어 하나가 눈에 띄었다. **바르샤바.**

나는 바르샤바가 유럽에 있는 곳이라는 건 알았지만 그것 말고는 기억나지 않았다. 이름과 비슷한 곳이라면 딱딱하고 차가운 곳일 것 같았다.

우리가 이제 가려는 곳도 다르지 않았다.

7

　잭과 그의 아버지는 마을 변두리의 오두막에 살았다. 작은 언덕 위에 있어서 다행이지 낮은 지대에 있었다면 3년 전 대홍수 때 쓸려 갔을 것이 분명했다. 심지어 지금도, 그 집은 아래쪽 계곡으로 미끄러져 떨어질지 고민하는 모양새였다. 나는 멀리서만 그 집을 본 적이 있었다. 잭이 나를 더 가까이 가도록 한 적이 없었던 것이다. 하지만 나는 그에게 들어서 그곳에는 전기도 없고 수도조차 없다는 걸 알고 있었다.

　엄마는 언덕 밑에 차를 세웠고, 우리는 헉헉거리며 올라갔다. "어젯밤에 잭이랑 같이 밖에 있지 않았니?"

　나는 고개를 끄덕였다. 폭풍우가 본격적으로 시작되면서 나는 저녁 식사 직전에 집에 도착했었다.

　"그럼, 그때부터 그에게 무슨 많은 일이 생길 수가 있지?" 엄마가 물었다.

　나는 대답하지 않았다. 그 질문은 터지기 직전의 또 다른 폭풍우처럼 허공에 걸려 있었다.

　오두막 한쪽에는, 그다지 멀지 않은 거리에 화장실이 있었는데 문에는 작은 초승달이 새겨져 있었다. 다른 쪽에는 타이어 대신 속이 빈 콘크리트 블록이 달린, 오래되어 녹이 슨 트럭이 서 있었다. 트럭의 적재함에 걸린 빨랫줄은 진흙 위로 무너져서 속옷을 포함한 모든 옷이 진흙 속에 빠져 있었다. 오두막 앞에는 물 펌프와 재가 가득 쌓인 불 구덩이가 있었다.

"여보세요?" 엄마가 말했다. "집에 누구 계세요?"

내 심장은 뜨거운 콘크리트 위의 개구리처럼 가슴에서 뛰어다녔다.

"형?" 내가 불렀다. "잭 형, 거기 있어?"

집 안에서 개 짖는 소리가 들렸다. 위니일 것이다. 쿰스 씨가 자기 딸들을 구해준 데 대한 감사의 인사로 잭에게 준 사냥개였다. 위니가 문을 긁는 소리가 들리는가 싶더니 곧바로 문이 벌컥 열렸다.

베일리 씨가 거기 서 있었다. 인상을 써서 일그러진 얼굴로 그는 오후 햇빛 때문에 눈을 껌벅거렸다. 그는 꼬챙이처럼 마른 몸에 청바지만 걸쳐 입고 있었다. 성긴 회색 머리카락은 헝클어져 있었다. 엄마에게 눈이 닿자 그의 찡그린 인상은 더 깊어졌다.

"자고 있었는데." 그가 말했다.

그제야 나는 현관문 옆에 기다란 소총이 놓여 있는 걸 봤다.

"주무시는 데 방해해서 죄송해요, 베일리 씨." 엄마가 또박또박 말했다. "잭이 괜찮은지 보러 왔어요. 오늘 아침 배달을 빠졌거든요."

위니가 그의 다리 뒤에서 나를 쳐다보고는 폭풍우 속의 풍향계처럼 꼬리를 빙빙 돌렸다. 베일리 씨는 녀석에게 신경 쓰지 않았다. 목구멍에서 컥컥 소리를 내더니 그는 오두막 옆 덤불에 침을 뱉었다. 그의 눈이 가늘어졌다.

"그렇다면, 헛수고하러 왔군." 그가 말했다. "어제 아침 이후로 그 녀석을 못 봤어."

"확실한가요?" 엄마가 물었다.

베일리 씨가 코웃음을 치며 현관에서 나왔다. 위니가 그의 옆으로 빠져나오려고 했지만, 그는 녀석을 잽싸게 발로 찼다. 비명이 들리고 문이 닫히며 그가 현관 계단으로 한 걸음 나섰다. 집 전체가 흔들렸고, 내 안의 무언가도 함께 흔들렸다.

"당신들은," 그가 말했다. 으르렁거림이 어둡게 뒤덮인 말이었다. "자기들이 나보다 훨씬 낫다고 생각하지. 내가 내 아들 하나 제대로 돌보지 못한다고 생각해. 오늘이 무슨 요일인지도 모른다고 생각하고."

"그게 아니에요, 베일리 씨," 엄마가 대답했다. "그래서가 아니라ㅡ."

"당신들은 모두 그 녀석이 너무나 **착하다고** 생각하지." 그는 그 말을 마치 상한 음식처럼 뱉어내며 말했다. "나 같은 놈한테 과분하게 착한 애라고, 어?"

위니가 오두막 창문에 나타나서 발로 유리를 긁으며 낑낑거렸다.

나는 입이 바짝 말랐다. 엄마가 내 앞으로 손을 내밀며 뒤로 물러나기 시작했지만, 베일리 씨는 우리를 향해 계속 걸어왔다.

"내 아들이 그렇게 착하다면, 그럼 그 녀석은 어디 있어?" 그의 눈에 경련이 일었고 입술이 으르렁거리며 말려 올라갔다.

"어디 있는지 저는 몰라요." 내가 우물거렸다.

"그럼 당신들도 쓸모없긴 매한가지야." 베일리 씨가 말했다. "그러니 내 땅에서 나가고 다시는 오지 마."

엄마는 나를 차 쪽으로 밀었고 최대한 빨리 시동을 걸었다. 우리가 떠나갈 때 나는 뒤를 돌아봤다.

베일리 씨는 여전히 거기 서서, 한 손의 손가락 마디마디를 다른 손안에서 부드득부드득 꺾고 있었다. 싸움을 할 준비를 하는 것 같았다.

지난 일

브루스와 로건이 가버린 후 한참이나 지나서야 나는 잭이 악수하려고 손을 내밀고 있다는 걸 깨달았다. 그의 손을 맞잡고서 나는 내 손이 아직도 떨리고 있는 걸 느꼈다.

"난 대니야." 내가 말했다. "대니 티먼스."

"너 정말 괜찮아? 이제 숨이 돌아왔어?"

나는 실험 삼아 깊게 숨을 들이쉬어 봤다. 공기가 가슴을 채웠다. "응," 내가 말했다. "이제 괜찮아, 덕분에. 정말 피트먼 씨가 안 무서워?"

나는 브루스가 했던 말을 생각하고 있었다. 자기 아버지가 잭이 후회하도록 할 거라고 했던.

하지만 잭은 고개를 끄덕였다. "그는 내가 그 어린 여자애들을 위해 물에 뛰어든 이후로 내내 날 싫어했어." 그가 말했다. "자기가 겁쟁이처럼 보이게 된 게 싫었나 봐. 이번 일 때문에 바뀌는 건 아무것도 없을 거야."

그때 나는 잭에게 우리가 얼마나 공통점이 많은지 말하고 싶었다. 캠핑과 귀신 이야기, 그리고 우리보다 나이 많은 스카우트들이 장난쳤던 그 모든 이야기를 쏟아내고 싶었다. 울었던 건 나만이 아니었다고 말하고 싶었다. 브루스도 그랬다고.

하지만 다음 날 아침, 브루스는 나만 겁에 질렸던 것처럼 굴었다. 그리고 나는 브루스가 모든 아이에게 내가 얼마나 겁쟁이인지 말하기로 작정했던 게 정확히 자기가 우는 걸 내가 봤기 때문이라는 느낌이 항상 들었다. 그럼 누구라도 내 말을 믿는 애가 있을까 봐?

하지만 나는 그 어떤 것도 말하지 않았다. 잭은 내 등을 부드럽게 두드리고는 걸어가기 시작했다. 나는 어쩐지 기회를 놓친 것 같았다.

"저기!" 내가 불렀다. "저기, 기다려 봐!"

잭이 돌아섰다, 햇빛 때문에 눈을 가늘게 뜨고. "응?"

"어쩌면… 어쩌면 언젠가 나한테 어떻게 그럴 수 있는지 좀 가르쳐 줄 수 있을지." 내가 불쑥 말했다.

그는 나를 계속 응시했다. "있잖아, 누군가를 완전히 겁먹게 하는 거. 그렇게… 용감해지는 거 말이야."

잭이 내 쪽으로 한 걸음 다가왔다. 그리고 잠시 그의 얼굴에 그 단단하고 사나운 표정이 다시 스쳤다. 순간, 나는 그가 무서웠다.

"용감하다고, 어?" 그가 되물었다. "애들을 겁주는 게 용감한 거랑 같다고 생각해?"

그는 나보다 겨우 몇 살 더 많을 뿐인데 자기는 아이가 아닌 것처럼 말했다. 그러고는 고개를 흔들었다.

"내가 너를 도와준 건 깡패 짓 하는 애들을 싫어하기 때문이야." 그가 말했다. "그런데 누군가를 겁주기 좋아하는 건 그런 깡패밖에 없어, 대니."

쌀쌀한 날씨였지만 나는 부끄러움으로 뺨이 뜨거워지는 걸 느꼈다. 나는 잭의 말이 얼마나 옳은지 세상 그 누구보다 잘 알고 있었다.

"미안해." 내가 중얼거렸다. "난 그저… 고맙다는 거야."

"뭐, 천만에." 잭이 이번에는 좀 더 부드러운 목소리로 말했다. "이 일은 이걸로 그냥 마무리하는 게 최선일 것 같은데, 응?"

그는 걸어가면서 마치 손에 쥐가 난 것처럼 손을 흔들었다.

그제야 비로소 나는 뭔가를 알아차렸다. 잭의 손을 잡았을 때 느꼈던 그 떨림은 내 손이 아니었다.

그의 손이었던 것이다.

8

1943년 6월

그날 밤, 엄마는 텃밭에서 딴 강낭콩과 사과 조림, 그리고 돼지갈비를 내 접시에 수북이 담아줬지만 나는 거의 먹을 수가 없었다. 평소 같았으면 돼지갈비를 1분 만에 게걸스럽게 먹어 치웠을 것이다. 특히 고기가 배급제가 되고 우리가 고기를 자주 먹지 못하게 된 지금은 말이다. 하지만 나는 뱃속이 온통 뒤틀린 것 같았다.

"엄마, 전 걱정돼요." 나는 결국 포크를 내려놓으며 말했다.

엄마는 한숨을 쉬었다. 그리고 엄마도 음식을 건드리지 않은 게 보였다. "나도 그래, 대니. 그 나이의 다른 남자애라면, 분명 숲속 어딘가에서 그냥 땡땡이치고 있을 거로 생각했을 텐데. 하지만 잭은 아니야. 그 애는 너무… 너무…."

"착해요." 내가 조용히 끝을 맺었다.

"그래." 엄마는 창밖으로 조용한 거리를 바라봤다. 어쩌면 잭이 그냥 우리 집 진입로로 걸어올지도 모르는 것처럼.

"그런데 베일리 씨는 왜 잭이 그렇지 않다고 했을까요?"

엄마가 입술을 꽉 다물었다. "베일리 씨 말은 귀담아 들을 필요도 없이 네가 더 잘 알잖아."

내가 더 잘 알았다. 그렇지만….

"그는 어제 아침 이후로 잭을 못 봤다고 했잖아요."

그게 사실이라면, 그건 잭이 사라지기 전 마지막으로 본 사람이 나일 수도 있다는 뜻이었다.

"그래," 엄마가 천천히 말했다. "하지만 베일리 씨가 그 부분을… 헷갈리는 거라고 해도 놀랍지는 않을 거야. 어쩌면 잭은 오늘 아침 사냥하러 산에 너무 높이 올라갔다가 길을 잃었을지도 몰라. 분명 그럴 거야."

"잭이요?" 내가 물었다. "길을 잃어요?"

마을 끄트머리에는 바다로 흘러나가는 강처럼 숲이 황야로 이어지는 곳들이 있었다. 하지만 잭은 그 누구보다 그곳들을 잘 알았다.

"글쎄, 어쩌면 발목을 삐어서 내려오기 전에 좀 쉬어야 하는 건지도 모르지." 엄마가 말했다. "작년 가을에 빌리에게 똑같은 일이 있었잖아, 기억나지?"

"어쩌면요." 내가 말했다. 하지만 빌리는 그냥 업다이크 씨 부인에게서 벗어나 하룻밤의 평화와 고요를 원했을 뿐이라고 아빠가 말했던 것도 기억났다.

그리고 내 머릿속 작은 목소리는 잭이 사냥하러 갔을 리 없다고 말하고 있었다. 그 이야기에는 뭔가 맞지 않는 게 있다고. 나는 그게 뭔지 정확히 꼬집어 말할 수가 없을 뿐이었다.

"내일도 배달하러 나타나지 않으면 내가 경찰에 알릴게." 엄마가 말했다.

"저도 같이 갈래요."

엄마는 내게 살펴보는 눈빛을 보냈다. "알았어." 엄마가 말했다. **"우리가** 경찰에 가자. 하지만 그럴 일은 분명 없을 거야. 이제 밥 먹어라, 다 식어 버리기 전에."

그래서 나는 배가 고프지 않았지만 그렇게 했다. 전쟁에서, **낭비** 라는 건 빠르게 없어져 버린 단어였다.

9

그날 밤, 나는 한참 동안 침대에 앉아 핀으로 벽에 고정해 둔 지도를 바라봤다.

우리 나라가 전쟁에 돌입한 직후 루스벨트 대통령은 모든 미국 가정에 세계 지도를 사라고 요구했다. <헤럴드>지 사무실에 이미 하나가 있었기에 우리는 운이 좋았다. 이미 그다음 날쯤에는 노스캐롤라이나주 전체에서 지도나 지구본을 살 수가 없었기 때문이었다.

그다음에 있은 라디오 좌담에서 루스벨트 대통령은 전 국민에게 각기 다른 장소들을 찾는 방법을 설명하고 각 장소에서 무슨 일이 일어나고 있는지 설명했다. 그다음 날 나는 우리의 지도를 내 방 벽에 걸었고, 그 지도는 그 후부터 쭉 거기 있었다.

이제 나는 지도를 훑어보다가 오후에 엄마의 신문에서 봤던 이름, **바르샤바**에 눈이 닿았다. 폴란드의 도시였다. 히틀러의 폴란드 침공으로 유럽에서 제일 먼저 전쟁이 시작됐고, 내가 아는 한 독일군은 아직도 거기 있었다. 그 말은 바르샤바에서 일어난 일에 관한 뉴스라면 뭐든 아마 좋은 일은 아닐 거라는 뜻이었다.

내 눈은 더 남쪽으로, 그리고 서쪽으로 이리저리 떠돌았다. 그리스. 이탈리아. 프랑스. "민주주의의 승부처들"이라고 라디오에서 누군가가 말하는 걸 들었었다. 아빠는 저기 어딘가 있을 것이다.

내가 지도를 내 방 벽에 계속 걸어둔 건 아빠를 더 가까이 느낄 수 있도록 하려는 것이었다. 하지만 그날 밤 들어본 적 없는 온갖 다른 나라와 도시들, 강과 산맥들을 보자 오히려 더 멀리 있는 느낌만 들었다. 딜런 프라이스의 집 창문에 있는 금빛 별이 생각나자 나는 몸서리쳤다.

아빠가 어디 있는지 알 수만 있다면. 무사히 돌아올 거라는 걸 알 수만 있다면.

나는 침대 옆 탁자에 손을 뻗어 안에서 책을 꺼냈다. <초보자를 위한 모스 부호 안내서>. 아빠가 떠나기 전에 내게 준 것이었다. 아빠는 역장이었던 할아버지에게서 모스 부호를 배웠다. 그 덕분에 아빠는 젊을 때 무료 철도 여행을 할 기회를 얻었고, 그렇게 해서 엄마를 만난 것이었다.

나는 농구나 달리기는 잘하지 못했지만, 암호와 퍼즐에는 소질이 **있었다.** 아빠와 나는 수집한 야구 카드들을 — 선수의 키순으로, 혹은 선수 이름의 마지막 알파벳순으로 — 정리하곤 했다. 그리고 어떻게 정리됐는지 상대가 맞출 수 있는지 보곤 했었다.

그래서 나는 아빠가 내 어깨 너머로 지켜보는 척 매일 밤 잠들기 전에 모스 부호를 연습했다. 하지만 그날 밤에는, 작은 점들과 선들이 눈앞에서 흐릿해지는 것 같았다. 조금 있다가, 나는 책을 옆에 두고 불을 껐다.

내 마음은 민주주의의 승부처들에서 잭에게로 돌아와서 방황했다. 그가 어디 있을지 상상해 보려 했지만, 내 마음은 완고하게 백지 상태로 남아 있었다.

잭이 어디 있는지 알 수만 있다면. 그가 무사히 돌아올 거라는 걸 알 수만 있다면.

대신에, 베일리네 오두막 모습이 떠올랐다.

잭의 집, 그곳을 진짜 집이라고 할수 있다면.

포기 갭에서 베일리네 집이 전기나 실내 수도 배관 없이 양철 지붕 아래 사는 유일한 집인 건 전혀 아니었다. 내가 움찔하게 되는 건 그런 것들 때문이 아니었다. 무너진 빨랫줄과 진흙투성이 속옷 때문이었다. 안에서 낑낑거리던 위니 때문이었다.

베일리 씨의 얼굴, 붉은 분노로 일그러진 그 표정 때문이었다.

현관 널빤지에서 솟아오른 거대한 녹슨 못처럼 문 옆에 있던 소총 때문이었다.

그 소총.

잭이 사냥을 나갔을 리 없는 이유가 **그것이었다.** 그날 아침 그가 사냥을 갔다면 소총을 가져갔을 것이다.

갑자기, 내가 매달려 있던 희미한 희망이 산등성이의 아침 안개처럼 증발하는 것 같았다. 더 어두운 생각들이 밀려들었다. 베일리 씨, 그리고 그의 손에 관한 생각이. 그의 분노가.

소총 생각이.

지난 일

1941년 12월

잭 베일리가 브루스 피트먼에게서 나를 구해준 후 몇 달 동안 나는 잭과 별로 연관될 일이 없었다. 뭐랄까, 그는 나와 별로 인연이 없었던 것이다. 학교를 오가다 마주치면 나는 고개를 숙이고 그냥 지나쳤다. 브루스와 엮였던 그 날 내가 뭔가를 잘못한 것처럼 느껴졌던 것이다. 봐서는 안 되는 잭 내면의 뭔가를 내가 엿본 것 같았고 어쩌면 그 역시 보고 싶지 않았을 내 모습을 내가 드러낸 것 같았다.

그 모든 건 12월의 어느 일요일 저녁에 송두리째 바뀌었다. 엄마와 내가 밤 늦게 일하고 있던 아빠에게 저녁을 가져다주러 <헤럴드>지 사무실에 갔을 때였다.

바깥이 어두워진 시간에 잭이 문을 두드렸던 것이다. 나는 후퍼 아주머니의 의자에 쭈그리고 앉아서 책을 읽고 있었고 엄마는 아빠를 위해 기사를 교정하고 있었다.

처음 그가 문을 두드리는 소리가 들렸을 때 그 소리는 너무 부드러워서 나는 어떤 새가 내는 소리로 생각했다. 그리고 고개를 들어 거기 있는 그를 봤을 때 나는 그를 즉시 알아보지 못했다. 나는 후퍼 아주머니의 의자에서 움직이지 않았다.

"어머나, 세상에." 내 뒤에서 엄마가 말했다.

엄마도 잠시 얼어붙은 것 같았다. 그러다가 엄마는 문으로 달려갔다. 아빠가 엄마를 뒤따라갔다. 차가운 12월의 공기가 잭과 함께 안으로 훅 들어왔다.

잭의 코에서는 피가 쏟아지고 있었고 한쪽 눈은 부어서 거의 감긴 상태였다. 그는 발에 힘이 없는 것 같았다.

아빠가 잭을 내가 앉아 있던 의자에 앉도록 도와주려 할 때에야 나는 때맞춰 자리를 비켜줬다.

"애야, 괜찮니?" 아빠는 잭의 상처를 더 잘 살필 수 있도록 무릎을 꿇으며 물었다.

"당연히 괜찮지 않지. 저 상태를 봐. 가서 닦아줄 걸 좀 가져올게." 엄마가 우리 옆을 빠르게 지나 화장실로 향했다.

"죄송해요." 잭이 중얼거렸다. 그의 말들은 이상하고 무거웠다. 입에 뭔가를 가득 넣고서 말하는 것 같았다. "페니 박사님을 보러 왔는데…."

그는 그 문장을 마치는 대신 코를 훌쩍였다. 그날은 일요일이어서 페니 박사님은 진료실에 없었을 것이다. <헤럴드>지 사무실이 포플러 스트리트에서 창문에 불이 켜진 유일한 사업장이었을 것이다.

"그냥 긴장을 풀어보렴." 아빠가 다독였다. "넌 이제 안심해도 되는 곳에 있어."

엄마가 물이 든 통과 몇 장의 천 조각을 가지고 서둘러 돌아와서 잭의 얼굴에서 피를 닦아내기 시작했다. 엄마는 젖은 천 한 장을 그에게 건네며 엉망이 된 눈에 대라고 했다.

"고맙습니다." 잭이 목이 메어 말했다. "전… 전 이제 괜찮을 거예요."

그는 일어서려 했다가 움찔하며 옆구리에 손을 가져갔다. 그는 코트도 입고 있지 않았다.

"앉아봐." 엄마가 명령했다. "그리고 셔츠를 걷어봐."

잭이 주저하자 엄마는 조심스럽게 그가 붙잡고 있던 쪽의 셔츠를 들어올렸다. 나는 헉하고 숨을 멈췄다. 피부가 보라색과 파란색 대리석 무늬로 얼룩져 있었는데 애팔래치아산맥이 황혼에 물든 것처럼 어두웠다.

엄마도 숨을 들이마시며 아빠와 눈빛을 교환했다.

"잭," 엄마가 이제 부드러운 목소리로 말했다. "아버지가 이렇게 한 거니?"

잭은 젖은 천으로 얼굴을 더 꽉 눌렀다. "일부러 그러신 건 아니에요." 그가 나지막하게 말했다.

"흠, 그렇게 말한다고 그 상처가 더 빨리 낫지는 않아."

"여기 와서는 안 되는 거였어요." 잭이 나지막하게 말했다.

"온 게 다행인 거야." 엄마가 말했다. "오늘 밤에 거기로 너를 돌려보낼 수는 없어. 넌 우리랑 우리 집으로 갈 거야."

"차가 밖에 있단다." 아빠가 덧붙였다. "자, 우리가 널 도와줄 거야."

잭은 입을 열어 항변하려 했지만, 대신 흐느끼는 소리를 냈다.

그 추위 속에 바깥에 서 있던 잭의 모습을 본 그 순간부터 나는 줄곧 누군가가 나를 꿈에서 깨우려고 하는 것 같은 이상한 느낌에 사로잡혀 있었다. 이윽고, 나는 나도 도와야 한다는 걸 깨닫게 됐다. 나는 잭을 왼쪽에서 받치러 움직였고 아빠는 오른쪽에서 그를 안정시켰다. 내가 그의 어깨 밑으로 들어가자 잭은 온전한 쪽의 눈으로 나를 내려다봤다.

"안녕, 대니." 우리가 밤 속으로 나갈 때 그는 가까스로 중얼거렸다.

그날 밤 엄마는 잭이 있을 손님 방을 마련해 줬다. 내 방 복도 끝이었다. 나는 거의 한숨도 자지 못했다.

비록 아빠는 내게 한 번도 손을 댄 적이 없었지만, 나는 아버지가 그렇게 하는 다른 애들이 있다는 걸 알고는 있었다. 루의 아빠는 자기들의 독미나리 밭에 그 애를 보내 자기가 맞을 회초리를 직접 찾아오도록 하는 것으로 유명했다.

하지만 베일리 씨가 잭에게 한 것 같은 것을 나는 본 적이 없었다. 그의 옆구리에 독처럼 스며든 그 흉포한 보라색 같은 건 본 적이 없었다.

나는 아이들이 그런 벌을 받을 만큼 나쁜 짓을 할 수 있다고는 생각할 수가 없었다.

결국, 나는 침대에서 나와서 살금살금 복도로 나갔다. 공기가 내 뺨을 차갑게 어루만졌다. 나는 복도 끝까지 살금살금 가서 잭의 문에 귀를 기울였지만 방 안에서는 아무 소리도 들리지 않았다.

그렇지만 어딘가에서 들려오는 목소리가 있었다. 아래층에서 빛이 뭉실뭉실 올라왔다. 나는 계단 꼭대기로 몰래 가서 귀를 기울였다.

"아침이 되면 제일 먼저 페니 박사님을 부를게." 엄마가 말하고 있었다.

"다친 정도가 어느 정도인지 알고 나면, 내가 존 베일리를 만나러 갈 거야." 아빠가 대답했다. 익숙지 않게 딱딱한 목소리였다.

"경찰에 가야 한다고 생각하지 않아?"

"그들은 개입하지 않을 거야. 특히 워맥 경사는 존과 오랜 친구니까."

"하지만 저 애 상태가 있잖아, 앨런. 내 눈으로 볼 수 있는 걸 페니 박사님이 말해줄 필요도 없어. 존 베일리는 저 애를 죽일 수도 있었어."

한기가 나를 에워쌌고, 나는 따뜻한 침대가 그리웠다. 문득 침대에서 나오지 말았다면 좋았을 것이라는 생각이 들었다.

10

1943년 6월
토요일

다음 날 아침, 나는 해가 뜨기 전에 일어나 옷을 입었다. 엄마도 아직은 일어나지 않았지만, 엄마는 어제 남은 빵과 사과 조림을 내놓아 뒀다.

엄마는 잭이 다시 배달하러 나타나지 않으면 그날 경찰서에 갈 거라고 했었다. 아침을 먹으면서 나는 경찰에 뭐라고 말할지 생각했다. 간밤에 나를 엄습했던 두려움, 베일리 씨가 무슨 일을 저질렀을지도 모르는 일에 관해 말해야 하는 걸까?

그날 아침 나는 자전거를 타고 천천히 마을로 갔고 누군가 떨어뜨린 큰 못을 주우려고 멈춰 서기도 했다. 집에 가면 고철 수집에 추가할 것이었다. 하지만 못을 보니 소총만 떠올라서 나는 애써 다른 생각을 했다.

은회색 공기는 이슬을 머금고 있었고 산 위의 하늘은 고요한 바다라고 해야 할 듯했다.

나는 바다를 몇 년 전에 딱 한 번 본 적이 있다. 여름을 바다에서 보내곤 했던 엄마가 바다를 그리워했던 때였다. 우리는 모래 언덕에 자리 잡은 집을 빌려서 온종일 해변에서 성을 만들고, 파도 속에서 첨벙거렸다. 엄마는 나보다 훨씬 멀리, 부서지는 파도 너머 등을 대고 누워 떠다닐 수 있는 곳까지 헤엄쳐 갔다.

"이리 와봐, 대니." 엄마는 황금빛 물방울을 내 쪽으로 튀기며 말하곤 했다. "여기 오면 넌 정말 좋아할걸."

하루하루 지날 때마다 나는 내일이야말로 엄마와 함께할 만큼 내가 용감해질 날이 될 거라고 스스로 위안하곤 했다. 하지만 매일 아침 나는 여전히 파도에 쓸려 나갈까 봐 너무 두려웠다.

집으로 돌아오는 도중에 나는 조용히 눈물을 흘렸다. 바다에서 수영할 기회를 놓쳤다는 게 화가 나고 부끄러웠다. 그렇지만 그 후 몇 주 동안, 나는 모래를 박차고 나가지만 맞서 싸울 수 없는 너무 깊고 강력한 힘에 밀려 두 발이 휩쓸려가고야 마는 꿈을 꿨다.

자전거를 타고 마을로 들어가며 내가 느낀 감정이 그런 것이었다. 마치 가고 싶지 않은 곳으로 나를 끌어당기는 해류 속으로 천천히 헤엄쳐 들어가는 것만 같았다. 돌아오지 못할 수도 있는 그런 곳으로.

토요일 아침, 그렇게 일찍 문을 연 곳은 아무 데도 없었다. 내가 마주친 유일한 사람은 빌리 업다이크였는데, 그는 신문을 배달하러 마을을 빠져나가며 트럭에서 내게 경적을 울렸다.

<헤럴드>지 사무실에 도착했을 때 주차장에는 아무도 없었다. 나와 잭에게 할당된 신문 뭉치들이 문 바로 밖에 놓여 있었다.

아침이 밝아오고 희망이 사그라져가는 동안 나는 길고 긴 몇 분을 기다리고 있었다. 하지만 잭은 오지 않았다.

그리고 비록 마음 깊은 곳에서 그가 오지 않으리라는 걸 알고 있었는데도, 그의 부재는 여전히 내게 쓸쓸한 상실감을 안겨줬다. 혼자 거기 서 있으니 그렇게 외로울 수가 없었다.

지난 일

1941년 12월

잭이 와서 지내기 전까지 나는 내가 얼마나 외로웠는지 깨닫지 못했다.

물론 우리 집이 루의 집보다 조용하다는 건 알고 있었다. 루의 집에는 항상 비명을 지르는 아기가, 혹은 마지막 케이크 한 조각을 놓고 다투는 누군가가 있었다. 아이들이 많은 그 애의 집이 우리 집보다는 더 평범한 집이라는 것도 알았다. 하지만 나는 조용한 게 더 좋다고 속으로 말하곤 했다.

잭이 있을 때는 달랐다. 공기에 변화가, 적막함 대신 흐름이 있었다. 문들은 손을 대기만 해도 활짝 열렸다. 석탄 보일러의 불은 더 높이 타올랐고 아빠가 지하실로 불을 지피러 그렇게 자주 내려가지 않아도 됐다.

잭이 있게 되자 우리 집은 더 살아 있는 느낌이었다. 처음 며칠 동안 그가 침대에 누워 내가 읽어주는 재미있는 것들을 듣고 엄마가 가져다주는 수프를 마시는 것밖에는 아무것도 할 수 없었을 때조차 그랬다.

그 첫째 날 아침에 페니 박사님이 왔고, 나는 복도에서 박사님이 잭의 코가 부러졌고 갈비뼈 두 개에 금이 갔으며 "눈에 지독한 멍이 들었다"라고 진단하는 소리를 들었다. 잔뜩 인상을 쓴 박사님은 문간에 기대어 있던 아빠를 곁눈질하며 그렇게 진단했다.

"잭은 당분간 당신들과 함께 지낼 건가요?" 박사님이 물었다.

"그렇습니다." 아빠가 말했다. "저 애가 원하는 한에서요."

페니 박사님을 보면 나는 회색 양복을 입고 구부정한 등에 다리가 긴 왜가리가 떠올랐다. 부엉이처럼 둥글고 사물을 꿰뚫어 보는 것 같은 눈만 빼면 말이다. 박사님은 잭을 향해 돌아섰다. "넌 **괜찮겠니**, 애야?"

잭이 고개를 끄덕였다.

페니 박사님은 잭을 조 한참이나 바라봤다. "그래," 박사님이 말했다. "그럼 됐다. 이제 쉬어라, 알았지? 정말로." 박사님은 짐을 챙겨 나가려다가 아빠를 향해 돌아섰다. "앨런, 아래층에서 잠깐 얘기 좀 할 수 있을까?"

아빠와 페니 박사님이 아래층에서 낮은 목소리로 얘기를 마치자 아빠는 외투를 걸치고 곧장 베일리 씨를 보러 갔다. 아빠는 한 시간쯤 후에 돌아와서 잭이 당분간 우리 집에서 지내게 될 거라고 했다.

"정말이에요?" 잭은 너무 빨리 일어나 앉으려다가 얼굴을 찡그리며 말했다. "아버지가 그러라고 하셨다고요?"

"흔쾌해하지는 않으셨어." 아빠가 지친 목소리로 말했다. "하지만 결국엔 동의하셨단다."

"고맙습니다, 아저씨, 그리고 아주머니. 폐 끼치지 않도록 노력할게요. 약속해요."

"그런 말 하지 마." 엄마는 내가 장난치면 안 될 때 보이는 표정으로 잭을 쳐다보며 말했다. "넌 이 집의 손님이야. 그 말은 필요한 게 있으면 뭐든 우리를 귀찮게 해도 된다는 뜻이야. 여기 대니가 필요한 건 다 챙겨줄 거야. 잭이 누워 있는 동안 옆에 있어줄 거지, 대니?"

그리고 나는 그렇게 했다.

첫날 오후 엄마와 아빠가 우리를 남겨두고 나간 후 잭과 나는 어색

한 침묵 속에 앉아 있었다. 나는 혀가 입안에서 매듭으로 묶인 것 같았다. 잭 베일리가 재미있어할 만한 무슨 말을 할 수 있을까?

내가 뭔가 생각해내기 전에 그가 먼저 말했다. "카드 있어?" 그가 물었다.

"야구 카드 같은 거?"

그는 빵긋 웃었다. 얻어맞은 그의 얼굴은 그다지 나아지지 않았지만, 그 후로 나는 긴장이 풀렸다. "음, 난 게임하는 카드를 말한 건데, 야구 카드도 괜찮아."

우리는 아침 내내 내 카드들을 보며 조 디마지오, 디지 트라웃, 그리고 그 시즌에 타율 0.406를 기록한 테드 윌리엄스 같은 선수들의 실력에 감탄했다. 우리는 양키스가 어떻게 월드 시리즈를 그렇게 망쳤는지, 올해는 이길 수 있을지에 대해 얘기했다.

그러고 나서부터 우리 사이는 좀 더 편해졌다. 나는 잭에게 묻고 싶은 게 너무 많았다. 쿰스네 쌍둥이를 구했을 때 어떤 기분이었을까? 물에 빠져 죽는 것이나 깡패에 대한 두려움 없이 사는 건 어떤 느낌일까? 그런데 그의 아버지는 왜 이런 짓을 했을까?

하지만 나는 지난번에 잭에게 물었을 때 그가 했던 반응이 기억났고, 그래서 그 대신 우리는 야구 얘기를 하거나 진 러미 게임을 하며 규칙을 두고 다투는 따위만 계속했다. 월요일에 다시 학교에 갔을 때 나는 그의 숙제를 가져다주고 그의 방 의자에서 내 숙제를 했다. 나는 그가 손으로 머리카락을 계속 문지르다가 좌절하며 연필을 던지는 것을 곁눈질로 지켜봤다.

"숫자는 이해가 안 돼, 대니." 그가 말했다.

내게 숫자는, 암호처럼, 항상 이해되는 것이었다. 그리고 비록 그는 9학년이고 나는 겨우 6학년이었지만, 그의 숙제를 보면 나는 일부를 이해했고 할 수 있는 데까지 그를 도와줬다.

"너 천재 소년이구나?" 그는 나중에 내게 활짝 웃으며 물었다. 그의 아랫니 중 하나가 깨진 게 눈에 띄었다.

"아냐." 나는 우물거렸다. "그냥 수학을 잘하는 것뿐이야."

"그건 부끄러워할 게 아니지." 그가 말했다. "그래서 브루스 피트먼이 너를 괴롭히는 거구나? 공부를 잘해서?"

잭이 캠핑 이야기를 듣지 못했다는 게 그나마 다행이었다.

"걔는 그냥 항상 그랬어." 내가 말했다. 그리고 아마도 항상 그럴 것이다. 하지만 생각해 보니, 잭에게 더그아웃에 밀어붙여진 후 두 달 동안 브루스는 나를 쫓아오거나 다른 아이들 앞에서 창피를 주려고 하지 않았다.

그리고 나는 그게 잭 덕분이라는 걸 깨달았다.

우리 집에서 지낸 지 일주일이 됐을 때 잭은 아래층으로 내려올 만큼 기운을 차렸고, 그 일요일 오후에 우리는 아래층에 있었다. 아빠, 잭, 그리고 나는 거실에서 막 스페이드 게임을 시작하려던 참이었고 엄마는 내 스웨터를 꿰매면서 앉아서 라디오에서 나오는 일요 교향악을 듣고 있었다. 엄마는 매주 일요일 그걸 들었는데, 들으면 머리가 아픈 컨트리 음악 말고도 다른 게 존재한다는 걸 기억하는 게 좋다고 했다.

하지만 내가 첫 패를 돌리려는 순간, 특별 방송이 나오면서 교향악은 중단됐다. 멀리, 하와이에서 오는 방송이었다. 진주만이라는 곳. 방송이 공습 뉴스를 전하자 엄마의 손이 정지했다. 배들이 폭격당하고 있었다.

방송이 끝났을 때 엄마는 라디오를 껐고 긴 침묵의 순간이 흘렀다.

"저 불쌍한 아이들." 엄마가 나지막하게 말했다.

"적어도 이제 우리는 알게 됐어." 아빠가 중얼거렸다. "이제 우리는 직시할 수 있어."

하지만, 어떤 면에서, 아빠는 다가올 일의 일부를 이미 알고 있었던 것 같다. 아빠는 밤늦게까지 단파 라디오로 독일에서 오는 방송을 찾아 듣곤 했다. 한 번은 물을 마시려고 내려갔다가 아빠가 라디오 가까이 기대어 입 앞에 양손을 모으고 있는 걸 본 적이 있다.

날이 선 말들이 라디오에서 으르렁거리며 흘러나오고 있었다. 나는 아빠의 얼굴에서 두려움을 읽을 수 있었고, 아빠처럼 독일어를 공부하지 않은 게 다행으로 여겨졌다. 나는 조용히 위층으로 되돌아갔다.

하지만 이번에는 퇴각할 곳이 없었다. 라디오에서 나온 말들은 쉬운 우리말이었던 것이다. 비록 평범한 말은 전혀 없었지만 말이다.

"저게 무슨 뜻이에요?" 나는 엄마에서 아빠로 시선을 옮기며 물었다.

하지만 대답을 한 건 잭이었다.

"전쟁이라는 뜻이야, 대니." 그가 엄숙하게 말했다. 그가 그렇게 창백해진 걸 나는 처음 봤다. 처음 우리 집에 왔던 날 밤에도 그렇지는 않았을 정도였다. "그렇죠, 티먼스 아저씨?"

"그런 것 같구나." 아빠가 말했다. 아빠는 이미 코트를 가지러 손을 뻗고 있었다. "사무실에 가야겠다. 기다리지 마."

그 일요일 이전에는 우리 중 누구도 진주만에 관해 들어본 적이 없었지만, 그 후로는 모두가 그 얘기만 했다. 화요일 무렵에는 마을의 남자들 절반이 이미 입대했다. 거리도, 라디오도, 심지어 학교 교실도 복수와 승리 이야기들로 넘쳐났다. 그 주 내내 아빠는 〈헤럴드〉

지에 오래도록 머물렀고, 그런 다음에는 밤늦도록 잠들지 않고 엄마와 이야기를 나눴는데, 문밖에 앉아 듣고 있던 내가 알아들을 수가 없을 정도로 조용한 목소리였다. 엄마, 아빠가 속삭이며 논쟁하기 시작하자 나는 방으로 돌아가 이불을 머리 위로 덮었다.

꿈속에서, 나는 붉은 섬광들을 보고 천둥처럼 지축을 울리며 행진하는 수천 개의 군화들을 느꼈다. 나는 땀에 젖어 떨면서 잠이 깼다. 어느 날 밤, 나는 다시 잠들지 못해서 복도로 살그머니 나갔다. 그랬더니 잭의 방문 아래에서 희미한 빛이 새어 나오는 게 보였다. 나는 살며시 노크했다.

"들어와."

그는 창가에 앉아 달빛에 비친 나무들을 바라보고 있었는데, 그의 눈에는 어떤 갈망이 있었다. 그는 마치 새장에 갇힌 새 같았다.

"너도 잠들지 못했구나?"

나는 고개를 끄덕였다. 그가 손짓으로 침대를 가리키자 나는 방을 가로질러 가서 이불 위에 앉았다. 찬 공기가 창문 틈새로 스며들어서 나는 몸이 덜덜 떨렸다.

"우리 아빠는 입대하고 싶으신 것 같아." 내가 말했다. "하지만 엄마는 아빠가 가는 걸 원하지 않아." 그게 아니라면 엄마와 아빠가 그렇게 늦게까지 논쟁할 일이 뭐가 있을까?

잭이 창문에서 몸을 돌렸다. "너도 아빠가 가길 원하지 않겠지, 그렇지?"

"난 무서워, 형." 내가 말했다. "다른 사람들은 왜 무서워하지 않는 거지?"

그는 한참 아무 말도 하지 않았다.

"그들도 무서워해." 그가 마침내 말했다. "한 사람도 빠짐없이 다.

사람들마다 두려움을 나타내는 방식이 다른 거고, 그게 다야.”

“그럼 형은? 전쟁이 아주 오래 계속되면 싸울 거야?”

“아버지가 허락하지 않으시겠지.” 잭이 말했다. “아버지는 나를 최대한 오래 집에 있게 하고 싶으실 거야.”

“난 갈 거야.” 내가 불쑥 말했다. “나이가 더 많으면 싸울 텐데.”

내가 왜 그렇게 말했는지는 모르겠다. 어쩌면 마을에서 나를 겁쟁이로 생각하지 않는 유일한 소년이 잭이었기에 그의 생각이 옳다는 걸 증명하고 싶었던 것인지도 모른다. 아니면, 내 말을 스스로 믿고 싶었기 때문인지도. 비록 지금은 두려울지 몰라도 중요한 때가 되면 나는 용기를 낼 거라고 말이다.

잭은 내 선언에 조금도 감동하지 않는 것 같았다. “글쎄, 그럼 네가 나이가 많지 않은 게 다행이네.” 그는 창문을 향해 돌아섰다. “곧 눈이 내릴 거야.”

눈이 온다는 잭의 말은 옳았다. 세상이 그렇게 순수하고 깨끗해 보일 때 전쟁이 오고 있다는 건 믿기 어려운 일이었다. 잭과 내가 뒷마당에서 눈사람 반쪽을 만들고 있을 때 실내화를 신은 채 집에서 달려 나온 엄마가 잭에게 안으로 들어가서 갈비뼈를 편하게 해야 한다고 소리쳤다.

“네, 아주머니.” 잭은 그렇게 말했지만, 집으로 돌아가는 걸 얼마나 괴로워하는지가 눈에 보였다.

엄마는 마치 그가 가만히 있도록 구슬리려는 것처럼 우리에게 핫초코와 김이 모락모락 나는 수프 그릇을 계속해서 가져다주고, 이제 곧 베게 될 크리스마스트리에 쓸 종이 고리와 화환들을 만들도록 했다. 나는 이런 전통을 잭이 너무 유치하게 여기지는 않을까 걱정했지만, 그는 흔쾌히 종이 고리를 자르고 붙이며 라디오에서 나오는 캐럴을 따라 흥얼거렸다.

토요일 오후에는, 매주 그러듯이, 머스그레이브 아주머니가 조던을 데리고 집에 들렀다. 그분은 평소에 가져오던 버터와 치즈 외에도 이번 계절의 마지막 사과들과 산철쭉 잎으로 만든 화환을 가져왔고, 엄마는 그것들과 맞바꿔 손수 만든 퍼지 케이크를 줬다.

나는 머스그레이브 가족이 도착했을 때 잭이 어떤 생각을 할지 몰랐다. 조던도 그건 마찬가지여서, 그 애는 잭의 멍든 얼굴을 경계하듯 보면서 머스그레이브 아주머니의 원피스 밑단을 붙잡고 있었다. 하지만 잭이 그냥 페퍼민트 알사탕을 번쩍이며 웃어 보이자 조던은 눈이 휘둥그레졌다. 얼마 안 있어 그 애는 소파에서 우리 사이에 앉아 사탕을 빨며 잭과 내가 우리만의 종이 고리를 만드는 걸 도왔다.

그런데 그날의 손님은 머스그레이브 가족만이 아니었다. 그들이 가고 나서, 그리고 엄마가 잭이 쉴 수 있도록 그를 위층으로 데려가라고 나를 닦달한 지 15분도 안 됐을 때 엄마가 갑자기 루를 그의 방으로 데리고 들어왔다. 칼라와 치마에 흰 리본들이 달린 빨간 원피스 속에 쑤셔 넣어진 불쌍한 루는 화가 치민 것 같았다.

"원피스 멋지네." 내가 말했다.

"입 닥쳐." 그 애가 받아쳤다. "엄마가 우리를 애슈빌로 데려가서 조지 오빠가 입대하기 전에 가족사진을 찍으려고 하는 거야."

잭이 웃음을 터트리자 그 애는 그를 노려보며 시선을 고정했다. 그는 천진난만하게 양손을 들었다. "난 한마디도 안 했어."

"그러니까 여기가 네가 숨어 있던 곳이구나." 그 애는 극적으로 나를 향해 시선을 돌리며 말했다. "난 네가 홍역 같은 거라도 걸린 줄 알았어."

당시에 내가 토요일 아침에 제일 먼저 하던 일은 루의 집으로 자전거를 타고 가는 것이었다. 그러면 우리는 도롱뇽을 찾거나 독미나리 밭 아래에서 숨바꼭질하곤 했었다. 친구들이 으레 그러듯이 말이다.

"내가 잘못한 걸로 칠게." 잭이 말했다.

루가 그를 살펴봤다. "무슨 일이 있었던 거야?" 그 애가 물었다. "얼굴이 독수리의 저녁 먹잇감 같아."

나는 루에게 입 좀 닥치라고 말하고 싶었지만, 잭은 또 웃음을 터트렸다. "더 엉망으로 보이겠지. 거기 네가 들고 있는 건 뭐야?" 그는 루가 팔 아래 끼고 있던 초록색 리본으로 포장한 선물을 가리키며 말했다.

"너한테 주는 거야, 대니." 루가 선물을 내밀며 말했다 "네 크리스마스 선물이야. 엄마가 하나 줘야 한다고 하셨거든. 하지만 다 보고 나면 돌려줘야 한다고 말하겠어."

"그래?" 내가 움직이지 않자 잭이 말했다. "넌 안 열어볼 거야?"

안에 뭐가 들었는지는 열어서 알아볼 필요도 없었다. 최신 낸시 드류 책이니까. 나는 의자에서 몸을 꼼지락거렸다. 사실, 나는 낸시 드류를 읽을 나이는 이미 지났다고 느끼고 있었다. 나는 탐정 놀이를 하는 소녀가 아니라 진짜 스파이 활동을 하는 진짜 어른들의 이야기를 읽고 싶었다. 루에게 그렇게 말할 마음은 없었지만, 나는 잭 베일리가 내가 그런 책을 좋아한다고 생각하지 않았으면 했다.

"나중에 열어볼게." 내가 말했다. "크리스마스에."

"에이, 이봐, 대니." 잭이 말했다. "최근 들어 우리에게 제일 흥미진진한 일인걸. 네가 열지 않으면 내가 열게."

그때 나는 누군가 잭에게 마지막으로 선물을 준 게 언제였을지 궁금했다. 천천히, 내가 종이 포장을 풀자 <낸시 드류와 또각또각 신발

굽의 단서>가 모습을 드러냈다.

"나도 아직 안 읽어본 거야." 루가 당당하게 말하며 잭의 침대에 털썩 드러누워 배고픈 눈으로 책을 쳐다봤다.

잭도 그 책을 살펴봤다. "이건 무슨 이야기야?"

"당연히, 낸시 드류 이야기지." 루가 말했다. "그녀는 탐정이야. 형사라고. 그녀는 팔방미인이야. 수영, 운전, 말 타기."

나는 낸시 드류가 옷도 잘 입고 대개는 예의 바르고 아주 인기 많다는 말은 하지 않았다. 루는 종종 그녀가 마치 실존 인물인 것처럼, 자기의 제일 친한 친구라도 되는 것처럼 말하곤 했다. 그렇지만 낸시 드류가 우리와 같은 학교에 다닌다면, 루는 아마 완벽하고 단정한 그녀에게 짜증이 날 것 같았다. 하지만 그러고 보면, 루 같은 여자애들에 관한 책을 쓰는 사람들은 사실 없었다. 그 애는 그 책을 통해 낸시 드류 같은 삶에 최대한 가까워질 수 있는 게 아닐까 싶었다.

"게다가 그녀는 항상 사건을 해결해." 이제 그 애는 열을 내고 있었다. "대니와 나는 어른이 되면 직접 탐정 —."

"잭 형은 그냥 무슨 이야기냐고 물었어, 루." 내가 끼어들었다.

"재미있을 것 같은데." 잭이 말했다. "나한테 좀 읽어주지 않을래?

"정말?" 루와 내가 동시에 말했다.

"다른 걸 뭘 해야 하겠어? 어쨌거나, 나는 수영을 하고 운전을 하고 말을 타고 미스터리를 풀 수 있는 소녀를 만나고 싶어." 그는 말짱한 눈으로 내게 윙크했다.

루와 내가 번갈아 가며 그 책을 읽고 있을 때 엄마가 위층을 향해 머스그레이브 아주머니가 밖에 있다고, 그리고 루는 사진 찍으러 가야 할 시간이라고 말했다. 루는 차라리 얼음물에 목욕하는 게 낫겠다는 표정이었다.

"뭐 어쩌겠어, 나중에 만나, 두 사람 다." 그 애가 말했다. "잭 베일리, 너 참 괜찮다."

"까먹지 말고 미소는 지어라." 내가 말했다. 그 애는 새침하게 웃더니 얼굴을 찡그렸다.

그 애가 가고 난 후 나와 잭 사이에는 잠시 침묵이 흘렀다. 그러더니, "자," 그가 말했다. "뭘 기다리고 있는 거야? 계속 읽어줘."

잭이 우리와 있은 지 2주째 되었을 때 크리스마스트리를 구해와야 할 시간이라고 아빠가 말했다. 그보다 더 좋은 건, 잭이 우리와 함께 가도 될 만큼 회복했다고 아빠가 엄마를 설득한 것이었다.

잭이 온 이후부터 눈이 계속 왔기에 땅은 케이크의 층층처럼 여러 겹의 얼음과 눈에 묻혀 있었다. 아빠가 눈 올 때 신는 낡은 신발을 찾아내 잭에게 빌려줬고, 우리 셋은 완벽한 나무를 찾아 숲속으로 들어갔다. 잭이 앞장서서 걸어갔는데, 눈 위에 지나간 흔적을 거의 남기지 않는 것이었다.

아빠와 나는 지난 몇 년간 거의 나무를 찾으면서 캐럴을 불렀다. 우리는 <산 위에 올라 말하라>를 큰 소리로 부르곤 했지만, 가사는 항상 1절까지밖에 기억하지 못했다.

하지만 올해는 숲속 깊이 들어갈 때 잭이 꼬리에 꼬리를 물고 이야기를 하는 것이었다. 그는 흰 소나무 가지에서 눈을 털어내며 우리에게 그 껍질을 먹기도 하고 끓여서 곪은 상처에 바를 수도 있는 방법을 알려줬다. 몸통에 구멍이 있는 플라타너스를 지나칠 때는 곰이 그 안에서 동면하고 있을지도 모른다고 했다. 조금 더 들어가서 그는 거대한 참나무 높이 있는 매의 둥지와 그 아래 칠면조 발자국들을 가리켜 보였다.

"칠면조는 도토리를 좋아하거든." 그가 설명했다. "칠면조를 찾기 제일 좋은 장소는 붉은 참나무 근처밖에 없어."

그는 내가 야구 카드 얘기를 하는 것처럼 이런 것들을 말했는데 나는 숲에 관한 잭의 지식이 그 자체로 하나의 수집품이라는 걸 알게 됐다. 그가 열심히 수집해서 자랑스럽게 공유하는 어떤 것 말이다.

잭이 그냥 우리를 이끄는 게 아니라 우리를 어딘가로 이끌고 있다는 걸 깨닫는 데는 시간이 좀 걸렸다. 마침내, 우리는 아래쪽 하얀 계곡이 훤히 보이는 울퉁불퉁한 바위 옆에 캐럴을 부르는 사람들처럼 모여 있는 한 무리의 발삼나무들 앞에 와서 서게 됐다.

"여기예요." 그가 나무 하나를 잡고 가지를 흔들어 눈을 털어내며 말했다. "이 나무 어때요?"

"오, 아주 좋을 것 같구나." 아빠가 찬성하며 고개를 끄덕였다. "진짜 아주 좋아."

잭은 우리를 보고 활짝 웃으며 마치 지역 박람회의 블루리본이라도 되는 것처럼 그 나무를 잡고 있었다.

그날 오후 잭은 누구의 영웅도 아니었다. 그저 크리스마스를 맞는 아이였다.

우리는 보물을 가지고 문을 박차고 들어가면서 뚱뚱한 가지들을 집 안으로 꾸역꾸역 밀어 넣으려 하며 웃음을 터트렸다. 하지만 구부정한 어깨에 떨떠름한 얼굴의 베일리 씨가 거실에 서 있는 게 보이자 우리의 입술에서 즐거움은 사라졌다. 엄마는 소파에 앉아 두 손을 비벼대고 있었다. 우리가 들어오자 엄마는 벌떡 일어섰다.

"앨런," 엄마가 아빠를 보며 말했다. "베일리 씨가 방금 오셨어. 그는… 그는 잭을….”

“내 아들을 집으로 데려갈 거요.” 베일리 씨가 말했다. “지금.” 그의 눈은 아빠에게 고정되어 있었다. 그는 잭은 쳐다보지도 않았고 모자조차 벗지 않았다. 잠깐 머물며 의논할 생각은 전혀 없어 보였다.

“잠깐만 여기서 기다리시죠.” 아빠가 나무를 벽에 세우고 떨어진 바늘잎들을 손에서 털어내며 말했다. “잭이 우리와 조금만 더 지내도록 하면 안 될까요? 크리스마스가 낼모레잖아요.”

“크리스마스는 가족과 함께하는 시간이오.” 베일리 씨가 단호하게 말했다. “그리고 저 애는 내 아이요.”

잭은 문간에 얼어붙은 듯 서 있었다. 이제 더는 부어 있지 않았지만, 여전히 멍이 든 그의 얼굴은 표정을 잃어갔다. 그는 커피 테이블을 응시했다. 트리에 걸리기를 기다리며 얌전하게 쌓여 있는 우리의 종이 고리와 화환들이 거기 있었다. 부엌에서 햄 굽는 냄새가 났다.

“저 애는 아직 회복되는 중이에요.” 엄마가 반발했다. 목소리는 이제 날이 서 있었다. “시간이 좀 더 필요하다고요.”

베일리 씨의 입술이 말려 올라가더니 그가 엄마를 향해 한 걸음 다가갔다. “내 아들에게 필요한 게 뭔지 내가 모른다고 생각하는 거요?”

그는 엄마에게 너무 가까이 있었다. 그리고 엄마는 두려움이라는 말은 알지도 못한다는 듯 똑바로 섰지만, 아빠가 그 두 사람을 향해 움직였다.

“이것 보시지 —.” 그가 말을 꺼냈다.

하지만 그가 더 말을 하기 전에 잭이 자기 아버지 앞으로 휙 나갔다. 그리고 그가 브루스에게 보였던 그 강한 표정과 주먹을 쥐는 동작이 다시 나왔다. 잠시, 그는 완전히 그 아버지의 아들이었다.

그런 다음 그는 길고 차분하게 숨을 내쉬었다. "갈게요." 그가 말했다. "아버지 말이 맞아요. 전 집으로 가야 해요."

"하지만 잭," 엄마가 얼굴을 일그러뜨리며 말했다. "정말 그래?"

"밖에서 기다리고 있겠어." 베일리 씨가 중얼거렸다.

그는 우리 옆을 지나쳐 나갔고 뒤에서 문이 쾅 닫혔다. 엄마가 움찔했다.

아빠가 잭의 어깨에 손을 얹었다. "네가 가고 싶지 않다면…."

"아뇨, 정말이에요." 잭이 말했다. "전 가야 해요. 아버지에겐 제가 필요해요. 게다가 전 위니가 그리워요. 우리 개 말이에요. 녀석을 너무 오래 혼자 내버려뒀어요. 하지만 감사합니다. 베풀어 주신 모든 것 다요."

잭은 위층으로 올라가서 짐을 챙길 필요가 없었다. 올 때 아무것도 가져오지 않았기 때문이다. 우리와 지내는 동안 그는 아빠의 옛날 옷들을 입었다. 하지만 엄마는 그를 빈손으로 보내지 않을 것이었다. 엄마는 그에게 기다리라고 하고는 위층으로 달려가서 셔츠 상자 두 개를 들고 돌아왔다.

"포장할 시간이 없었어." 엄마가 말했다.

첫 번째 상자 안에는 새 플란넬 셔츠 두 벌이 있었다. 두 번째 상자에는 엄마가 뜨개질한 회색 장갑 한 켤레가 있었다. 장갑 위를 손가락으로 스치듯 만지면서 잭의 얼굴에 무언가 고통스러운 표정이 보였다. 턱이 떨리고 있었다.

"고맙습니다, 아주머니." 그가 말했다. "정말 친절하세요."

"우리가 상의한 대로 새해에 신문 배달을 시작할 거지?" 아빠가 물었다. 아빠는 우리가 트리를 찾으러 가는 길에 그 얘기를 꺼냈었다. 나는 잭과 함께 배달을 시작할 수 있도록 내게도 배달 구역을 달라고 졸랐다.

"네, 아저씨." 잭이 말했다. "그러면 감사하겠어요."

불과 한 시간 전만 해도 그는 우리 가족의 일원처럼 느껴졌다. 크리스마스에 집에 온 형처럼 말이다. 이제 그는 뻣뻣하게 서서 친절한 낯선 사람을 대하듯이 말하는 것이었다. 숲속에 있던 반짝이는 눈빛의 소년은 사라졌고 소년의 신발을 신은 남자가 돌아와 있었다. 그럼에도 엄마는 그의 어깨에 팔을 감고 그를 꽉 껴안았다.

"조심해서 잘 지내라, 아들아." 아빠가 말했다.

나도 잭에게 달려가서 그를 안고 싶었다. 하지만 나는 움직이지 않았다.

"음, 메리 크리스마스." 잭이 말했다.

"메리 크리스마스." 나는 속삭이듯 말했다.

그리고 그는 추운 밤 속으로 걸어 나갔고 그의 등 뒤로 문이 닫혔다.

11

1943년 6월

"가게 내버려두지 말았어야 해요." 나는 그때의 크리스마스가, 문 밖으로 사라지던 잭이 다시 생각나서 조용히 말했다.

이제 그는 다시 사라졌다.

엄마와 나는 시청 정문으로 오르는 돌계단 맨 위에서 엄마가 숨을 고를 수 있도록 서 있었다. 경찰서는 안쪽에 있었다.

"누구를?" 엄마가 한 손을 배에 얹으며 물었다. 다른 손에는 작은 꾸러미가 들려 있었다. 경찰서에서 볼일이 끝나면 머스그레이브 가족에게 우편으로 보내려고 가져온 것이었다.

"잭 형요. 베일리 씨에게 돌려보내지 말았어야 한다고요."

엄마는 한숨을 쉬었다. 양미간에 주름이 잡혔다. "그게 그렇게 간단한 일이 아니었어, 대니." 엄마가 말했다. "걔는 베일리 씨 아들이야. 그리고 걔가 가고 **싶어 했고.**"

엄마의 말은 마치 나는 물론이고 자기 자신을 설득하려고 애쓰는 것처럼 들렸다.

"그래도요." 내가 우물거렸다.

"그래도 그래." 엄마가 조용히 말했다.

우리 뒤에서 계단을 올라오는 발소리가 들려서 뒤돌아봤더니 한 무리의 남자들이 보였다. 그 좁은 어깨와 껌벅거리는 부엉이 눈을 한 페니 박사님이 있었고 그 뒤로 얼굴이 벌겋게 달아오른 채 숨을 헉 헉거리는 메이너드 씨가 있었다. 그의 뒤에서 번치 선생님과 피트먼 씨가 함께 걷고 있었다. 각각 양복과 넥타이 차림에 팔 아래에 서류 가방을 끼고 있었다.

먼저 우리 앞에 이른 페니 박사님이 엄마에게 모자를 들어 올렸다. "펄," 박사님이 말했다. "발목은 어때요? 너무 많이 붓지는 않았나요?"

"여기까지 온걸요." 엄마가 대답했다. "그게 어디에요."

박사님은 얼굴을 찌푸렸다. "집에 가서 쉬어야 해요." 그가 말했다. "무리하면 안 돼요, 이렇게 임박해서 ―."

"그럴게요, 선생님, 감사합니다." 엄마가 말했다.

엄마는 페니 박사님을 다른 사람들 대부분보다 더 좋아하지만, 박사님이 하는 지시라고 해도 지시받는 것은 그다지 좋아하지 않았다.

"안녕하세요, 펄." 메이너드 씨가 계단참으로 헉헉거리며 올라오며 말했다. 그는 엄마의 배를 못마땅하다는 듯 쳐다보고는 내게는 눈길도 주지 않았다.

"안녕하세요, 메이너드 씨." 엄마가 대답했다. "제가 한 가지 더 말씀드리고 싶은 게 있었는데…."

"그래요, 그래. 하지만 지금은 안 돼요." 그가 무시하듯 손을 내저으며 말했다. "아시다시피, 징병 위원회 회의가 있어요."

우리는 알고 있었다. 그게 아니라면 그 네 남자가 토요일 아침에 서류 가방을 들고 시청에 있을 이유가 뭐겠는가?

그들은 포기 갭의 징병을 담당하고 있었다. 모두들 그들이 선택된 건 직책 때문이라고 짐작했다. 페니 박사님은 의사이고, 메이너드 씨는 신문 발행인, 번치 선생님은 학교 교장, 그리고 피트먼 씨는 제일가는 대지주인 것이다. 그리고 어딘가에서 누군가가 그들이 우리 마을에서 제일 중요한 시민들이라고 결정했기 때문에 이 네 남자는 이제 누가 전쟁에 나갈 자격이 있고 누가 없는지, 그리고 누가 집에 더 필요한지를 결정할 권한을 위임받은 것이다.

이제 번치 선생님과 피트먼 씨가 계단 맨 위에 도착했다.

"안녕, 대니." 번치 선생님이 말했다. "잭은 찾아냈니?"

나는 전날의 대화를 떠올렸다. 선생님이 잭과 했다고 주장한 그 의문의 거래를.

"아뇨, 선생님." 내가 말했다.

"무슨 얘기죠?" 피트먼 씨가 물었다.

"대니에게 잭 베일리를 봤는지 물어본 거예요." 번치 선생님이 말했다. "어제 학교에 결석했거든요. 뭐, 중요한 건 아닙니다."

선생님은 우리에게 모자를 들어 올리고는 성큼성큼 지나갔다.

"흠, 그래요?" 피트먼 씨는 즐거워하는 것에 가까운 궁금한 표정으로 나를 바라봤다. 나는 똑같이 노려봤다. 피트먼 씨는 브루스와 그다지 닮지 않았다. 검은 머리카락이나 주근깨도 없었다. 다만, 작고 비열한 눈만은 똑같았다. 나는 그가 잭에게 무슨 일이 생겼는지 신경 쓰지 않을 거라는 걸 알았다.

그는 문을 열어주면서 엄마에게 굴곡진 빙판길같이 파악하기 어렵고 위험이 도사린 미소를 보냈다. "먼저 가시죠, 티먼스 씨 부인." 그가 느릿느릿 말했다.

엄마가 실눈을 떴다.

엄마에게는 피트먼 씨를 싫어하는 나름의 이유가 있었다. 엄마는 그가 항상 트럭을 더 번쩍거리는 새 것으로 바꾸고 마치 퍼레이드를 하듯이 천천히 마을을 돌다다니는 것을 좋아하지 않았다. 엄마는 그가 자기 땅을 경작하는 소작농들에게 너무 많은 금액을 청구해서 그들이 먹고살 돈도 거의 남지 않을 지경이라고 한탄했다. 하지만 엄마와 내가 둘 다 피트먼 씨를 용서할 수 없었던 것은 그가 머스그레이브 가족을 포기 갭에서 내쫓은 방식 때문이었다.

그렇지만 지금 엄마는 그가 열어주는 문을 통과할 수밖에 없었다. "감사합니다." 엄마가 똑바로 앞을 보며 딱딱하게 말했다.

"내가 말한 거 잊지 말아요, 펄." 페니 박사님이 외쳤다. "집에 가면 좀 쉬어요."

네 남자는 복도 반대편 문으로 향했다. 그들이 사라지는 것을 보며 나는 어깨가 무겁게 짓눌리는 것을 느꼈다.

나는 열세 살이 조금 안 되었다. 그 서류 가방 중 어느 것에도 내 이름이 적힌 파일은 없었다. 그 회의에서 누구도 내가 징병 카드를 받아야 하는지 논의하지 않을 것이었다. 몇 년은 더 지나야 하는데 그때쯤이면 아마 전쟁은 끝나 있을 것이다.

전쟁이 시작됐을 때, 모두들 우리가 참전한 이상 전쟁은 곧 끝날 거라고 말했다. 하지만 최근에 몇몇 사람들은 적어도 1949년까지는 전쟁이 계속될 거라고 말하기 시작했다.

브루스는 전쟁을 마치 크리스마스가 일찍 오기라도 한 것처럼 이야기했다. 징병 위원회가 구성된 이후로 그는 자기 말을 들어줄 사람이면 누구에게나 자기 아버지가 연줄을 이용해서 자기는 열여섯 살이 되기 전에 입대할 수 있을 거라고 말했다.

"난 해군보다는 육군에 가고 싶어." 그는 씩 웃으며 말했다. "적어도 육군에서는 죽으면 시신을 찾아주잖아."

엄마는 그게 다 허풍이라고 했지만, 그렇게 말하는 건 브루스만이 아니었다. 모두들 전쟁이 초대받고 싶어 안달하는 파티라도 되는 것처럼 굴었다. 학교 운동장은 항상 막대기 총과 새총을 가지고 벌이는 전투 무대였고, 급식실은 누가 최고의 스파이가 될지, 최고의 저격수가 될지, 최고의 병사가 될지 아웅다웅하는 이야기들로 가득했다.

잭과 내가 전쟁에 관해 이야기를 나눈 그날 밤 이후로 나는 내가 한 말이 사실이라고 계속 자신을 설득하려 애썼다. 그러니까 내 차례가 오면 나도 싸울 거라고 말이다. 한두 번은 심지어 숲속으로 몰래 들어가서 적진 뒤의 군인인 척하며 나무들 사이를 이리저리 뛰어다니고 계곡에서 보이지 않는 적들을 엿보기도 했다.

하지만 전쟁에 관한 어떤 말만 들어도 여전히 나는 목이 조이고 다리를 가누기가 힘들었다. 밤에는 전쟁이 시뻘건 꿈으로 내게 와서 나를 깨웠다. 전쟁은 언젠가 폭발할 수류탄처럼 내 뱃속에 무겁게 자리 잡고 있었다.

잭이 내게 한 말을 기억하면 기분이 좀 나아졌다. *"모두가 다 무서워해."* 그리고 나는 이웃 사람들이 이상한 시간에 기도하러 교회에 가는 것을 본 적도 있다. 검은색 차가 마을로 들어올 때마다 사람들이 어떻게 숨을 멈추고 눈을 돌리는지 알아차렸다. 그들은 소년이나 남자가 전사하거나 실종될 때마다 나타나는 검은 군용차를 생각하는 것이었다. 재빨리 눈을 돌리면 그 차가 자기 집 바깥에 멈추지는 않을 거라고 희망하면서.

그리고 나는 그 차가 프라이스 가족에게 왔던 날, 번치 선생님이 딜런을 교실에서 데려갈 때 다른 아이들이 책상을 꽉 잡던 모습을 봤다.

잭의 말처럼 우리는 보여주는 각자의 방식이 있기는 했지만, 모두 **두려워했다.** 그것은 내가 다른 사람들과 다르지 않다는 것을 의미했다. 중요한 순간이 오면 나는 용기를 낼 것이다. 그동안 나는 고철을 모으고, 설탕 없이 지내고, 승리의 텃밭을 가꾸고, 전쟁을 효과적으로 수행하는 모든 활동을 돕기 위해 할 수 있는 다른 모든 일을 할 것이다. 그러면 훌륭한 것 아닐까?

"대니, 올 거야 말 거야?"

엄마가 작은 소포를 들고 경찰서 문밖에 서 있었다.

"가요." 나는 중얼거렸다. 잠시 나는 우리가 왜 거기 있는지 잊을 뻔했다. 잭에게 내가 필요하다는 것을.

우리는 작은 대기실로 들어갔다. 소여 경관이 커다란 나무 책상에 앉아 있었다. 그의 아버지는 입대하기 전에 신문사에서 일했었다. 그는 경관이 된 지 그리 오래되지 않았다. 젊은 나이의 그는 매우 피곤해 보였지만 가슴에 달린 배지들은 막 닦은 것처럼 반짝였다. 나는 무엇 때문에 그가 징병에서 제외됐는지 궁금했다. 아마도 다리가 굽었거나 폐가 나쁜 걸까?

우리 뒤로 문이 닫히자 그가 고개를 들었다.

"안녕하세요, 펄." 그가 엄마에게 말했다. "무슨 일로 오셨나요?"

"실종 신고를 하러 왔어요." 나는 낸시 드류에 나온 대사처럼 말했다.

소여 경관이 눈썹을 치커올렸다. 곁눈으로 보니 엄마의 놀란 눈빛이 보였다.

"실종자라고?" 그가 되물었다.

"잭 베일리," 엄마가 설명했다. "존 베일리의 아들요. 잭은 우리 신문을 배달해요. 그런데 지난 이틀 동안 나오지 않았어요. 분명 사정이 있겠지만 그 아이답지 않아요."

"가서 베일리 씨를 만나보셔야 해요." 내가 말했다. 엄마의 놀라움이 불편함으로 바뀌는 것을 느낄 수 있었다. 하지만 나는 내 머릿속을 계속 떠돌던 끔찍한 생각을 소리 내어 말하지 않을 수가 없었다.

"왜 그렇지?" 소여 경관이 앞으로 몸을 기울이면서 얼굴을 찌푸리며 말했다.

"그는 끔찍한 사람이니까요." 나는 의도했던 것보다 더 큰 소리로 말했다. "모두가 안다고요, 그가 —."

"이게 다 무슨 일이죠?"

워맥 경사가 책상 옆 출입구에 나타났다. 그는 키가 크고 가는 콧수염에, 뺨에는 곰보 자국이 있었다.

"경사님," 처음의 경관이 말했다. "여기 티먼스 씨 부인과 대니는 잭 베일리를 걱정하고 있습니다. 이틀 동안 신문 배달에 나오지 않았다고 하네요."

"안녕하세요, 티먼스 씨 부인." 경사가 말했다.

"안녕하세요, 워맥 경사님." 엄마가 침착하게 대답했다. "소란을 피워서 죄송하지만, 대니가 매우 걱정하고 있어요. 우리 둘 다요."

"아, 물론 그러시겠죠." 경사가 말했다. "우리에게 오신 건 잘하신 일입니다. 우리가 알아낼 테니 더는 걱정하지 마세요. 특히 부인의 몸 상태에서는요."

그는 엄마의 '상태'를 보는 것조차 약간 당황스러운 듯 엄마에게서 눈을 돌렸다.

"그럼 베일리 씨를 신문할 건가요?" 내가 물었다. "그의 집을 수색하고요?"

경사는 소여 경관에게 옅은 미소를 비쳤고 소여 경관도 약간 마지못한 미소로 답했다. "신문과 수색이라고? 넌 범죄가 일어난 걸로 생각하는 것처럼 말하는구나. 잭은 아마 숲속 어딘가에서 땡땡이치며 놀고 있을 거야. 아니면 즈기 입대하려고 가출했을 수도 있고. 성급하게 행동하는 소년이 이미 처음은 아니니까."

"그 형은 그런 일은 하지 않을 거예요." 내가 말했다. 경사의 얼굴 근육이 실룩거렸다.

'나한테 말하지 않고는요.' 나는 속으로 덧붙였다.

비록 잭에게 비밀이 없는 건 아니었지만 말이다. 예를 들어, 그는 번치 선생님과 무슨 거래를 했다는 걸 한 번도 언급하지 않았다.

나는 워맥 경사의 얼굴에 짜증스러운 기색이 스치는 것을 보며 그 생각을 밀어냈다. "그래, 내가 말했듯이, 우리가 알아낼 거야."

"베일리 씨는 전에 잭을 다치게 한 적이 있어요." 나는 시작한 일을 끝낼 생각으로 조용히 말했다. "그리고 총을 가지고 있어요."

엄마가 날카롭게 숨을 들이쉬는 소리가 들렸다. "대니." 엄마가 주의를 줬다.

워맥 경사는 나를 한참 쳐다봤다. 그의 얼굴에서 웃음기가 가셨다. "총을 가진 사람은 많아."

나는 그때 워맥 경사와 베일리 씨는 오랜 친구라고 아빠가 말했던 것이 기억났다.

"네, 하지만 —."

그는 손을 들어 나를 제지했다. 벽돌로 된 벽이나 다름없는 손이었다. "내가 말했듯이, 아들아, 이제 이 일은 우리에게 맡겨라. 여기서부터는 우리가 처리할 테니."

내 뺨에 뜨거운 느낌이 번졌다. 나는 그의 아들이 아니었다. 그리고 **우리** 아버지는 내가 잭을 위해 나서기를 바랄 것이다. "네," 나는 이번에는 더 큰 소리로 말했다. "하지만 —."

"대니," 엄마가 다시 말했고, 그 목소리가 갑자기 나뭇가지 부러지는 소리처럼 공기를 가르며 울렸다. "그만하렴. 우리가 이 경관님들의 시간을 너무 많이 빼앗았어."

"전혀요." 워맥 경사가 말했다. 하지만 그의 말은 퉁명스러웠다. "좋은 하루 보내세요, 티먼스 씨 부인."

12

바깥에서 엄마는 시청 옆 작은 공원 벤치에 몸을 던졌다. 엄마는 눈을 감고 마치 생각의 주름을 펴려는 것처럼 엄지와 검지로 미간을 문질렀다. 나는 엄마 옆에 풀썩 앉았다. 잔디밭에서는 어린아이 둘이 직접 만든 연을 하늘로 띄우려고 애쓰고 있었다.

"경찰서 안에서 무슨 생각으로 그랬니?" 엄마가 내 쪽을 돌아보며 물었다. 화가 난 게 아니라 탐색하는 듯한 눈빛이었다.

내 머리는 여전히 워맥 경사에게 큰 소리를 낸 흥분으로 윙윙거렸다. "내가 말한 건 다 사실이에요. 그리고 그렇게 말한 걸 후회하지 않아요."

엄마는 한숨을 쉬었다. "넌 베일리 씨를 살인자로 고발한 거나 다름없어, 대니. 그런 걸 주장하는 건 너무 심각한 일이야."

"엄마는 제 편이어야 하잖아요!" 내가 쏘아붙였다. "잭 형 편요, 엄마."

엄마는 바닷가의 유리 돌멩이처럼 날카로운 초록빛 눈으로 여전히 나를 응시하고 있었다. "정말 베일리 씨가 그런 짓을 할 수 있다고 생각하니?"

나는 엄마의 시선을 마주 봤다. "엄마는요?"

잔디밭의 아이들 중 한 명이 비명을 지르기 시작해서 엄마는 깜짝 놀랐다. 우리는 둘 다 그 연이 순간적으로 바람을 타다가 단풍나무 가지에 추락하는 것을 지켜봤다. 엄마는 한참 동안 아무 말도 하지 않았다. 뭔가를 생각하고 있는 것 같았다. 어쩌면 내 어깨에 얼마나 많은 진실을 짊어지게 해도 되는지 가늠하고 있는지도 몰랐다.

"아니." 엄마가 마침내 말했다. "존 베일리는 냉혹한 사람이야. 그건 부정할 수 없어. 하지만 난 어제 그의 눈을 봤어. 거기에는 분노는 있었지만, 슬픔은 없었어. 후회도 없었고. 자기 자식의 생명을 빼앗고 아무런 양심의 가책도 보이지 않는다고? **누구든** 사람을 죽이는 건 끔찍한 일이야. 난 그냥 그가 그럴 수 있다고 생각하지 않아. 정말이야."

엄마는 한 손으로 배 위를 쓸면서 다른 손으로 내 손을 잡았다. 힘주어 꽉 잡았다.

나는 엄마가 그 말로 나를 위로하려 한다는 걸 알았다. 하지만 그 말은 내게 존 베일리가 다른 사람의 생명을 완벽히 빼앗을 수 있다는 것을 깨닫게 할 뿐이었다.

왜냐하면, 기억났던 것이다, 그가 이미 그런 적이 있었다는 것이.

지난 일

1942년 1월

잭 베일리가 그 추운 12월의 밤에 아버지를 따라 나간 후 나는 한동안 그를 다시 보지 못했다. 크리스마스이브에 교회에서 그를 찾아봤지만, 그건 산타클로스를 찾는 것이나 마찬가지였다.

그럼에도 불구하고, 그는 크리스마스 아침에 우리가 트리를 장식하고 선물을 열 때 우리와 함께였다. 그는 우리의 노래와 대화에 드리워진 그림자였다. 굴뚝으로 불어 내려와 벽난로 불을 잿불로 줄어들게 만드는, 얼음같이 차가운 바람이었다. 가끔 우리 사이에 침묵이 흐르면 나는 엄마와 아빠도 나처럼 그를 생각하고 있다는 걸 알았다. 그가 괜찮을지, 존 베일리와 크리스마스를 보내는 게 어떨지 궁금해하면서.

심지어 루까지도 새해 전날 밤에 그에 관해 물었다. 맥과이어 가족이 건배를 들러 우리 집에 왔을 때였다. 우리는 1942년을 위해, 전쟁에서 승리하기 위해, 그때쯤 육군에 입대해서 곧 해외로 파병될 루의 오빠 조지를 위해 건배했다.

개학을 하고서야 나는 잭을 다시 봤다. 오후 종이 울렸고, 나는 장갑 낀 손으로 자전거 거치대에서 내 자전거를 다른 자전거들과 분리해 내려고 애쓰고 있었다. 루는 수다를 떨었다고 선생님께 꾸중을 듣고서 혀를 내밀었다가 벌을 서고 있었다.

내가 마침내 자전거를 빼내고 나서 돌아섰을 때 그가 내 바로 코앞에 있는 것이었다.

"형!" 내가 말했다. "여기 있었구나! 괜찮아?"

"난 괜찮아." 그가 대답했다. "어디로든 좀 갈까?"

그는 낡은 신발을 내려다보며 진흙투성이 땅 위에서 발을 질질 끌었다. 나는 그가 겸연쩍어하고 있다는 걸 알아챘다.

"좋아." 나는 너무 열성적으로 동의했다. "그러니까, 물론이라고. 그럼 좋을 것 같아."

잭이 고개를 끄덕였다. "이리 와." 그가 말했다. "내가 아는 곳이 있어."

나는 잭과 그의 녹슨 자전거를 따라 포플러 스트리트를 돌아 강으로 쭉 달렸다. 마을이 언덕으로 이어지고 포장도로가 끝나 흙길이 시작되는 곳까지. 바람이 내 귀에서 휙휙 소리를 내며 내 귀를 추위로 빨갛게 물들였다. 숨을 내쉬면 내 숨결은 은빛이 됐다.

우리는 길에서 벗어나 숲을 가로지르는 무성한 오솔길을 향했다. 그때쯤 땅에는 눈이 대부분 녹았지만, 벌거벗은 나무들에 여전히 매달린 작은 고드름이 낮은 겨울 햇살에 반짝이고 있었다.

마침내, 우리는 눈길이 닿는 끝까지 뻗어 얽혀 있는 진달래 덤불에 도달했다. 내 눈에 그 가지들은 뚫고 갈 수 없을 것처럼 보였지만, 잭은 짙은 초록색 바다를 통과하는 좁은 터널로 나를 이끌었다. 진달래들이 우리 주위의 어두컴컴한 어둠 속에서 딱딱거리고 속삭였지만, 금세 바로 앞에 강이 있는 게 보였다. 강은 꽁꽁 얼어서 크리스마스 아침에 쓰고 남은 거대한 상아색 리본처럼 빛나고 있었다. 잭이 삐걱거리는 선착장을 가리켰다.

"내 낚시터를 보여주겠다고 했었잖아." 그가 말했다. "수영하기도 좋은 곳이야. 여기는 아무도 오지 않아. 이 일대는 홍수 때 버려진 것 같아. 하지만 이 선착장은 어쨌거나 살아남았어."

"얼음낚시를 할 거야?" 나는 잭의 자전거에서 멀리 떨어진 곳에 내 자전거를 세우며 물었다. 크리스마스 선물로 받은 자전거였는데 파란색 칠이 잭의 자전거 녹슨 금속 옆에서 너무 뽐내듯 빛났던 것이다.

"난 낚시만 하러 여기 오는 건 아니야." 잭이 말했다. "가끔은 생각하려고 오기도 해. 도망칠 필요가 있을 때."

그는 둥근 돌멩이 하나를 집어 들고 선착장 끝으로 걸어갔다. 자리에 앉아서 그는 손에 든 돌멩이를 계속 뒤집고 또 뒤집었다. 그는 엄마가 만들어 준 장갑을 끼고 있었다.

나는 그의 옆에 앉아서 장갑 낀 내 손을 모아서 그 속으로 따뜻한 공기를 불어 넣었다. 잭의 말은 내가 몇 주 동안 궁금해했던 걸 물을 수 있는 초대장처럼 느껴졌다.

"힘들지 않아?" 내가 조심스럽게 말했다. "아버지와 사는 게."

그는 돌멩이를 허공으로 던졌다. "쉽지는 않지." 그가 말했다. "하지만 항상… 그렇게 나쁜 건 아니야."

"우리 집으로 지내러 왔던 그날 밤에는 상당히 나빠 보였는데."

잭은 돌에서 눈을 떼지 않았다. "그래." 그가 말했다. "하지만 아버지는 괴물은 아니야, 알잖아. 나한테 사냥하고 낚시하는 법을 가르쳐 줬어. 가끔은 괜찮을 때도 있어. 그리고 정말로 나를 다치게… 할 의도는 아니라고 생각해."

이 말에 나는 눈썹을 치켜올렸다. "의도가 없다고?" 누구라도 어떻게 존 베일리가 자기 아들에게 한 그런 짓을 우연히 할 수 있단 말인가?

잭은 돌멩이 하나를 손으로 감싸고 얼어붙은 강을 응시했다. "아버지는 가끔 자기가 뭘 하는지 모를 때가 있어." 그가 말했다. "이미 저지르고 나서야 알게 되는 거지.”

“아.”

나는 ‘가끔’이라는 단어에 꽂혔다. 그것은 존 베일리가 아들을 때린 게 처음이 아니라는 뜻이었다. 마지막도 아닐 수 있다는 뜻이었다.

“어머니 말씀으로는, 아버지는 전쟁 전에는 딴 사람이었대.” 잭이 조용히 말했다. “어머니가 만난 남자들 중 제일 온화한 사람이었다고.”

잭이 말한 전쟁은 제1차 세계 대전이었다. 우리 아빠는 너무 어려서 싸울 수 없었지만, 큰아버지는 전쟁에 나갔고 프랑스의 참호에서 전사하셨다. 아빠는 그 얘기를 하는 걸 좋아하지 않았지만, 큰아버지의 훈장을 사무실 유리 상자에 넣어 두고 항상 반짝반짝 윤을 냈다.

“그래서 무슨 일이 있었는데?” 내가 물었다.

“전쟁이지.” 잭이 말했다. “전쟁이 일어났어. 전쟁은 어떤 종류의 주술처럼 아버지를 괴롭혔어. 돌아온 아버지는 너무 달라져 있었어. 어머니는 아버지를 돕기 위해 모든 걸 시도했지만 아무것도 효과가 없었어. 어머니는 아버지를 떠나려고 했는데 그때 아기가 생긴 걸 알게 된 거야. 나 말이야.”

그의 눈은 유리처럼 빛나고 있었지만, 우리 앞의 얼어붙은 강처럼 단단하기도 했다.

“그래서 남으신 거야?”

“아버지는 항상 아이를 갖고 싶어 했지만, 뜻대로 되지 않았거든. 어머니는 그때 아버지가 변할 거로 생각했던 거야. 내가 아버지를 예전으로 되돌려 놓을 거라고, 알겠지? 하지만 효과가 없었어. 아까 말했듯이, 아무것도 효과가 없었던 거야.”

그는 돌멩이를 강 위로 던졌고, 돌은 거칠게 딱 소리를 내며 떨어졌다. 나는 움찔했다. 얼음은 견고하게 버텨냈다.

“어쨌든, 아버지가 그냥… 없어져 버리는 때가 있어. 소리를 지르고, 고함을 지르고, 움직이는 모든 것에 주먹을 휘두르기 시작하지. 그게 너희 아빠 사무실에 내가 나타났던 밤에 일어난 일이야.”

“미안해.” 나는 소심하게 말했다. 잭의 피 묻은 얼굴을 봤을 때처럼 이상한 기분이 들었다. 나는 눈을 감았다. 모든 것이 너무 날카롭고, 너무 밝고, 너무 적나라하게 느껴졌다. 더는 보고 싶지 않았다.

“아버지도 그랬어.” 잭이 말했다. “아버지도. 이런 일이 일어나면 항상 미안해하지. 가끔은 그냥 너무 힘든 것 같아. 자기가 봤던 모든 것, 자기가 했던 모든 일과 함께 살아가는 게 말이야.”

“자기가 했던 모든 일?”

잭은 한참 동안 나를 바라봤다. “그건 전쟁이었어, 대니.” 그가 말했다. “죽이느냐, 아니면 죽느냐.”

13

1943년 6월

나는 그 공원에서 바로 선착장으로 가고 싶었다. 잭이 처음 나를 거기 데려간 후부터 우리는 자주 다시 그곳을 찾았다. 그곳은 우리의 일상적인 만남의 장소가 되었고, 또 내가 잭을 마지막으로 본 곳이기도 했다.

나는 최선을 다해 엄마가 옳다고 믿으려 하고 있었다. 전쟁에서 다른 사람을 죽였다고 해서 베일리 씨가 자기 아들에게도 똑같이 할 수 있다는 뜻은 아니라고. 나는 선착장에서 뭔가를, 잭이 어디로 갔는지 알려줄 어떤 단서를 찾을 거라고 마음속으로 말했다.

하지만 엄마는 잡화점에 가야 했다. 잡화점은 우체국을 겸하고 있어서 머스그레이브 가족에게 소포를 보내기 위해서였다. 연료는 배급제였지만, 엄마는 배가 불러오면서 마을로 차를 몰고 가곤 했다. 나는 걸어서 가는 것보다 엄마가 나를 집까지 태워주기를 기다렸다가 자전거를 타고 가는 편이 더 빠를 거라고 판단했다.

가게에 들어서자, 벨이 울렸고 딘위디 씨 부인이 카운터 뒤에서 고개를 들었다. 그 아주머니는 내가 기억하는 한, 쭉 딘위디 잡화점을 운영해 왔다. 그리고 내가 기억하는 한, 아주머니는 늙어 보였지만, 진짜로 절대 **더는 늙지** 않는 것 같았다. 얼굴은 둥글둥글했고 백발의 단발머리에 구슬 체인이 달린 안경을 목에 걸고 있었다.

"티먼스 씨 부인," 아주머니가 엄마에게 함박 웃으며 말했다. "뭐가 필요해요?"

잡화점 선반은 예전의 반만큼도 차 있지 않았고, 항상 누군가가 막 들어와서 마지막 커피 캔이나 설탕 봉투를 가져간 것 같았다.

하지만 딘위디 씨 부인은 자신의 물건들 — 여기 쌓인 양초들, 저기 진열된 씨앗들, 카운터 위에 놓인 빗들 — 을 향해 자기의 재물을 가리키는 여왕처럼 손짓을 했다. "내가 맞혀볼게요. 속을 달랠 탄산수? 발에 바를 황산마그네슘? 아니, 그게 아니죠? 뭔가 당기는 게 있는 거죠? 난 막내를 임신했을 때 수박이 먹고 싶었거든요. 안타깝게도 그 애는 2월에 태어났지 뭐예요."

"안녕하세요, 딘위디 씨 부인." 엄마가 대답했다.

"이리 온, 대니." 딘위디 씨 부인이 카운터 위의 감초 캔디 병을 열며 말했다. 우리가 올 때마다 아주머니는 항상 내게 무료로 하나 주곤 했다. 하지만 나는 그런 걸 먹을 기분이 아니었다.

"감사합니다만, 괜찮아요." 내가 말했다.

"좋을 대로 하렴. 생각해 보니, 두 사람에게 줄 다른 게 있네요."

아주머니는 뒤로 돌아 우편물이 보관된 칸으로 가서 편지 한 장을 꺼내 엄마에게 건넸다.

"오! 할머니한테서 온 거야." 엄마가 편지를 열어 훑어보며 내게 말했다. "기차 시간을 확실히 알려주려고."

할머니는 다음 주말에 와서 엄마가 아기를 돌보는 것을 도울 예정이었다. 할머니는 군수 공장에서 일을 시작한 후 단 하루도 쉬지 않았기 때문에 우리 둘 다 거의 1년 만에 처음으로 할머니를 보게 될 것이었다. 할머니는 그게 자신의 의무라고 말했다.

"피곤해 보이네요." 딘위디 씨 부인이 엄마를 보며 혀를 찼다. "이런 때에는 정말 일하면 안 되는데."

엄마는 피로 때문인지 걱정 때문인지 알 수 없지만, 어쨌든 **정말**

피곤한 기색이 역력했다.

"명심할게요." 엄마가 말했다. "그런데 실은, 여기 부칠 소포가 있어요."

엄마가 갈색 종이로 싼 작은 상자를 들어올렸다. 아주머니는 팔짱을 끼고 약하게 **흥** 콧방귀를 뀌었다. "오늘은 토요일이에요. 우체국은 토요일에 안 열어요. 알잖아요."

"물론이죠." 엄마가 갑자기 버터처럼 부드러운 목소리로 호응했다. "오늘 아침에 집을 나설 때 그 생각을 못 했어요. 부인 말씀이 맞아요. 제가 잠을 제대로 못 자고 있어요. 혹시…."

엄마가 시선을 배로 내리자 딘위디 씨 부인은 한숨을 쉬었다.

"뭐, 이번 한 번만 받아준다고 해서 잘못될 건 없죠. 하지만 월요일까지는 발송되지 않을 거예요. 주세요."

엄마는 몸을 바로 세웠다. "정말 고맙습니다." 엄마가 카운터 너머로 소포를 건네며 말했다.

딘위디 씨 부인이 소포를 내려다봤다. "머스그레이브?" 아주머니는 주소를 읽으며 물었다. "아직도 대프니와 연락을 해요?"

"네, **머스그레이브 씨 부인과는** 여전히 연락하고 있어요." 엄마가 말했다. "딸기 잼을 좀 보내려고요. 약소한 고향의 맛이죠."

"음, 친절하네요." 아주머니가 말했지만, 진심으로 하는 말 같지는 않았다. "떠나기로 해서 정말 안타까웠어요. 요즘은 떠나는 사람들이 너무 많아요."

"그게 참," 엄마가 불쾌한 느낌을 주는 목소리로 대답했다. "정확히 말해 그들이 떠나기로 **마음먹은** 건 아니었잖아요, 안 그런가요?"

딘위디 씨 부인이 콧구멍을 벌름거리면서 엄마에게 짜증 섞인 미소를 지었다. "글쎄 뭐, 다음에 편지 쓸 때 안부 전해주세요."

우리가 거리로 나서자 엄마는 코웃음을 쳤다. "그 가족은 대공황 때 자기 농장 산물로 이 마을 사람들 절반을 먹여 살렸어." 엄마가 으르렁거렸다. "그런데 어떤 보답을 받았는지 한 번 봐. 세상에, 사람들이 기억력도 참 없구나."

"조던한테 **제** 인사 전했어요?" 나는 엄마에게 물었다.

하지만 엄마는 듣지 못한 것 같았다. 대신, 엄마는 나를 돌아봤다. "잊지 마, 대니." 엄마가 말했다. "넌 작은 마을에서 자랐을지 몰라도 좁은 마음을 갖도록 자라지는 **않았다는** 걸."

그리고 나는 엄마의 말이 무슨 뜻인지 알았다. 우리는 전에 좁은 마음에 관해 이야기한 적이 있었기 때문이다.

지난 일

1940~1942년

머스그레이브 가족을 포기 갭과 우리의 삶에서 쫓아낸 장본인은 피트먼 가족이었다. 하지만 처음에 우리와 머스그레이브 가족을 엮어준 것도 피트먼 가족이었다.

1940년 어느 가을날 오후, 브루스와 로건이 나를 마을 곳곳으로 쫓아다니며 얼음장같이 차가운 연말의 와타우가강에 나를 던지겠다고 위협하지 않았더라면 엄마와 머스그레이브 아주머니가 과연 그런 우정을 쌓았을지 의문스럽다. 우리 나라가 아직 전쟁에 참전하지 않았고 내가 아직 잭 베일리를 만나지 못했을 때였다. 그래서 여전히도 브루스와 로건이 가장 즐기는 오락거리는 나를 겁주는 것이었다.

나는 그 애들을 따돌리길 바라면서 석영 조각 속 무늬결처럼 포기 갭을 관통하는 여러 숲 중 하나를 가로질러 갔다. 숲 반대편으로 나왔을 때 나는 그 애들이 여전히 쫓아오는지 보려고 뒤를 돌아봤다. 다행히도 그 애들은 포기한 것 같았다. 하지만 나는 뒤를 보느라 길에 있는 돌을 보지 못했다.

자전거 타이어가 미끄러지면서 나는 옆으로 쓰러지며 쿵 하고 세차게 땅으로 떨어졌다. 칼에 찔린 것 같은 통증이 발목에 느껴져서 나는 저도 모르게 입술을 세게 깨물었고 피 맛이 났다. 내 뒤쪽 숲에서 먼 웃음소리가 들렸다.

일어났을 때 나는 다친 발목에 체중을 실을 수가 없었다. 한 발로 서서 어떻게 집에 갈 수 있을지 궁리하고 있을 때 근처에서 목소리가 들렸다.

"너 괜찮아?"

돌아보니 머스그레이브 아주머니가 사과가 가득 든 바구니를 팔꿈치에 끼고서 진입로 끝에 서 있었다. 밀짚모자 챙 아래로 아주머니의 갈색 눈이 내다보였고 그 아래로 윤기 나는 검은 머리가 모자 속으로 들어가 있었다. 둥근 뺨에는 작은 반점들이 많아서 슬플 때조차도 항상 막 미소를 지으려는 것처럼 보였다.

아주머니의 목소리는 부드러웠다. 그 다정한 목소리에 내 입술에서 작은 흐느낌이 터져 나왔다.

머스그레이브 아주머니가 고개를 저었다. "쉬, 조용히." 아주머니가 숲을 힐끗 보며 말했다. "그 애한테 울음을 들려주지 마. 그러면 그가 이기는 거야."

아주머니는 브루스의 웃음소리, 그 속에 담긴 비열함을 들었던 게 틀림없었다. '그 애'가 누군지 아주머니가 짐작했는지는 몰랐지만, 어쩐지 그랬을 거라는 생각이 들었다. 나는 턱을 들고 눈을 깜빡여 눈물을 털어냈다.

아주머니가 잘했다는 듯 고개를 끄덕였다. "자, 그 다리는 어떻게 된 거니?"

"발목을 삔 것 같아요."

"걸을 수 있겠니?" 아주머니가 물었다.

나는 그 발을 다시 디뎠다가 통증 때문에 움찔했다.

"우리 집 앤서니 아저씨는 트럭을 타고 나가고 없단다." 아주머니가 말했다. "하지만 내가 수레를 가져와서 집까지 데려다줄게."

"괜찮아요." 나는 반대했지만, 아주머니는 이미 돌아서서 치맛자락이 땅에 닿지 않도록 조심하며 진입로를 재빨리 걸어가고 있었다.

암말 로지가 앞에서 발굽 소리를 내며 머스그레이브네 수레를 마을로 덜컹거리며 끌고 갈 때 몇몇 사람들이 손을 흔들거나 인사를 했다. 그들은 머스그레이브 아주머니를 대프니라는 이름으로 불렀다.

그들의 시선이 아주머니 옆의 내게 닿자 그들은 고개를 갸웃하며 내가 아주머니와 함께 수레에 타고 뒤에서 자전거가 덜덜거리며 가는 이유를 이해하려고 애썼다. 아주머니는 친절하게 고개를 끄덕여 인사에 답하는 것 외에는 곧장 앞을 보고 있었다. 아주머니의 등은 화살처럼 곧았고 손은 고삐를 단단히 움켜쥐고 있었다.

우리가 집에 도착했을 때 엄마는 밖에서 바닥 깔개를 털고 있었다. 엄마는 수레를 보고 다시 한번 쳐다보더니 깔개를 땅에 떨어뜨리고 길가로 우리를 맞으러 왔다. 내가 절뚝거리며 내려서자 머스그레이브 아주머니가 무슨 일이 있었는지 설명했다. 엄마는 나를 걱정스럽게 쳐다봤다.

"음, 안으로 들어가서 그 발목을 좀 보자." 엄마가 수레 뒤에서 내 자전거를 들어 올리며 말했다. "그리고 머스그레이브 씨 부인도요. 들어와서 몸이라도 좀 녹이세요. 두 사람 다 얼어붙었을 거예요."

"아… 음… 괜찮아요, 티먼스 씨 부인." 머스그레이브 아주머니가 놀란 듯 대답했다.

"제발요." 엄마가 말했다. "제 아들을 안전하게 집에 데려다주셨잖아요. 뜨거운 차를 드리는 게 제가 할 수 있는 최소한의 일이랍니다."

머스그레이브 아주머니는 양쪽을 힐끗 보더니 고개를 끄덕였다. "그럼, 잠깐만요." 아주머니는 수레에서 내려 로지의 고삐를 우리 울타리 기둥에 묶고 얼룩덜룩한 목을 쓰다듬어 줬다.

안으로 들어가자 나는 머스그레이브 아주머니에게 감사 인사를 했고 위층으로 인도됐다. 엄마가 베개로 내 다리를 받치고 차가운 젖은 수건을 발목에 감았다. 엄마는 문을 열어뒀고, 그래서 몇 분 후 엄마와 머스그레이브 아주머니의 대화 소리가 위로 올라왔다. 처음에는 말이 부자연스럽고 드문드문 끊겼지만, 곧 웃음소리가 울려 퍼졌다.

그 다음에는 목소리들이 더 부드럽게 흘렀고 머스그레이브 아주머니는 계획했던 몇 분보다 훨씬 더 오래 머물렀다.

그 후, 머스그레이브 아주머니는 거의 매주 토요일 오후에 우리 집에 왔는데 올 때는 항상 엄마가 주문한 일주일 치 유제품과 농산물이 가득 든 바구니나 예전 우유 통을 들고 왔다.

엄마에게 물으면, 머스그레이브네에게서 그 물건들을 사는 이유는 그들의 농장에서 나오는 옥수수가 제일 달콤하고, 토마토는 즙이 제일 많고, 버터가 제일 진하기 때문이라고 말했을 것이다. 하지만 그것만으로는 머스그레이브 아주머니가 종종 조던을 데리고 와서 항상 한두 시간씩 머물며 차를 마시고 엄마와 이야기를 나누는 것을 설명할 수 없었다.

아빠가 전쟁에 나가기 전에도 엄마에게는 분명 어울릴 사람이 필요했을 것이다. 엄마는 성경 공부에 환영받을 수도 있었고 독립기념일 소풍에서 다른 아주머니들과 어울려서 웃을 수도 있었다. 하지만 포기 갭에서 얼마나 오래 살든, 엄마는 결코 그들 중 한 사람이 될 수 없을 것이다.

사람들은 대부분 엄마가 말할 때 그 딱 부러지고 억양 없는 말투에 여전히 눈썹을 치켜올렸고 때로는 실눈을 뜨고 엄마가 하는 말을 들었다. 그들은 엄마가 읽는 책들, 컨트리 음악을 싫어하는 취향, 그리고 거의 유일하게 차를 운전한다는 사실에 의구심을 가졌다. 엄마는 너무 달랐던 것이다.

머스그레이브 아주머니도 달랐다. 엄마의 피부가 데이지꽃처럼 하얬다면 머스그레이브 아주머니의 피부는 해바라기의 중심부처럼 어두웠다. 그리고 머스그레이브 가족은 데이지꽃이 가득한 언덕 한 구석에서 자라는 외로운 해바라기들 같았다. 포기 갭에는 다른 흑인 가족이 없었기 때문이다.

엄마와 머스그레이브 아주머니는 각기 다른 식으로 둘 다 아웃사이더였고, 둘 다 외로웠으며, 어쩌면 그래서 친구가 된 건지도 몰랐다. 그리고 어쩌면 그런 유대감이 옥수수를 그렇게 달콤하게, 버터를 그렇게 진하게 만들었을지도 모른다.

그 토요일 오후들에, 나는 종종 어린 조던과 함께 지내게 됐다. 하지만 그 애는 엄마에게서 너무 멀리 떨어지고 싶어 하지 않았기에 우리는 어머니들이 하는 말이 대부분 다 들리는, 응접실 바로 밖 복도에 함께 앉아 있곤 했다.

그래서 나는 머스그레이브 아주머니가 다른 산간 마을인 분에서 포기 갭으로 이사 왔다는 사실을 알게 됐다. 그곳에서 아주머니는 다른 많은 흑인 가족들과 함께 '언덕'이라고 부르는 동네에서 살았다. 머스그레이브 아저씨를 만나기 전까지 아주머니는 학교 선생님이었는데, 친척을 방문하러 분에 왔을 뿐인 아저씨가 아주머니를 팔에 끼고 떠났던 것이다.

나는 머스그레이브 가족이 남북전쟁 직후부터 자기 농장을 소유했다는 것, 그곳은 뿌리와 씨앗을 키워낼 인내심이 거의 없는 바위투성이의 딱딱한 땅이었다는 것을 알게 됐다. 하지만 오랜 세월에 걸쳐 그 가족은 천천히 흙을 달래서 몇 가지 곡물을 키우고, 그다음 또 몇 가지를 더 키웠고, 그런 끝에 마침내 그 땅은 사과꽃과 호박 덩굴, 옥수수 대와 건초 더미로 가득 차게 되었다.

나는 머스그레이브 아주머니가 엄마에게 자기는 농장을 사랑해서 밤이 짧은 것도, 아침이 일찍 시작되는 것도 개의치 않는다고 털어놓는 것을 엿들었다. 하지만 아주머니는 옛날 생활을 그리워했다. 교회 합창단에서 노래하고, 가족과 함께 일요일 저녁을 먹고, 자기 아이나 다름없는 아이들을 가르치며 또 한 주를 보내곤 하던 생활을. 이제는 조던이 아주머니의 유일한 학생이었다.

아주머니는 그 애를 정말 훌륭하게 가르치고 있었다. 아직 학교에 다닐 나이가 아니었는데도, 그 애는 이미 신문에 나오는 많은 단어를 읽을 수 있었다. 신문이 도착하면 항상 한 부 달라고 했고, 나는 복도에서 그 애와 함께 앉아서 그 애가 읽지 못하는 단어들을 읽을 수 있도록 도왔다. '불명예'니 '저항'이니 하는, 특히 어려운 단어들을 해낼 때마다 그 애의 눈에는 반짝 불이 켜지고 얼굴에는 미소가 환하게 번져서 함께 웃지 않을 수가 없었다. 그 애는 엄마와 똑같이 뺨이 둥글었지만, 양쪽에 보조개가 있는 것이 달랐다.

그 애는 많은 단어의 의미를 몰랐다. 나도 모르는 단어들이 있었지만, 최선을 다해 그렇지 않은 척했다. 아빠가 신문의 편집자였음에도 나는 뉴스란 꽤나 지루한 것이라고 여겼다. 적어도 우리가 전쟁에 참전하기 전까지는 그랬다. 그래서 조던 같은 어린아이가 신문을 그렇게 읽고 싶어 하는 것이 이상하다고 생각했다.

어느 토요일에 머스그레이브 가족이 가고 나서 나는 엄마에게 그런 얘기를 했다. 엄마는 가슴에 팔짱을 끼고 나를 탐색하듯 오래 쳐다봤다.

"대니," 엄마가 말했다. "인종 분리가 뭔지 알지?"

나는 엄마와 아빠가 예전에 인종 분리 문제를 토론하는 것을 들은 적이 있었다. 우리가 애슈빌에 갈 때마다 마을 곳곳에서 출입구, 화장실, 식사 자리를 표시하는 '백인'과 '유색인' 표지판이 보였을 때 엄마는 마치 겉모습만으로 속을 판단할 수 있다는 듯 피부색에 따라 사람을 다르게 대우하는 것이 얼마나 부당한지 말하곤 했다. 그건 국기 색깔로 국가의 성격을 판단하려는 것이나 마찬가지라고도 한 번 말했었다.

하지만 나는 대부분의 백인이 엄마의 의견에 동의하지 않는다는 것도 알았다. 그렇기 때문에 애슈빌에 그런 표지판이 가득한 것이다.

하지만 머스그레이브 가족은 애슈빌 같은 대도시에 살지 않았다. 그들은 표지판도 없고 모두가 그들을 아는 포기 갭에 살았다. 우리가 수레를 타고 마을을 지나갈 때 사람들이 머스그레이브 아주머니에게 인사를 건네지 않았던가? 여러 해 동안 나는 키 크고 좁은 체형의 머스그레이브 아저씨가 딘위디 잡화점을 드나드는 모습을 많이 보지 않았던가?

하지만 그때, 나는 생각했다. 사람들이 그들을 머스그레이브 씨 부부라고 부르지 않고 앤서니와 대프니라고 부른다는 것을. 그리고 그들을 식당이나 이발소, 수영장에서 본 적이 없었다는 것을. 엄마를 응시하면서 비가 땅으로 스며들듯 내 피부 속으로 이해가 스며들기 시작했다.

"하지만 조던이 신문을 읽는 게 인종 분리와 무슨 상관이 있어요?" 내가 물었다.

"조던이 신문을 읽는 건 도서관에서 책을 빌릴 수 없어서야." 엄마가 말했다. "발렌타인 씨 부인이 머스그레이브 가족을 들여보내 주지 않아."

그때쯤 내 속에서는 끈적끈적한 붉은 점토가 들끓고 있었다. "발렌타인 씨 부인이 —."

발렌타인 씨 부인은 2년 전 내가 독감에 걸렸을 때 수제 애플파이와 함께 산더미 같은 책들을 우리 집 문까지 직접 가져왔다. 그분은 마을의 모든 아이에게 해마다 생일 카드를 썼다. 적어도, 나는 모든 아이에게 쓴다고 **생각했다**.

엄마의 이마에 난 깊은 고랑이 부드러워졌다. 마치 내가 무슨 생각을 하는지 아는 것처럼. "우리는 다른 사람의 영혼을 결코 들여다보지 못해, 대니." 엄마가 말했다. "그러니 그냥 기억하렴, 좁은 마음처럼 넓은 가슴을 작아지게 만드는 건 없다는 걸 말이야."

14

1943년 6월 14일

엄마와 내가 머스그레이브 아주머니에게 소포를 부친 후 집에 도착했을 때쯤 엄마의 분노는 지친 기색으로 사그라들었고, 엄마는 위층에 올라가서 누워야겠다고 했다. 나는 잭이 어떤 흔적이라도 남겼는지 찾으러 가겠다고 말했다.

"음, 그게 좋겠다." 엄마가 말했다. "다만, 잭 베일리네 집 근처엔 얼씬도 하지 않는다면 말이야."

나는 자전거에 올라서 달려 나갔고 도로를 벗어날 수 있는 곳이 보이자마자 소나무들이 늘어서서 강을 따라 이어진 좁은 오솔길로 들어갔다. 날씨가 따스해서 사람들이 여기저기 피크닉 매트를 깔아놓거나 물 위로 튀어나온 바위에 낚싯줄을 걸쳐 놓았다.

내가 지나친 사람들은 하나같이 다 행복해 보였다. 마치 태양이 그들의 근심을 녹여버린 것처럼. 나는 아이들과 딸기 한 바구니를 나눠 먹고 있는 더글러스 목사님에게 손을 흔들었다. 다른 많은 사람도 신문 배달 노선에서, 혹은 학교나 교회에서 봐서 아는 사람들이었다. 엄마는 포기 갭에서 이방인인 느낌이었을지 몰라도 나는 전혀 그렇지 않았다. 브루스가 나를 눈에 넣기 시작했을 때조차 그랬다.

나는 포기 갭에서 태어났다. 이 곳은 이날 이때까지 내가 알고 지내온 곳이었다. 하지만 발렌타인 씨 부인이 머스그레이브 가족을 도서관에 들여보내지 않는다는 말을 엄마에게 들은 이후 나는 내가 우리 마을을 얼마나 잘 이해하고 있는지 의문이 들기 시작했다. 발렌타인 씨 부인처럼 좋은 사람도 그렇게 잔인할 수 있다면 사람들의 영혼 속에 또 어떤 추악함이 숨어 있을지 누가 알겠는가?

잭도 뭔가를 숨기고 있었던 걸까? 발렌타인 씨 부인 같은 편견이 아니라 어떤 비밀을? 그의 실종을 설명할 수 있는 뭔가를?

나는 더 빨리 가자고 스스로 재촉했다. 자전거를 타고 더 멀리 갈수록 지나치는 사람들이 줄어들었다. 마침내 내 뒤편으로 길이 끊겼고 잔잔한 강물 소리와 새들의 지저귐만 나무에서 들리게 됐다. 자전거를 타기 힘들 만큼 땅에 돌이 너무 많아지자 나는 내려서 에메랄드 방패처럼 그 장소를 둘러싼 진달래 나무를 최대한 빨리 뛰어서 통과했다.

나뭇잎들 틈으로 삐딱하게 휘어 있는 선착장이 보이자 내 심장은 빠르게 뛰었다. 어쩌면 이틀 전 내가 남겨두고 갔던 바로 그 자리에서 그냥 기다리고 있는 잭을 발견할지도 몰랐다.

하지만 선착장은 비어 있었다. 널빤지는 물렀고 미끄러웠다. 널빤지를 군데군데 반쯤 덮고 있던 이끼들이 이틀 만에 더 두껍게 자란 것 같았다.

나는 주위를 둘러봤다. 수위는 여전히 높았지만 물은 잔잔하고 쾌청했고, 우리의 비밀 수영 웅덩이가 오라고 손짓하는 것 같았다. 강 건너편에는 넓은 자갈 둑을 따라 황철광이 반짝이고 있었다.

선착장 옆에는 좁은 틈이 나 있는 거대한 바위가 있었다. 나는 몸을 구부리고 그 틈 안을 들여다봤다. 늘 그랬듯이 두 개의 나무 낚싯대와 낚시 도구 상자가 그 안에 있었다. 잭이 그날 저녁 내가 떠난 후에 치워둔 게 틀림없었다.

일어서는데 바위 저편 멀리 뭔가가 눈에 들어왔다. 낡은 금속의 둔한 빛이었다. 처음엔 고철 수집에 쓸 깡통이나 다른 것을 발견했을 때 그렇듯이 가슴이 뛰었다. 그러다가 내가 보고 있는 것이 무엇인지 깨닫자 등골에 서늘한 한기가 흘렀다.

전나무에 기대어 있는 것은 잭의 자전거였다.

그렇다면 잭은 여기서 걸어서 떠났다는 뜻이었다. 하지만 그건 말이 안 되는 일이었다. 왜 그가 비를 맞으며 걸어서 집에 가려고 했을까?

또 다른 가능성이 있었다. 그가 아예 떠나지 않았을 가능성.

내 눈은 본능적으로 강을 향했다. 잭을 두고 떠날 때 막 시작되던 폭풍이 떠올랐다. 강물이 둑을 넘어 불어나게 하고 느릿느릿 흐르던 물을 순식간에 누구든 멀리 휩쓸어갈 수 있는 급류로 바뀌게 했던 그 비가. 떠밀려가면 알지도 못하는 곳에 도달하게 만드는 그 비가.

손가락이 저리기 시작했다. 갑자기 내가 텅 빈 느낌이 들었다. 미풍에도 멀리 휩쓸려 갈 수 있을 만큼 가벼워진 것 같았다.

그렇게 끔찍한 일이, 그렇게 간단히 답이 될 수 있단 말인가? 나는 베일리 씨가 잭의 실종에 책임이 있다고 걱정했지만, 범인은 처음부터 강일 수 있었던 걸까?

'아니야.' 나는 다시 생각했다. 이건 **잭 베일리**였다. 마을 사람들 태반이 그가 홍수가 난 물에 뛰어들어 쿰스네 쌍둥이를 구하는 걸 봤다. 나는 잭이 헤엄치는 걸 수도 없이 봤고, 물에서 그보다 더 강한 사람은 없었다.

그런데도… 거기 그의 자전거가 있었다. 그는 왜 자전거 없이 떠났을까?

자전거는 나무에 기대어 있었는데, 내가 그 마지막 저녁에 기억하는 것과 똑같은 모습이었다. 나는 안장 가방을 확인했다. 짧은 연필 몇 개와 빗 하나가 있을 뿐 비어 있었다.

그때 내 눈이 나무에 가서 떨어졌고, 내 심장은 다시 한번 요동쳤다.

누군가 나무껍질에 어떤 단어를 새겨놓았던 것이다.

지난 일

1942년 6월

"형네 엄마는 어디로 가신 거야?" 어느 날 오후 내가 잭에게 물었다. "그러니까, 엄마는 어떻게 된 거야?"

크림이 휘저어져 버터가 되듯이 봄이 천천히 여름으로 짙어 가던 때였다. 우리 뒤에는 진달래 나무가 꽃을 활짝 피웠고 꽃송이에는 벌들이 와글거렸다.

잭과 나는 선착장에 누워 차가운 물에 뛰어든 뒤 맨살로 있던 우리의 가슴을 태양이 따뜻하게 데워주도록 내버려두고 있었다. 날씨가 좋아진 만큼 우리는 거의 매일 오후 수영하거나 낚시하러, 혹은 그냥 햇볕을 쬐며 졸려고 이곳에 왔다.

"돌아가셨어." 그가 팔꿈치로 몸을 일으켜 세우며 말했다. "폐렴으로. 내가 여덟 살 때야."

"아." 나는 중얼거렸다. 바보 같았지만, 돌아가셨다는 건 생각도 하지 못했었다. 나는 무슨 말을 해야 할지 몰랐다. "미안해. 난 형의 아빠랑 그런 것들 때문에, 그러니까 —."

"엄마가 떠났다고 생각했어?"

나는 대답하지 않았다. 엄마가 나를 두고 떠난 것과 아예 엄마가 없는 것 중 뭐가 더 나쁜지 의문스러웠다. 매일 아침 문밖으로 나가는 나를 세우고 엄마가 이마에 뽀뽀해 주던 기억이 떠올랐다. 엄마는 내가 1학년 때부터, 학교로 혼자 걸어가기 시작하면서 숲을 통과하는 지름길을 무서워하던 그때부터 쭉 그래 왔다.

"내가 배운 옛날식 비법이야." 엄마는 입가에 미소를 머금고 말하곤 했다. "엄마의 뽀뽀는 너에게 해를 끼치려는 모든 걸 막을 만큼 강하단다."

엄마는 본인이 곁에 없을 때조차 나를 보호할 방법을 찾았던 것이다. 엄마는 절대로 나를 베일리 씨 같은 남자와 단둘이 있도록 두지 않았을 것이다.

"엄마가 돌아가시기 전에 형을 데리고 도망치려 한 적은 없으셨어?" 나는 잭에게 물었다. "어디라도 갈 곳이 없으셨어?"

잭은 여전히 태양을 향해 얼굴을 든 채 눈을 감았다. "응." 그가 말했다. "우리는 그냥… 있었어. 다만 —."

그 단어는 우리 사이에 불명료하게 떠 있었다. 대기가 윙윙거렸다.

"응?"

"아무것도 아니야." 잭이 눈을 뜨고 똑바로 앉으며 말했다. "바보 같은 얘기야."

"말해도 돼." 나는 채근했다. "나한테는 뭐든지 말해도 돼."

"음, 엄마가 내게 이야기해 주던 마을이 있었어." 그가 마침내 말했다. "아빠와 안 좋은… 일이 있던 날 밤이면 말이야. 엄마는 나를 꽁꽁 싸서 밖으로 데리고 나가 별을 보며 누워 있곤 했어. 언젠가는 나를 꼭 그곳에 데려가겠다고 항상 약속하셨지."

"그게 어딘데?"

그는 어깨를 으쓱했다. "강 하류 어딘가라고 했어. 숲속 깊숙이 숨어 있다고. 절대로 우연히 발견할 수는 없대. 찾으려고 할 때만 찾을 수 있다고."

"어떤 마을인데?"

잭은 강을 응시했고, 회색 물살이 그의 눈을 채웠다. "완벽한 마을. 어떤 문제도 일어나지 않는 그런 곳이지. 전쟁이라는 걸 들어본 적도 없는 곳. 중심부를 따라 긴 테이블 하나가 있는데 너무 길어서 한쪽 끝에서 다른 쪽 끝이 보이지 않아. 모든 사람이 거기서 함께 밥을 먹어. 추운 밤에는 불을 피우고 온 마을 사람들이 둘러앉아 노래하고 이야기를 나눠. 그리고 날씨가 따뜻할 때는 모두 나무에 매단 해먹에서 잠을 자.”

나는 잭을 쳐다보며 그가 웃음을 터트리고는 농담이었다고 말하기를 기다렸다. 그러나 말하는 동안 그의 눈은 점점 더 커지고 반짝거렸으며, 기차가 속도를 높이듯 말하는 속도가 점점 더 빨라졌다.

“아무도 싸우지 않아, 알겠어? 필요한 게 다 있으니까.” 그가 계속 말했다. “네가 맛본 가장 달콤한 물이 흐르는 개울이 있어. 너무나 비옥한 토양의 들판도 있고. 옥수수 대는 층층나무만큼 크게 자랄 수 있어. 풀밭은 너무 부드러워서 그 위에서 잘 수도 있을 정도야. 그리고 거기는 아름다워, 대니. 구석구석에 꽃들이 피어나. 그리고 이 새들, 무지갯빛 새들이 있어. 엄마 말로는 날아다니는 보석 같대. 엄마는 그 새들을 보석 새라고 불렀어.”

잠시 침묵이 흘렀다. 그러다가 그가 눈을 깜빡이자 소년 같은 눈빛은 사라졌다. 그는 내게 쑥스러운 표정을 지었다.

“그… 그 마을 이름이 뭔데?” 내가 물었다.

잭은 이 마지막 자세한 내용은 나눠주고 싶지 않은 듯이 주저했다. 어쩌면 그것이 그와 어머니 사이의 비밀이었던 것처럼. 다른 누구도 볼 수 없게 비밀리에 하는 키스인 것처럼.

“‘욘더’,” 그가 말했다. “‘욘더’라고 해.”

15

1943년 6월

나는 잭의 버려진 자전거 위 나무 몸통에 새겨진 단어를 계속 응시한 채 얼어붙은 듯 서 있었다. 겨울 공기에 닿은 듯 피부에 소름이 돋았다. 1년 전 잭의 말이 내 마음속에 메아리쳤다. *"언젠가는 나를 꼭 그곳에 데려가겠다고 항상 약속하셨지."*

내 손가락은 꼭두각시 줄에 끌린 듯 올라가 그 단어를 더듬었다.

욘더.

전에도 여기 있었을까? 확신할 수는 없었지만, 그랬던 것 같지 않았다. 그랬다면 눈에 띄었을 것 같았고, 게다가 글자가 파여 드러난 나무의 속껍질이 왠지 갓 생겨난 것 같았던 것이다.

오래 보고 있을수록 그 단어는 내가 볼 수 있도록 잭이 새긴 것이라는 확신이 커졌다. 그는 자전거 위에, 내가 분명 발견할 수 있는 곳에 그 단어를 남겨둔 것이었다. 그렇다면 그는 익사하지 않았다.

문제는 그 메시지가 무엇을 의미하는지, 왜 이 한 단어만 내게 남겼는지 알 수가 없다는 것이었다.

욘더. '욘더'라는 이름의 장소를 들어본 사람이 있을까? 옥수수 대가 하늘까지 자라고 온 마을이 긴 테이블 하나에서 함께 밥을 먹는 곳? 어떤 문제도 없고, 전쟁도 없는 곳?

누가 그런 곳이 있다고 믿을 수 있을까?

지난 일

1942년 6월

"꼭 무슨 동화처럼 들리는걸, 안 그래?" 나는 반신반의하며 물었다. "그러니까, 그런 곳이 정말 존재한다고 생각해?"

잭은 고개를 끄덕였다. "알아," 그가 물 위에 선을 그으며 말했다. "바보같이 들릴 거라고 했잖아. 그건 그냥 —."

그가 갑자기 나를 올려다봤다. 크고 진지한 눈이었다.

"난 걔들을 가끔 봐." 그가 말했다.

"누구 말이야?"

그는 속삭이는 소리보다 약간 큰 정도로 목소리를 낮췄다. 하지만 잔잔한 강 위에서 그의 말은 종소리처럼 선명하게 울리는 것이었다. "새들 말이야, 대니." 그가 말했다. "보석 새들."

16

1943년 6월

내가 선착장으로 다시 걸어 나왔을 때 건너편 강둑에서 새가 쨱쨱거렸고, 날아오르는 새의 색깔이 순간적으로 보였다. 한순간, 내 심장도 함께 뛰어올랐다. 하지만 그건 그냥 평범한 홍관조일 뿐이었다.

'보석 새 같은 건 없으니까.' 나는 속으로 말했다.

하지만 잭은 너무 진지하고, 너무 확신에 차 보였었다.

엄마는 항상 산골 사람들은 이상하기 짝이 없는 것들을 믿는다고 했다. 암울하게 끝난 내 캠핑 여행에서 고학년 스카우트들이 모닥불 주위에서 들려준 이야기들이 떠올랐다. 밤에 산등성이를 따라 나타나는 귀신불에 관한 이야기들이었는데, 어떤 사람들은 그게 고향으로 가는 길을 항상 찾고 있는 떠도는 영혼들의 등불이라고 했다. 그리고 반은 인간이고 반은 야수라는 '부줌'도 있었다. 언덕을 배회하며 가끔 진흙 길에 거대한 발자국을 남긴다고 했다. 그런 이야기들을 모두가 알고 있었다. 그리고 물론, 과부인 바그너 씨 부인에 관해 우리가 했던 이야기들도 있었다.

하지만 '욘더'라는 장소나 무지갯빛 새에 관해서는 들어본 적이 없었다. 그리고 잭은 그런 것을 믿을 유형으로 보이지도 않았다. 한 번은 내가 그에게 바그너 씨 부인 집에 신문을 배달하면서 이상한 걸 본 적이 있냐고 물었는데 그는 그저 웃기만 했다.

"대니, 마녀 같은 건 없어. 설령 있다고 해도, 그 할머니는 그냥 아무런 해도 끼치지 않는 노부인일 뿐이야. 스카프를 뜨고 주머니에 스카치 캔디를 넣고 다니는 그런 사람 말이야."

그렇다면 그는 정말 '욘더'가 있다고 믿었던 것일까? 그걸 찾으려고 할 만큼?

잭이 설사 이 마법 같은 장소를 찾으려고 도망쳤다고 해도 내게 말을 했을 것이다. 최소한, 쪽지라도, 나무에 단어 하나를 새기는 것보다는 더한 그 무엇이라도 남겼을 것이다. 그리고 자기 개, 위니를 베일리 씨와 단둘이 살도록 버려두는 일은 절대로 하지 않았을 것이다.

"그러지 **않았을 거야.**" 나는 이를 악물고 나 자신을 안심시켰다.

"뭘 안 그랬다는 거야?"

나는 빙그르르 돌아서다가 거의 균형을 잃을 뻔했다.

선착장 끝에 루가 서 있었다. 한 손 손가락으로는 멜빵끈을 잡고 있고 다른 손은 주먹을 쥐어 엉덩이 옆에 올려놓고 있었다. 그 애의 두꺼비 같은 갈색 눈이 나를 살폈다. 뺨이 빨갛게 상기되어 있었지만, 그 애는 항상 그랬다. 보통은 흥분하거나 화가 나서. 그 순간에는 어느 쪽인지 분간하기 어려웠다.

"날 따라온 거야?" 내 뺨도 뜨거워지는 것을 느낄 수 있었다. 배가 조이듯 팽팽해졌다. 우리가 이렇게 마주 본 건 몇 달도 더 넘은 일이었다. 이렇게 가까이 있으니, 우리 사이에 남은 거리가 이상하게 느껴졌다.

"그게 어때서?" 그 애는 퉁명스럽게 말하며 눈에 붙은 지저분한 짧은 금발 머리카락 한 가닥을 도전적으로 흔들어 털었다. "여긴 자유 국가라고."

나는 몸이 긴장되는 걸 느끼며 루가 다음에 무슨 말을 할지 기다렸다.

너무나 오래 기다리고 있는 느낌이었다.

"넌 내 바로 옆으로 지나갔어." 그 애가 마침내 말했다. "바위에 앉아 있었는데 날 못 보더라고."

"미안해." 갑자기 작아진 그 애의 목소리에 놀라며 내가 중얼중얼 말했다. 나는 안절부절못하며 발을 이쪽저쪽으로 옮겼다.

"넌 이상해 보였어." 루가 계속 말했다. "무슨 걱정이 있는 것처럼."

내가 아무 말도 하지 않자 그 애는 턱을 들고는 주위를 둘러봤다. "잭은 어디 있어?"

"모르겠어." 내가 마지못해 시인했다.

"하지만 넌 이제 항상 잭이랑 함께 있잖아." 그 애가 말했다. 너무 오래 우려낸 차처럼 쓴맛이 나는 말이었다.

이제 내 안에서 뭔가 풀어지기 시작하는 것 같았다. 내가 꽉 묶어 두려고 애써온 무언가가.

루가 입을 열어 다시 말하려 했지만, 그 애가 말하기 전에 내가 먼저 진실을 내뱉었다. "실종됐어." 내가 말했다.

루는 여전히 입을 벌린 채 눈썹을 치켜올렸다. "실종?" 그 애가 되물었다.

"그저께부터."

그 애는 선착장으로 조심스럽게 발을 한 걸음 내디뎠다가 자기가 누군지 생각이 난 듯 더 확신에 찬 걸음걸이가 됐다. 뭔가 그 애를 보면 항상 목장의 사나운 조랑말이 떠올랐다. 쓰다듬으려 하면 물 수도 있는 그런 말 말이다. 그리고 그 애가 선착장 끝에 털썩 앉자 익숙한 애정이 밀려오는 것이었다. 나는 그 애 옆에 앉았다.

"마지막으로 본 사람이 누구야?" 그 애가 물었다.

"나인 것 같아. 그의 아빠가 거짓말하는 게 아니라면."

"베일리 씨가 연루됐다고 생각해?"

나는 어깨를 으쓱했다. "경찰은 그렇게 보지 않는 것 같아."

"벌써 경찰에 갔다 왔어? 뭐라고 하던데?"

"자기들이 처리하겠다고." 내가 대답했다. "하지만… 모르겠어. 내 말을 그렇게 심각하게 받아들인 것 같지 않아."

루가 실눈을 떴지만, 그 눈은 동시에 밝아지기도 했다. 미스터리만큼 그 애가 좋아하는 건 없었다. "음, 그렇다면," 그 애가 말했다. "우리가 경찰을 그렇게 만들어야겠네, 안 그래? 그리고 그들이 수사하지 않으면 우리가 직접 하고."

그리고 그렇게 해서, 우리 둘은 다시 우리가 됐다. 나, 그리고 한때 내가 절친이라고 불렀던 그 소녀.

지난 일

1939년 9월

내가 어떤 사람의 영혼을 분명히 파악했다고 생각한 누군가가 있다면, 그건 루 맥과이어였다. 잭이 내 영웅이 되기 훨씬 전에 루는 내 친구였다.

4학년에 올라가기 전의 여름 캠핑 이후부터 나는 쉬는 시간에 교회 운동장에 혼자 앉아 있었다. 브루스가 나를 겁쟁이로 낙인찍은 후 다른 남자애들이 내게 같이 놀자고 하지 않았던 것이다. 전에 같이 놀던 아이들조차도 그랬다. 그들은 브루스에게 주목받고 싶지 않았다.

어느 날 오후, 나는 흙바닥에 막대기로 외롭게 3목 놓기 게임을 하고 있었는데, 공이 내 앞에 튕겨왔다. 운동장 너머에서 웃음소리가 들려왔고 고개를 들어보니 브루스 피트먼과 로건 애봇이 제러미 파인스와 함께 낄낄거리고 있었다. 제러미는 아버지 농장에 할 일이 없을 때만 학교에 오는 땅딸막한 아이였다.

"이봐! 새 다리!" 브루스가 불렀다. "포 스퀘어 게임에 사람이 한 명 더 필요해. 공 가지고 들어와."

나는 앙상한 내 다리를 가슴에 꼭 끌어안고 싶은 충동을 참으며 공을 집어 들고 돌 차기 놀이를 하는 여자아이들 사이를 순순히 지나갔다.

"내가 왕이야." 브루스가 말하며 땅바닥에 거친 홈으로 표시된 자기 사각형을 가리켰다.

"넌 어릿광대야." 로건이 브루스 맞은편 사각형을 가리키며 말했다.

어릿광대는 제일 낮은 위치였다. 왕은 모든 규칙을 정할 수 있는 사람이었다.

나는 내 자리로 가서 손바닥을 바지에 문질렀다. 벌써 땀이 나기 시작했던 것이다. 이게 함정이 틀림없다는 걸 알았지만 달리 어쩔 수 있을까? 만약 내가 거절하면 브루스는 내가 어쩔 수 없이 같이 놀게 될 때까지 울보라고 놀려댈 게 뻔했다. 그냥 최선을 다하는 수밖에 없었다.

브루스가 내 사각형으로 곧장 서브 공을 던졌고 나는 제러미 쪽으로 공을 꽤 잘 쳐 냈다고 생각했다. 하지만 안도할 틈도 없이 공은 두 배로 빠르게 회전하며 곧바로 내게 되돌아왔다. 나는 다시 공을 쳐 냈고 이번에는 로건에게 보냈지만, 공은 또다시 부메랑이 되어 곧장 되돌아왔다. 이번에는 간신히 브루스의 사각형으로 공을 보낼 수 있었다.

"하!" 나는 숨을 헐떡이며 의기양양하게 외쳤다.

"라인에 걸렸어." 브루스가 말했다.

"네 사각형 안에 들어갔어!" 내가 항의했다.

"아니," 제러미가 말했다. "라인에 걸렸어."

"확실히 라인에 걸렸어." 로건이 확실하다고 했다.

나는 이를 악물고 내 사각형으로 돌아갔다. 또다시, 브루스가 공을 강하게 쳐서 내게 보냈다. 내가 어디로 보내든 공은 항상 내가 친 것보다 더 세고 빠르게 날아와 되돌아왔다. 나는 계속해서 졌다. 다른 아이들이 놀던 걸 멈추고 구경하기 시작했다. 내 뒤에서 킥킥거리는 소리들이 들렸다.

땀과 수치심이 뜨겁게 내 얼굴에 달라붙었고, 나는 그제야 이게 처음부터 그들의 계획이었다는 걸 깨달았다. 이제 계속하는 것 외에는 빠져나갈 방법이 없었다. 한 판을 이기는 것, 그들 모두에게 보여주는 것 외에는.

하지만 나는 지쳐 있었고, 다음번에 로건이 뛰어오르며 강하게 공을 쳤을 때 공은 너무 빠르게 날아왔다. 나는 피할 시간조차 없었다. 공은 내 얼굴을 정면으로 세게 강타했다. 입안에서 녹슨 못 맛이 났고, 나는 입술이 찢어졌다는 걸 알았다.

"이런." 브루스가 가볍게 말했다. 로건과 제러미는 웃음을 참으려 고개를 숙였고 매클렌버그 선생님이 허둥지둥 달려왔지만 이미 아무 소용 없을 때였다.

"화장실에 가서 입술을 씻으렴." 선생님이 지시하며 손수건을 꺼내 피를 멎게 하려고 내 입에 대고 눌렀다. "그리고 나머지 너희들은 이번 주에 포 스퀘어 게임 금지야."

나는 브루스가 나 때문에 모든 재미를 망쳤다고 투덜거리는 소리를 들으면서 비틀거리며 그 자리를 떠났다.

하지만 화장실로 가지는 않았다. 거울에 비친 내 모습을 볼 수가 없었던 것이다. 교회 모퉁이를 돌자마자 나는 달리기 시작해서 묘지에 이를 때까지 계속 달렸다. 나는 피를 한 입 뱉어내고 제일 가까운 묘비에 성난 발길질을 했다.

"조심하는 게 좋을 텐데." 루가 말했다. "안 그러면 귀신이 널 집까지 쫓아갈지도 몰라."

묘비 반대편에서 그 애의 작은 머리가 불쑥 나타나자 나는 깜짝 놀랐다. 헝클어진 머리카락과 호기심 많은 녹갈색 눈이었다.

"아, 안녕, 루." 내가 당황하며 말했다. "널 못 봤어."

"당연하지." 그 애는 내게 윙크하며 말했다. "앉을래?"

더 좋은 초대를 받을 일이 없어서 나는 그렇게 했다. 적어도 그 애는 내 입술이 왜 그렇게 된 건지 개의치 않는 것 같았다. "여기서 뭘 하고 있어?" 내가 물었다.

"미스터리를 풀고 있어."

나는 주위를 둘러봤다. "무슨 미스터리?"

그 애는 책을 들어 보였다. <낸시 드류와 부서진 로켓의 단서>. "이거 읽어봤어?"

"아니." 내가 말했다. "그건 여자애들 책이잖아."

"네가 뭘 놓치고 있는지 아마 모르겠지." 그 애가 비웃었다. "난 거의 다 읽었어. 보통은 결말을 맞출 수 있지. 커서 나도 탐정이 되고 싶어. 넌 뭐가 될 거야?"

나는 멍하니 그 애를 쳐다봤다. 다른 남자아이들이 뭐가 되고 싶어 하는지는 알고 있었다. 야구 스타, 경찰관, 그리고 선장.

"모르겠어." 나는 우물거렸다. "어쩌면 의사나 그런 거?"

그 애는 내 입을 가리켰다. "피는 아무렇지도 않나 보지, 어?"

그 애가 웃음을 보였다. 앞니 하나가 빠져 있었다. "의사도 괜찮은 것 같긴 하지만, 난 탐정이 더 재미있을 것 같아."

나는 그 전에 루를 별로 눈여겨본 적이 없었고 특이한 아이라고만 생각했었다. 이제 나는 그 애가 좀 마음에 든다는 것을 알았다. "그래," 내가 말했다. "네 말이 맞는 것 같아."

"우린 사설탐정 사무소를 열 수도 있어." 그 애가 꿈꾸듯 말했다. "그러면 돈을 많이 벌 수 있어."

"그럴 수도 있겠네."

편안한 침묵이 우리에게 내려앉았고 얼마간 묘지는 고요했다. 루는 백일몽에 빠진 것 같았고 내 생각은 운동장으로 되돌아가고 있었다. 수치심이 다시 스며들었다.

"그 남자애들이 널 괴롭히도록 두면 안 돼." 루가 말했다. "특히 브루스 피트먼. 그 애는 아침마다 코딱지 샌드위치를 먹어."

나는 피 묻은 입술이 미소로 틀어지는 걸 느꼈다. "네가 어떻게 알아?" 내가 물었다.

루는 으스대는 표정을 지었다. "그건 탐정이 아니어도 알 수 있어." 그 애가 말했다. "그 애 입 냄새 맡아본 적 있어?"

우리는 둘 다 웃음을 터트렸고 매클렌버그 선생님이 모두 안으로 들어오라고 부르는 소리가 들렸다. 우리는 일어섰고 루가 내 손에 책을 쥐어줬다. "여기," 그 애가 말했다. "나는 이미 읽었으니까."

그 애는 묘비들 가운데 나를 혼자 남겨두고 내 앞으로 깡충깡충 뛰어갔다.

하지만 그때부터 나는 진짜로 혼자가 아니었다.

17

1943년 6월

그날 오후, 강에서 돌아왔을 때 집은 비어 있었다. 예기치 않게 루를 만난 것과 잭의 실종에 관련된 첫 번째 진짜 단서를 찾은 것 때문에 나는 여전히 신경이 곤두서 있었다.

'욘더'라는 단어 하나만 남긴 잭과 달리, 엄마는 사무실에 몇 시간 동안 가 있어야 한다는 완벽한 쪽지를 부엌 식탁에 남겼다. 하늘이 잘 익은 자두 빛깔로 부드럽게 어두워질 때까지 엄마는 돌아오지 않았다. 마침내 나타났을 때 엄마는 지쳐 파김치가 된 모습이었다.

엄마는 모자를 벗으며 희미한 미소를 지었다. "늦어서 미안해, 우리 아들." 엄마는 신발을 벗고는 안도의 한숨을 쉬었다. "내일 나올 신문에 필요한 걸 좀 해야 했어."

"괜찮아요." 나는 엄마가 돌아와서 안심이었다. 비록, 엄마는 지쳐 보였고 나는 선착장에서 찾은 걸 말하지 않기로 이미 결심했지만.

엄마가 자전거에 관해 알게 되면 잭이 익사했다고 걱정할 것이다. 그리고 경찰에 말할 것이다. 그러면 그들은 그의 실종을 수사하는 데 지금보다 더 관심을 잃을 것이다. 하지만 '욘더'에 관해 내가 설명하려 한다면 그들은 내가 미쳤거나 잭이 미쳤다고 생각할 것이다.

"배고프겠다." 엄마가 계속 말했다. "하지만 우리 그냥 샌드위치만 먹어도 괜찮을까?"

나는 고개를 끄덕였고 엄마는 부엌으로 갔다. 나는 정원에서 일찍 익은 토마토 몇 개를 땄다. 10분 후, 우리는 마주 보고 앉았다. 우리는 각자 토마토와 치즈 샌드위치, 그리고 후퍼 아주머니가 엄마 편에 보낸 감자샐러드를 먹었다.

엄마는 먹으면서 황혼을 바라봤다. 엄마는 창백한 얼굴로 의자에 구부정하게 앉아 있었다. 마치 꽃병 속에서 시드는 꽃처럼. 우리가 자리에 앉은 이후로 엄마의 입에서는 말이 거의 나오지 않았고 미간에는 잔잔한 주름이 잡혀 있었다. 나는 편지의 행처럼 그것들이 무엇을 의미하는지 읽을 수 있으면 좋겠다고 생각했다.

"엄마?"

엄마는 내가 거기 있는 것에 조금 놀란 듯 고개를 들었다. "뭐라고?" 엄마가 말했다. "아, 미안. 회사 일을 생각하고 있었어."

"아."

거실에서 낮은 목소리가 들렸다. 유럽에서 전쟁을 보도하던 에드워드 머로 목소리 같았다. 엄마가 어쩌다 라디오를 켜 놓고 나갔던 모양인데 엄마는 그걸 알아채지 못했다. 여기저기서 조각조각 말이 들렸다. "민간인 피해." "기동 전술." "부대의 사기."

떠도는 그 단어들은 밤에 산등성이를 따라 흔들리는 귀신 등불 비슷했다. **뭔가를**, 중요한 뭔가를 의미했지만 연관된 일들을 모르고서는 이해하기 어려웠다. 꼭 그 불빛들처럼, 그렇게 알 수 없을 때 더 무서운 법이었다.

그리고 저 어딘가에 아빠가, 살과 피로 만들어진 한 남자가 그 단어들의 숲속으로 사라져가 있었다.

"괜찮을까요, 엄마?"

"누가?" 엄마가 물었다. "아빠? 아니면 잭?"

"둘 다요."

엄마는 더는 식탁 아래 들어가지 않는 배에다 손을 가져갔다.

마치 미래에 닿으려는 것처럼. "그래, 대니." 잠시 후 엄마가 말했다. "그래, 그럴 거야. 그리고 너도 믿어야 해. 그들에게 필요한 건 우리가 믿어주는 거야."

나는 그 말의 의미를 이해했다. 믿어주는 사람이 없다면 영웅이 무슨 의미가 있겠는가?

"엄마?" 나는 다시 물었다.

엄마가 접시에서 눈을 들었다. "응?"

"'욘더'라는 곳에 대해 들어본 적 있으세요?"

"'욘더'?" 엄마가 당황하며 되물었다. "'욘더'는 장소가 아닌데, 대니. 저 멀리, 어떤 방향을 가리키는 거야."

그날 밤 저녁 식사 후 나는 아빠의 지도책을 침실로 가져와서 '욘더'라는 마을을 샅샅이 뒤졌다. 먼저 노스캐롤라이나 페이지를, 그 다음 테네시를 봤다. 하지만 잭처럼, '욘더'는 그 어디에도 없었다.

나는 그가 어떤 암호를 사용한 게 아닐까 하고 생각했다. 어쩌면 엄마 말이 맞고 '욘더'는 무언가를 가리키는 손가락인지도 몰랐다. 하지만 무엇을?

나는 침대 옆 탁자에서 모스 부호 책을 꺼내려 했지만, 대신 편지에 손가락이 닿았다. 아빠가 배를 타고 떠나기 전에 그 책과 함께 내게 남긴 것이었다. 모스 부호로 쓴 편지였다. 내가 그 책을 사용해서 처음 한 일이 그 편지를 해독하는 것이었다.

"네가 자랑스럽다, 아들아." 편지에는 그렇게 쓰여 있었다.

나는 편지를 서랍에 도로 밀어 넣었다. **내** 영혼 속 비밀을 안다고 해도 아빠는 여전히 자랑스러워할까? 나와 루에 관한 진실, 그리고 우리가 더는 친구가 아니게 된 이유를 안다면?

아빠가 거기 있어 답을 알려줄 필요도 없었다.

18

그날 밤, 나는 진달래 나무들로 뒤엉킨 에메랄드빛 터널을 달려가는 꿈을 꿨다. 반짝이는 빛이 금빛 실뭉치처럼 포근하게 일렁거리며 바로 앞에서 흔들렸다. 그러다가 갑자기 나는 숲에서 나와 빛 속으로 내동댕이쳐졌다. 그리고 어느새 동화책 페이지를 찢어낸 듯한 작은 마을 가장자리에 서 있었다. 줄지어 선 나무집들 사이로 조약돌이 깔린 길이 구불거리며 언덕으로 올라갔다. 좁은 그 길을 가로지르며 빨랫줄이 높이 걸려 있고 그 아래에는 끝이 없는 테이블이 있었다. 수많은 의자가 놓여 있고 모두들 잔치를 기다리고 있었다.

뭔지 아는 것 같은 기분 좋은 느낌이 솟구쳤다. 이곳은 내가 아는 곳이다, 그렇지 않아?

하지만 그 마을은 뭔가 잘못돼 있었다. 텅 비어 있었다. 내 숨소리만이 유일한 소리였다. 그러고서 다시 보니 테이블이 차려져 있지 않았다. 접시들은 더러웠고, 나이프와 포크가 접시에 버려진 채 있었다. 식사가 갑작스럽게 끝나게 되어 남은 음식 주위를 파리들이 맴돌았고 상한 고기 냄새가 속을 뒤집었다.

"여보세요?" 내가 불렀다. "잭 형?"

아무도 대답하지 않았지만, 천천히 원을 그리며 돌아서자 뭔가 가뭇가뭇 움직이는 낌새가 있었다. 시선을 들어보니 가장 가까운 빨랫줄에 아름다운 새 다섯 마리가 앉아 있었다. 용처럼 찬란했다. 햇빛이 그 새들의 화려한 깃털에 반사되며 반짝여서 쳐다볼 수 없을 정도로 눈이 부셨다. 새들은 친근하게 관심을 보이며 나를 쳐다봤다.

"보석 새들이야." 나는 혼잣말로 속삭였다.

나는 내게 오라고 팔을 내밀었다. 제일 가까이 있던 새가 내게 날아올 준비를 하듯 청록색 날개를 바스락거리기 시작했다.

그때 총성이 울렸다.

그 새는 내 발치에 무겁게 떨어졌다. 다른 새들은 붉고 노란 안개가 되어 공포의 비명을 지르며 흩어졌다.

돌아서니 산탄총 너머로 나를 노려보는 베일리 씨가 보였다.

"무슨 짓을 한 거야?" 나는 소리쳤다.

그런데 그건 내 목소리가 아니었다. 소리친 것은 내가 아니었다. 나는 다시 돌아섰고 거기 루가 있었다. 고발하듯 손가락으로 가리키며.

다만 그 애가 가리키는 게 베일리 씨가 아닐 뿐이었다. 나를 가리키고 있었다.

19

1943년 6월
일요일

일요일 아침, 새벽에 알람 시계가 나를 깨웠을 때 나는 멍한 기분이었다. 엄마의 방문은 여전히 닫혀 있었기에 나는 복도를 살금살금 걸어 내려가다가 한때 잭의 방이었던 침실 밖에 멈춰 섰다.

이제는, 프릴이 달린 아기 침대, 금이 간 나무 흔들의자, 그리고 작은 헌 잠옷들이 담긴 상자들이 그 방을 점령한 상태였다. 나는 곧 그것들을 입을 아기에게 원망이 치밀어 올랐다. 엄마를 너무 피곤하게 만들고 내가 원했던 형의 방을 차지한 남동생, 아니면 여동생에게.

아래층에서, 나는 콘플레이크를 가득 붓고는 참지 못하고 설탕을 아주 살짝 뿌렸다. 어쨌든 일요일이었고, 내 앞에 놓인 하루는 내 꿈속 테이블처럼 끝없이 멀리 뻗어 있었다. 제일 먼저 신문 배달, 그다음 교회 학교, 그다음 예배, 그다음 숙제. 적어도 그날 밤 루스벨트 대통령의 좌담을 기대할 수는 있었다.

마을을 향해 자전거를 타고 갈 때 땅에는 안개가 깔려 있었다. 해는 아직 온전히 뜨지 않아서 나는 꼭 모든 것이 흑백으로 칠해진 영화 속을 달리는 것 같았다. 아침은 고요하고 조용했는데 꿈을 꾼 후라 그런지 약간 으스스한 느낌이 들었다. 멀리 나무들 속에서 이제 자러 들어가는 밤 벌레들의 윙윙거리는 소리만 들리다가 사라져갔다.

그런데 언덕 꼭대기에 이르러 포플러 스트리트를 내려다봤을 때 페달을 더 빨리 밟게 만드는 뭔가가 보였다.

<헤럴드>지 바깥에 자전거가 서 있었던 것이다.

황홀한 한순간, 내 심장이 고동쳤다. **잭이다!**

하지만 가까이 가자 자전거는 잭의 것이기엔 너무 작았다. 어떤 형체 하나가 사무실 문밖에 양반다리를 하고 앉아 있었다. 루였다. 내가 꾼 악몽이 떠올라 속이 메슥거렸다. 나는 침을 삼켰다.

"안녕." 나는 자전거에서 내리며 말했다.

"안녕, 너도." 그 애가 입을 벌려 게으르게 하품하며 대답했다.

나는 주위를 둘러봤다. "음, 여기서 뭐 하는 거야?"

그 애는 어깨를 으쓱했다. "도움이 필요할 것 같아서. 잭도 없고 하니까 말이야."

"아, 고마워."

내가 어물쩍거리자 그 애가 일어서서 신문들을 향해 고갯짓했다. "출발해야 할 것 같은데."

"그래, 그래야겠지."

나는 대부분의 신문을 내 안장 가방에 실었고 루가 나머지를 바구니에 채운 후 우리는 출발했다.

그 길들을 손바닥 보듯 잘 알고 있었지만 — 천 번도 넘게 달렸기에 — 그날 아침 나는 불안했다. 루와 나 사이의 침묵이 길 한가운데 열린 깊은 틈 같았고 먼저 말하는 사람이 그 안으로 떨어질 수도 있을 것 같았다.

지난 몇 달 동안 그 애와 시간을 보내지 않은 것이 이상했던 것만큼이나 침묵은 더 이상했다. 루는 사람들이 그러길 바랄 때조차도 결코 조용한 법이 없었던 것이다.

"그래서," 마침내 그 애가 말을 했고 나는 안도감을 만끽했다. "내가 생각해 봤거든." 우리는 자전거를 포플러 스트리트에서 매그놀리아 레인 쪽으로 몰았다. 루는 매클렌버그 선생님 집을 향해 신문을 던졌지만, 신문은 간신히 배수로를 피해 인도에 떨어졌다. 그 애는 알아차리지 못한 것 같았다.

"그래," 내가 되물었다. "그래서?" 나는 딘위디 씨 집 앞 벽돌길에 신문을 던졌다. 딘위디 씨가 정원에서 잡초를 뽑고 있다가 손을 흔들었다.

"내가 보기엔 가능성은 세 가지뿐이야. 첫째, 잭이 가출했다. 둘째, 잭이 사고를 당했다. 아니면 셋째, **범죄다**."

그 애는 다음 신문을 던지며 마지막 단어를 특별히 강조했고, 신문은 발렌타인 씨 부인의 개, 콜리의 발에 정확히 떨어졌다. 녀석은 몇 초 안에 신문을 찢어버릴 것이었다. 나는 발렌타인 씨 부인의 신문은 별로 신경 쓰이지 않았지만, 잭의 아버지가 위니를 발로 차 집 안으로 넣는 것을 본 기억에 가슴이 저릿했다.

"개를 남겨두고 떠나지는 않았을 거야." 내가 말했다. "아빠와 함께 있도록 말이야. 그리고 자전거가 있었어. 선착장 옆에 두고 갔어. 가출할 거라면 그걸 왜 두고 갔겠어?"

나는 그 전날 루에게 자전거 얘기는 했지만, 나무에 새겨진 단어에 대해서는 말하지 않았다. 말해야 한다는 것, 그 애가 심각하게 받아들일 거라는 것은 알았다. 하지만 어쩐지 그럴 수가 없었다. 잭이 내게 맡긴 비밀을 배신하는 것처럼 느껴졌다.

"흐-음," 루가 중얼거렸다. "일리 있는 말이야. 개는 사람의 제일 친한 친구니까, 그렇지? 녀석을 데려갈 수 없는 곳으로 가는 거였다면? 자전거도 가져갈 수 없었을지도. 버스… 아니면 기차를 탔을 수도 있어. 아니면 입대했을 수도 있지!"

입대. 워맥 경사도 같은 말을 했었다.

잭과 나는 전쟁에 관해 이야기를 많이 나누지는 않았지만, 그가 자기 몫을 하고 싶어 할 거라는 건 확실했다. 홍수가 난 강물로 뛰어들었던 것처럼 그는 전투에 뛰어들 것이다. 하지만 그는 너무 어렸다.

"다음 주에 열여섯 살이 된다 해도," 내가 말했다. "아버지의 허락이 필요한데, 베일리 씨는 절대로 허락하지 않을 거야. 잭이 그렇게 말했어."

우리는 이제 언덕을 오르고 있었고, 신문을 던지면서 오르는 데는 큰 노력이 필요해서 더는 대화를 할 수가 없었다. 몇 분 동안 우리의 헐떡이는 소리와 툭툭 땅에 신문 떨어지는 소리만 들렸다.

"좋아…;" 우리가 언덕 꼭대기에 도착하자 루가 숨을 헐떡이며 동의했다. 그 애는 발을 땅에 대고 쉬면서 이마의 땀을 닦았다. "그럼… 두 가지… 가능… 성이 남았네. 어쩌면… 사고였을지도."

나는 휘몰아치는 강을 생각하며 이를 악물었다. "어떤 종류의 사고?"

"차 사고?" 그 애는 익사는 전혀 생각하지 않는 듯 골똘히 생각하며 말했다. "집에 가는 길에 차에 치였을 수도 있어."

"하지만 그러면 지금쯤은 알게 됐을 거야." 내가 말했다. "경찰을 불렀을 거야. 그리고 페니 박사님도."

"은폐하지 않았다면!"

"은폐라고? 루, 그만 좀. 우리는 포기 갭 얘기를 하는 거잖아."

하지만 나는 머스그레이브네 옛 농장을 지나칠 때나 길에서 발렌타인 씨 부인을 지나칠 때마다 느꼈던 감정이 떠올랐다. 내가 생각했던 것만큼 나는 우리 마을을 잘 알지 못한다는 것이. 우리가 할 수 있는 일들을 몰랐다는 것이.

'하지만 은폐가 있었다면 나무에 새겨진 글자는 설명될 수가 없는걸.'

“그럼, 한 가지 선택만 남았네.” 루가 말했다. “범죄.”

마치 엄마의 라디오 연속극 캐릭터가 말하듯 말하는 그 애의 말투로 볼 때 정말로 그렇게 믿는 건 아님을 알 수 있었다.

우리가 맑은 개울을 건너는 나무다리 위로 자전거를 굴려 가자 양쪽에서 이끼 낀 숲이 번쩍였다. 물에서는 여전히 안개가 피어올랐다. 잭은 그런 종류의 강 안개를 “가난한 사람의 비”라고 불렀었다. 우리는 다리 위에 아치 모양으로 구부러져 자란 버드나무를 지나려고 몸을 숙였다.

“내 신문은 다 떨어졌어.” 루가 소리쳤고 나는 그 애 옆에 멈춰 서서 바구니에 넣을 신문을 좀 더 건네줬다. 그러면서 아래를 내려다보니 1면 헤드라인 중 하나에 익숙한 단어가 눈에 띄었다. 나는 더 자세히 들여다봤다.

“바르샤바 게토, 나치 군대에 전멸되다.” 헤드라인이 외쳤다.

그래서 엄마 책상에서 바르샤바라는 이름이 보였던 것이다. 나는 가슴이 죄어드는 느낌이었다. 나는 신문에서 눈을 돌렸다.

“경찰에 다시 가서 그들이 뭘 알아냈는지 봐야 해.” 루가 말하고 있었다. “어쩌면 수사 기록을 우리와 공유할지도 몰라.”

조율되지 않은 밴조의 소리가 퉁겨지듯, 속에서 짜증이 솟구쳤다. 루는 전혀 변하지 않았다. 그게 그 애의 제일 좋은 점이면서 동시에 문제였다. 그 애는 여전히 묘지에서 낸시 드류가 되기를 꿈꾸던 소녀였다.

나는 서서 페달을 밟으며 앞으로 나아갔다. “서둘러.” 왜 갑자기 기분이 이렇게 나쁜지도 모른 채 나는 퉁명스럽게 말했다. “안 그러면 교회 학교에 늦겠어.”

나는 마지막 몇 곳을 날듯이 지나가며 의도적으로 루보다 조금 앞

서갔다. 과부인 바그너 씨 부인의 집만 남아 있었다. 나는 언덕을 오르기 위해 속도를 늦춰야 했다.

"도우려는 거 알잖아." 루가 쏘아붙였다. 그 애의 콧구멍이 벌름거리는 소리가 거의 들리는 것 같았다. 그때쯤 그 애는 나를 따라잡았고, 다리가 보이지 않을 정도로 발을 저으며 나를 앞질렀다. "난 네가 고마워할 줄 알았는데 —."

나는 그 애가 다음에 무슨 말을 할지 대비하며 마음을 단단히 먹었다. 하지만 우리가 언덕 꼭대기에 이르렀을 때 루가 급브레이크를 밟았고 나는 그 애와 거의 충돌할 뻔했다.

그리고 그 애가 비명을 질렀다.

지난 일

1941년 8월

"뭐야?" 나는 창문에서 아래를 향해 소리쳤다. "왜 소리 지르는 거야?"

일요일에 점심으로 닭튀김을 먹은 후의 나른함은 창문을 향해 내 이름을 외치는 루 때문에 깨지고 말았다.

"보면 알아." 그 애가 말했다. "빨리 와. 지금 당장 우리 집으로 가야 해!"

나는 신음했다. 그때쯤 루와 나는 이미 오랜 친구여서 나는 그 애가 나를 낮잠 자도록 내버려두지 않을 거라는 걸 알았다. 그 애 눈에는 문제가 생겼다는 걸 의미하는 별빛 같은 반짝임이 있었다. 보통은 재미있는 종류의 문제였다.

"1분만 있어 봐." 내가 말했다.

우리는 함께 맥과이어네 집으로 자전거를 타고 갔다. 새 페인트칠이 필요한 하얀 농가였다. 한쪽에는 반달 모양의 독미나리 밭이 있고, 다른 쪽에는 말들이 풀을 뜯고 있는 풀이 무성한 목장이 있었다. 목장을 가로질러 흐르는 개울 물 위에는 작은 창고가 있어서 맥과이어 가족은 여름에는 그곳에다 우유와 버터, 그리고 고기를 시원하게 보관했다.

루가 떠들어대는 모양새로 봐서 나는 그 애 집 앞마당에 이동 서커스단이 천막이라도 쳤을 거라고 예상했다. 하지만 그 집은 여느 때와 다름없이 8월의 더위에 케이크처럼 익어가고 있었다.

"루, 왜 오라고 한 거야?" 나는 자전거 핸들에 몸을 기대며 물었다. 맥과이어 아주머니가 만드는 레모네이드는 최고였는데 나는 한 컵 들이켜고 싶었다.

"사건이 생겼어." 루가 의기양양하게 말했다. "은 딸랑이 사건."

"뭐라고?"

"아기 딸랑이가 있단 말이지." 그 애는 진입로 한가운데 자전거를 그냥 내팽개치고는 설명했다. "조지 오빠가 태어났을 때 할머니가 주문하신 거야. 작은 컵과 숟가락도 있었어. 순은이야. 정말, 정말 비싼 거, 알겠어?"

"알았어…."

"그러니까, 우리 집 아이들은 모두 아기 때 그것들을 썼어. 그리고 새로 태어날 아기를 위해서 엄마가 그것들을 다시 꺼냈던 거지."

맥과이어 아주머니는 몇 주 전에 네 번째 아기인 찰리를 낳았다. 엄마가 나를 데리고 아기를 보러 갔었다. 찰리는 맥과이어 아주머니의 품에서 내내 잤는데 (찰리가 태어나기 전까지 막내였던) 지미가 계속 맥과이어 아주머니의 무릎에 기어오르려고 하다가 결국은 화가 나서 쿵쿵거리며 나가버렸었다.

"아기한테 순은 딸랑이가 왜 필요한 거야?" 내가 물었다.

루는 어리둥절해져서 고개를 저었다. "누가 알겠어? 어쨌든, 엄마가 오늘 아침에 광택을 내려고 그것들을 다 꺼내놨어. 딸랑이, 컵, 숟가락, 그런데 휙." 그 애는 손가락을 딱 하고 튕겼다. "없어진 거지."

"그게 큰 미스터리라고?" 내가 물었다. "그것 때문에 날 깨운 거야? 루, 너희 엄마가 아마 어디 뒀는지 잊어버렸겠지."

루가 씩 웃었다. "아니." 그 애가 말했다. "도둑맞은 거야. 그리고 나한테 증거가 있어."

그 애는 독미나리 밭을 향해 달려가며 내게 따라오라고 손짓했다. 밭은 성글었는데, 땅에는 부드러운 독미나리 낙엽들이 담요처럼 깔려 있어 발소리가 나지 않을 정도였고 한 줄기 햇살이 울퉁불퉁 웅크린 바위들을 비추고 있었다. 하지만 조금 더 들어가자 나무들이 빽빽하게 뭉쳐 서서 숲은 어두운 동굴이 되어 있었다.

루는 나무들 저쪽 끝으로 뛰어가서 바닥을 가리켰다. "저기!" 그 애가 의기양양하게 말했다.

나는 보려고 몸을 굽혔다. 작은 은 숟가락이 거기 누워 독미나리 낙엽에 반쯤 묻혀 있었다. "이걸 여기서 찾은 거야?"

"그래." 루가 말했다. "오늘 아침 우연히. 그리고 그게 다가 아니야. 훔쳐 간 사람이 흔적을 남겼어."

그 애는 저편의 그림자 진 숲을 향해 손짓했다. 땅을 덮고 있는 등골나무 잔가지들과 초록색 허브 잎들 사이를 뚫고 지나가는 아주 좁은 길이 보였다.

"저거? 내가 보기엔 사슴 길 같은데." 내가 말했다.

"아니. 도둑이 분명히 저기로 도망간 거야. 아마 숟가락을 떨어뜨린 걸 못 알아챘거나 너무 급해서 신경 쓸 겨를이 없었을 거야."

"그럴지도 모르지." 나는 믿지 못한 채 말했다.

"가자." 루가 재촉했다. "따라가서 어디로 이어지는지 보자."

그리고 나는 어두운 나무들 사이에서 주머니에 아기용 은 제품을 가득 넣은 도둑이 기다리고 있다고는 진짜로 믿지 않았기 때문에, 도둑을 잡겠다는 그 생각이 재미있을 것 같았다. "좋아." 내가 말했다. "가자."

우리는 한 줄로 걸어야 했고 루가 앞에서 막대기를 휘둘러 거미줄을 쳐냈다. 나는 그 애와 어린 지미가 이쪽으로 가는 것이 엄격히 금지돼 있다는 걸 알고 있었다. 그들의 땅은 독미나리 밭이 끝나는 곳에서 끝났고, 이 숲은 언덕 위로 끝없이 구불구불 이어져 있어서 어른들도 쉽게 길을 잃을 수 있는 곳이었다. 그러나 맥과이어 아주머니는 아기 때문에 바쁠 것이고 우리는 길을, 혹은 그게 뭐든, 계속 따라가면 될 것으로 생각했다.

나는 금세 뒤를 돌아봤지만, 우리가 온 길에서는 빛이라고는 보이지 않았다. 숲이라기엔 너무 조용했다. 지저귀는 새들과 나뭇가지에서 바스락거리는 다람쥐들은 다 어디 갔을까? 들리는 건 저 멀리 흐르는 강물 소리뿐이었다. 그리고 길은, 그게 길일 수 있다면, 더 점점 더 좁아지는 것 같았다.

"아무도 이쪽으로는 올 수 없었을 거야." 나뭇가지들이 내 팔을 할퀴자 내가 말했다. "우린 돌아가야 해."

하지만 루는 계속 나아갔다. "앞에 뭔가 보여. 공터야."

그 애의 어깨 너머로 나도 볼 수 있었다. 길이 넓어지고 그렇게 어둡지 않은 곳이 보였다. 우리가 거기 거의 도착했을 때 어떤 형체 하나가 바로 우리 앞에 나타났다. 그 형체가 우리를 가려 우리 앞에는 그 얼굴만 볼 수 있을 정도의 빛만 남아 있었다.

여위고 구부정한 과부 바그너 씨 부인이 우리 앞에 서 있었다. 회색 머리를 왕관처럼 땋아 올리고 눈은 크고 야생적이었다. 한쪽 귀 뒤에 꽃이 꽂혀 있고 반대쪽 어깨에는 까마귀가 앉아 있는 것이 막 내 눈에 들어왔을 때 그 할머니의 팔이 마치 나를 붙잡으려는 듯 뻗어 나왔다. 그 할머니는 뭔가 말을 하려는 듯 입을 열었지만 끔찍한 비명이 터져 나오는 것이었다.

우리는 도망쳤다.

숲을 헤치고 안전한 맥과이어네 집으로 허둥지둥 돌아가면서야 나는 비명을 지른 것이 그 할머니가 아니라 까마귀였다는 것을 깨달았다.

20

지금, 과부인 바그너 씨 부인이 다시 한번 우리 앞에 서 있었다. 입은 헉하고서 얼어붙어 있었다. 루는 언덕을 올라가다 거의 그분과 부딪칠 뻔했다.

나는 그날 숲에서 손을 뻗던 그 할머니의 모습을 잊은 적이 없었다. 그래서 그날 오후 늦게 질투심 많은 지미가 "자기" 딸랑이와 물건들을 아기가 가질 수 없도록 훔쳤다고 자백했지만 ("내가 알았어야 했는데… 범인은 항상 탐정의 코앞에 있다니까." 루가 끙끙거렸다) 그렇다고 그 할머니에 관한 수상한 느낌이 줄어들지는 않았다. 그분은 까마귀 한 마리만을 동반자 삼아 그 칠흑 같은 숲을 배회하며 거기서 뭘 하고 있었던 걸까?

그 과부 할머니는 내가 지난번에 본 이후 크게 변해 있었다. 분홍색 슬리퍼를 신고 구부정한 어깨 위에 남색과 흰색으로 뜨개질한 담요를 걸친 차림이었다. 가늘어진 회색 머리는 소녀처럼 리본으로 묶여 있었지만 몇 가닥이 삐져나와 얼굴 옆으로 축 늘어져 있었다. 피부는 매우 창백했고 건강한 어린나무의 껍질 바로 밑 색깔 같은 녹색 빛이 돌았다. 하지만 그분에게서 건강해 보이는 건 아무것도 없었다. 초췌한 데다 혼란스러워 보였고 우리가 보지 않았으면 하는 뭔가가 있는 것처럼 자기 집 쪽을 불안하게 어깨 너머로 돌아봤다.

그분의 시선을 따라가다가 나는 독일 포로들이 거기 숨어 있다는 브루스의 이야기가 떠올랐다. 하지만 이상한 징후는 전혀 보이지 않앉다. 현관의 흔들의자 중 하나가 아주 살짝 흔들리는 것 같았지만, 바람에 움직인 것 이상은 아니었다.

그때 갈비뼈를 누르는 루의 팔꿈치가 느껴졌다. 그 애는 그 집 옆면을 응시하고 있었다. 거기에 어떤 단어 하나가 빨간 페인트로 커다랗게 흘러내리며 적혀 있었다.

크
라
우
트

크라우트는 우리가 전쟁에 참전한 후 내가 듣기 시작했던 말이었다. 독일식 삭힌 양배추인 사우어크라우트의 크라우트였다. 독일인을 뜻하는 욕이었다. 적 말이다.

그때 나는 그 과부 할머니가 안쓰러웠다. 그분은 마녀처럼 보이지 않았다. 그 연약한 형체와 멋진 파란색 집은 그렇게 보이지는 않았다. 그 집에 피가 뚝뚝 흐르는 깊은 상처 같은 그 글자들이 흘러내리고 있는 것이었다. 그분은 겁에 질린 노부인처럼 보였다. 스카치 캔디의 희미한 향이 났다.

하지만 그러다가 나는 내 손에 든 신문에 눈길을 줬다. **나치 군대**라는 단어가 나를 노려봤다. 그러자 우리가 전쟁 중이라는 것이, 전쟁에는 편이 있다는 것이 떠올랐다. 옳은 편과 나쁜 편이.

"여기요." 나는 신문을 뻣뻣하게 내밀며 말했다. "가자, 루."

루는 그 할머니가 신문을 받는 모습을 여전히 쳐다보고 있었다. "하지만 —."

"가자고, 루." 내가 다시 말했다.

그 과부 할머니에게 등을 돌리기 직전에 현관에 내려앉는 까마귀의 검은 날갯짓이 보였다. 자전거를 타고 멀어져 가면서 나는 그 새가 까악까악 우는 소리를 들었다. 어쩌면 꾸짖는 소리였는지도 모른다. 아니면 위협이었을지도.

루가 언덕 밑에서 다시 나를 따라잡았다.

"누가 그랬을 것 같아?" 그 애가 숨을 헐떡이며 물었다. 그 애의 뇌는 이미 발보다 더 빨리 돌아가고 있었다.

"모르겠어." 내가 말했다. "하지만 사실이잖아, 안 그래?"

우리가 다리 위를 덜컹거리며 다시 건너갈 때 그 애가 씩씩거리며 말했다. "독일 출신이라고 해서 그들이 전쟁에서 이기기를 바란다는 뜻은 아니잖아."

내 손가락이 자전거 브레이크를 꽉 잡았고, 나는 다리 한가운데서 멈춰 섰다. "루, 거기서 무슨 일이 벌어지고 있는지 알아?" 내가 날카롭게 물었다. "나치가 무슨 짓을 하고 있는지 아냐고?"

이번에는 말문이 막힌 듯했다. 그 애는 고개를 가로저었다.

나도 이해하지 못했다는 게 진실이었다. 진짜로는 말이다. 나는 열쇠 구멍을 통해 흘깃 본 것이었다. 더 보고 싶은지 확신할 수 없을 만큼만 본 것이다.

엄마 책상에 <뉴 리퍼블릭> 같은 잡지의 기사들이 펼쳐져 있었다. 학살에 관한 헤드라인들이 소리를 지르고 있었다.

아빠가 전쟁터로 떠나기 직전에 엄마와 아빠의 속삭임이 흩뿌리던 단어들이 있었다. **"끔찍해." "상상도 할 수 없어." "악랄해."**

그리고 딱 한 번, 엄마가 라디오 소리를 줄이기 전에 들린 어떤 구절이 있었다. "말살 작전에 대한 보도는…."

하지만 그런데도, 아무도 정말로 **말해주지는** 않았다. 루스벨트 대통령은 좌담에서 그런 말은 한 번도 언급하지 않았다. 패터쇼 선생님도 학교에서 아무 말도 하지 않았다. 더글러스 목사님조차 설교에서 언급하지 않았는데, 그분은 악에 관해 이야기하는 걸 좋아하시는 분인데도 그랬다.

전투만 해도 충분히 나쁜 것인데 나는 그것 외에 다른 어떤 일이 벌어지고 있다고 거의 확신할 수가 있었다. 그도 그럴 것이 또 다른 속삭이는 말들을 듣게 되곤 했던 것이다. 또 다른 헤드라인도. 그래서 다른 뭔가가 벌어지고 **있다는 걸** 나는 알게 됐다. 게토와 수용소, 그리고 죽음과 관련된 어떤 일이. 이번 전쟁이 다른 어떤 전쟁과도 다르다는 걸 의미하는 어떤 일이.

"네가 알아야 할 건 전쟁은 정말 나쁘다는 것뿐이야." 내가 루에게 말했다. 이것만큼은 확실히 사실이었다. "그리고 그 과부 할머니의 창문에 미국 국기가 걸려 있는 걸 난 본 적이 없어, 안 그래? 이제 모든 사람이 편을 선택해야 해. 선을 위해 싸우든지, 아니면 악의 편에 서든지."

내 말의 진실이 내 안을 휩쓸고 지나가는 걸 느끼며 나는 자전거 안장에 몸을 꼿꼿이 세워 앉았다. 바로 그 순간 나는 독일군 대대 전체가 하늘에서 낙하산을 타고 내려오기 시작한다고 해도 나 혼자서도 그들을 상대할 수 있을 것만 같았다. '결정적인 순간의 용기.'

그러다가 나는 루의 얼굴이 일그러진 걸 봤다. 그 애가 오빠를 생각하고 있다는 걸 알았고, 브루스와 로건이 그를 묘사하는 데 사용했던 추한 말들이 떠올랐다. **겁쟁이.**

"루, 미안해. 내 말은 —."

"신경 쓰지 마, 대니." 그 애가 쏘아붙이듯 말했다. "난 어차피 가야 해.”

그 애는 한마디도 더 하지 않고 출발했다. 그 애는 집에 가려면 오른쪽으로 가야 했고, 나는 왼쪽으로 가야 했다.

“교회에서 봐?” 그 애의 목소리에서 독기를 느낀 게 오해이길 바라며 내가 소리쳤다.

그 애가 어깨 너머로 돌아봤다. 눈에는 눈물이 맺혀 있었다. “우리는 이제 교회 안 가.” 그 애가 말했다. “조지 오빠 일 이후로는. 사람들이 쳐다봐. 엄마한텐 너무 힘든 일이야.”

“아, 그래.” 내가 말했지만, 그 애는 이미 밝은 아침 속으로 사라진 뒤였다.

지난 일

1942년 10월

햇빛이 강물 위로 쏟아졌고 잭은 옷을 입은 채로 물에 뛰어들었다. 가을이었지만 오후는 7월만큼 더웠다. 매년 내 생일에, 하지만 항상 몇 주 늦게 도착하는 할머니의 5달러짜리 지폐 선물 같았다. 여름이 뒤늦게 보내온 선물.

그리고 잭은 그 선물을 슬기롭게 사용할 작정이었다. 그날 그는 일찌감치 우리 집에 나타나서 내게 수영복을 입으라고 말했다. "네가 다이빙하는 법도 모르고 또 한 해를 보내게 할 수 없어." 그가 말했다. "그리고 아닌 척하지 마. 네가 항상 발부터 뛰어드는 거 알거든."

나는 다섯 살 때부터 매년 여름이면 아빠가 가르쳐 주려고 했다는 걸 설명했다. 머리로는 뭘 해야 하는지 알았지만, 몸이 따라주지 않았다고. 내 발은 나를 머리부터 물에 뛰어들게 놔두지 않았고, 그래서 나는 항상 배로 떨어지고 말았다. 나를 다른 남자아이들과 다르게 만든 또 하나의 지점이 그것이었다. 더 약한 아이라는 것.

하지만 잭은 내 말을 듣지 않았고 30분 후 우리는 거기 있었다.

물에서 올라와 머리를 흔들어 물을 털어냈을 때 그는 좁은 고무 튜브를 수면에 평평하게 대고 있었다.

"자, 기억해… 이 원의 안쪽을 겨냥해." 그는 내가 서 있는 선착장 끝을 올려다보며 눈을 찡그려 뜨고서 말했다. "원 바깥쪽 물은 전부 콘크리트라고 상상해. 콘크리트에 머리를 부딪히고 싶어?"

"아니." 내가 발가락으로 널빤지를 움켜쥐며 말했다.

"팔을 올리고 무릎을 구부려." 잭이 지시했다. "그거야. 팔이 이끄는 대로 가. 하나, 둘, 셋!"

우리가 시도했던 처음 여덟 번 동안 나는 물에 얼굴부터 떨어졌다.

"소용없는 일이야." 내가 말했다. "그냥 물고기나 잡자."

"아니야." 잭이 흠뻑 젖은 속옷 차림으로 계속 물장구치며 말했다. "할 수 있어, 대니. 이번엔 그냥 턱만 당겨. 자신을 믿는 게 다이빙의 전부야. 그만큼 쉽다고."

그가 웃음을 터트리는 것으로 볼 때 그는 축 늘어진 회의적인 내 표정을 본 게 틀림없었다. "뭐, 너 자신을 믿을 수 없다면 날 믿어. 저 물에 다이빙한다고 나쁜 일은 일어나지 않을 거야, 알겠지?"

나는 몇 년 전 해변에서 집으로 차를 타고 오던 때의 기분을 기억했다. 그때 나는 엄마를 따라 얕은 곳 너머까지 나갈 용기를 내지 못했었다.

나는 다시 그런 기분이 되고 싶지는 않았다. 그래서 떨면서 다시 선착장으로 올라갔다. 깊게 숨을 들이쉬고 잭이 말한 것에 집중했다. 고개를 숙인 채 유지했다.

그리고 이번에는, 물에 첨벙 빠졌을 때 머리부터였다.

내가 다시 올라왔을 때 잭은 환호하며 손뼉 치고 있었다.

"내가 했어?" 나는 숨을 들이켰다.

"거의." 잭이 웃으며 말했다. "몇 번만 더 하면 완전히 알게 될 거야."

그리고 그의 말은 맞았다. 나는 그렇게 그날 다이빙하는 법을 배웠다.

그 후 우리는 맨발로 선착장에 앉아서 낚싯줄이 물에서 흔들리는 걸 지켜봤다. 피부가 따뜻하게 느껴졌는데, 햇볕 때문인지 내 안에서 나를 밝히는 자부심 때문인지는 정확히 알 수 없었다.

"고마워," 내가 말했다. "가르쳐줘서 말이야."

잭은 우리가 오후를 함께 보내기 시작한 이래 내게 많은 것을 가르쳐줬다. 낚싯줄은 어떻게 꿰는지, 어떤 종류의 바위 아래 가재가 숨어 있을 가능성이 큰지를. 해만 보고도 어떻게 시각을 알 수 있는지를.

나도 그에게 몇 가지를 가르쳐 줬다. 때때로, 그가 수학 연습장을 가져오면 나는 문제 푸는 법을 보여줬다. 그는 발목을 꼬고 무릎을 팔꿈치 안으로 넣고서 내가 계산하는 동안 이마를 찡그리며 집중했다. 그런 다음 내가 지켜보는 동안 문제를 풀려고 시도했다. 한 번씩 문제를 맞히면 그는 발꿈치로 선착장을 쿵 내리치며 승리의 함성을 질렀다.

문제는, 내가 잭만큼 좋은 선생님이 아니라는 것이었다. 그리고 대부분, 그는 답을 틀렸다.

하지만 그날 오후 우리는 수학 생각은 하지 않았다. 잭이 낚싯줄을 다시 던지려고 감아올리며 내게 윙크했다. "잘했어. 다이빙하는 법은 누구나 다 알아야 해. 만약을 위해서 말이야."

우리는 강물 소리를 들으면서 송어가 미끼를 물기를 기다리며 말없이 앉아 있었다.

"무서웠어?" 마침내 내가 물었다. "쿰스네 쌍둥이를 구하려고 뛰어들었을 때 말이야?"

잭은 내게 놀란 표정을 던졌다. 그래서 나는 그가 대답하지 않을지도 모른다고 생각했다. 나는 그때쯤에는 잭이 여름날의 참나무 잎 같다는 걸 알게 됐었다. 사람들은 대부분 조용하면서 싹싹한 그의 겉모습 너머를 볼 수 없었다. 그러나 빛을 딱 맞는 각도로 잡을 수 있다면 그에게 빛이 비치면서 그의 내부가 들여다보이고, 그의 내면이 어떻게 구성돼 있는지 볼 수 있었다.

그날은 빛이 적절했던 모양이다. 잭이 결국 대답했기 때문이다. "무섭지 않았어." 그가 말했다. "그냥 그 애들이 떠다니는 걸 보자 내가 도울 수 있을 것 같았어. 적어도, 시도는 해야 한다는 걸 알았지."

"다른 사람들은 다 너무 무서워했어." 내가 말했다. "피트먼 씨도 분명 그랬어." 그리고 잠시 후 나는 말했다. "형은 다른 사람들과 다른 것 같아, 그렇지?"

잭이 무슨 말이냐는 표정으로 눈썹을 치켜올렸다.

"형은 아무것도 무서워하지 않잖아." 내가 설명했다. "싸움도, 홍수도."

그는 이상한 미소를 반쯤 지었다. "난 많은 게 두려워." 그가 말했다. "아마 다른 모든 사람과 같은 건 아닐지 몰라도 말이야."

"그게 어떤 건데?"

잭은 잠시 또 나를 바라보다가 자기 낚싯줄을 움직이기 시작했다. 그가 물에서 낚싯줄을 끌어 올리자, 무지개송어가 드러났다. 작았지만 저녁 식사로 그가 집에 가져갈 정도로는 충분했다.

그가 낚싯줄에서 물고기를 떼어내려고 앞으로 몸을 숙였을 때 그의 셔츠가 올라갔고 나는 그의 옆구리 아래위로 길게 난 끔찍한 멍을 봤다.

나는 숨을 헉했다.

그 소리에 그가 돌아서서 내가 쳐다보는 걸 봤다.

무슨 일이 있었는지 물어볼 필요가 없었다. 그가 내게 보낸 움찔하는 표정과 우리가 수영하는 동안 내가 보지 못하도록 셔츠를 입고 있었던 것으로 알 수 있었다. 그의 아버지가 한 짓이었다.

내가 뭐라고 말하기도 전에 잭이 말했다.

"아무것도 아니야, 대니." 그는 셔츠를 다시 끌어내리며 말했다. 빛이 이동했고 그의 겉모습 뒤를 엿보던 일은 끝이 났다. "그냥 아무것도 아니야."

그래서 나는 멍에 대해 한마디도 하지 않았다. 그때도. 다른 어느 때도.

그리고 나는 잭이 무엇을 두려워하는지 다시는 묻지 않았다.

22

1943년 6월

그 일요일 아침, 배달을 마치고 집에 돌아왔을 때 나는 끔찍한 기분이었다. 그리고 나 자신 외에는 누구도 탓할 수 없었다. 편을 선택하는 것에 대해 루에게 그런 말을 하다니, 내가 누구라고 생각했던 걸까? 아마도 잭은 내가 알게 됐던 것보다 두려운 게 뭔지 더 많이 알았겠지만, 그렇다고 해서 내가 용감함을 더 많이 안다는 것은 아니었다.

나는 루를 또다시 잃은 것 같았다.

내가 한 짝이 없어진 낡은 부츠처럼 쓸모없고 무거운 느낌으로 터덜터덜 문으로 들어갔을 때 엄마는 때맞춰 부엌 식탁 위에 핫케이크를 수북이 올렸다. 엄마는 그날 아침 너무 피곤해서 교회에 가지 못하겠다고 했는데, 그건 작은 자비였다. 더글러스 목사님 때문에 이미 내가 느끼고 있던 것보다 더 큰 죄인이 된 느낌을 가질 필요는 없었던 것이다.

"잭의 흔적이라도 있었는지 물어보려고 했는데," 엄마가 말했다. "물어볼 필요가 없을 것 같네."

나는 고개를 가로저으며 자리에 미끄러져 앉았다. 엄마는 내 건너편 의자로 간신히 몸을 움직이며 내게 메이플 시럽을 건넸다.

"이번 주에 신문에 뭐라도 실어볼까?" 엄마가 물었다. "아마 누군가 정보를 가지고 나올지도 몰라."

나는 좋은 생각이라고 말하려고 몸을 바로 세웠는데 엄마가 계속 말했다.

“하지만 대니….” 엄마는 깊은 생각에 빠졌을 때나 아기 때문에 아플 때 그러듯이 주먹 진 마디를 깨물었다. “잭 같은 남자아이는, 그런 온갖 일을 직면해야 했던 아이는…. 그 애가 도망쳤을 가능성도 고려해야 해. 어쩌면 그 애가 어디로 갔든 그 곳이 나을지도 몰라. 우리가 그 애를 찾지 못하더라도 너무 상심하지 않았으면 좋겠어.”

나는 일부러 포크를 부딪쳐 접시를 비명 지르게 하며 아침 식사를 난도질했다. “나만큼 그 형을 아는 사람은 없어요.” 내가 말했다. “나만큼 잘 아는 사람은 **아무도** 없다고요.”

사실이 아닌가? 나는 잭의 모든 것을 알지 못했을지는 모르지만, 다른 누구보다 많이 알았다. 신문을 배달하고, 선착장에서 오후를 그와 함께 보낸 사람이 나였다. 그가 자기 아버지, 어머니, 그리고 ‘욘더’에 관해 털어놓은 사람이 **나**였다. 그리고 이제 그를 믿는 유일한 사람이 나인 것 같았다. 그를 발견할 유일한 가능성이.

“넌 잭에게 훌륭한 친구였어.” 엄마가 천천히 말했다. “하지만… 그 애는 상당히 많은 일을 겪었어. 네게 공유하고 싶지 않았던 것들이 있을 수 있어. 우리가 모르는 것들. 그 애가 이야기하고 싶지 않았던 것들.”

나는 그의 옆구리를 타고 올라간 멍, 셔츠를 다시 끌어내리려 급히 움직이던 그의 손가락을 생각했다.

“아마 우리가 뭐라도 더 했더라면 형이 그렇게 많은 일을 겪지 않아도 됐을 거예요!” 나는 포크를 접시에 찰그랑 떨어뜨리며 소리쳤다. 나는 선을 넘고 있다는 걸 알았고, 아빠가 여기 있었다면 엄마에게 이런 식으로 말한 것 때문에 나를 내 방으로 보냈을 거라는 걸 알았다.

하지만 엄마는 한참 말이 없다가 나를 올려다봤는데 엄마의 눈에는 눈물이 고여 있었다. “그건 반박할 수가 없구나, 대니.”

23

그날 아침 교회에 갈 필요가 없었기 때문에 내게는 몇 시간의 자유 시간이 생겼는데 나는 집 밖으로 나가지 않을 수가 없었다. 침략군처럼 갑자기 내 머리를 장악한 생각들에서 벗어나고 싶었다.

나는 잭이 암호로 내게 뭔가를 말하려고 했다고 믿고 싶었다. 그 '욘더'는 그가 나를 위해 남긴 열쇠라고. 그래서 그를 삼킨 문을 통해 내가 그를 따라갈 수 있도록.

하지만 잭이 '욘더'를 찾으러 떠났다고 해도 왜 내게 말하지 않았는지 여전히 이해되지 않았다. 어쨌거나, 그는 '욘더'에 관해 내게 말해줄 만큼 나를 신뢰했었다. 그리고 그가 그 마을을 찾으러 가지 않았다면 새겨놓은 그 단어는 뭘 의미한 걸까?

나는 고철을 찾으러 나가기로 마음먹었다. 수집이 밀려 있었고 잭을 찾기 위한 조사가 더 이상 진전되지 않는다 해도 내가 최소한 쓸모 있는 사람은 될 수 있을 거라고 생각했다.

나는 이미 집에서 우리에게 필요하지 않은 금속을 이 잡듯 다 찾았고, 집에 필요한 것들도 몇 가지 찾았다. 나는 아빠의 공구 상자에서 못과 나사를 대부분 다 뺐고, 심지어 아빠가 사용하는 걸 본 적이 없는 망치의 머리도 가져갔다. 아빠가 돌아와서 그것들이 없다는 걸 알아챌 때쯤이면 전쟁은 승리로 끝나 있을 것이고, 그러면 내가 우리의 승리에 도움이 되기 위해 내 몫을 한 것일 뿐이라는 걸 아빠가 알게 되기를 바랐다.

엄마는 마지막 남은 알루미늄 포일과 오래된 냄비 몇 개, 숟가락, 머리핀들, 그리고 옛날 편지들을 보관하던 양철 상자 몇 개를 내게 줬다. 그리고 나는 후퍼 아주머니의 양철 카우보이들도 물론 기부했다.

내 수집품의 나머지는 대부분 길가, 강가, 그리고 숲속에서 찾은 것들이었다. 병뚜껑과 낚싯바늘, 낡은 철조망 조각들. 포일 껌 포장지까지. 숲 그늘에서 막 녹슬어 가고 있던 타이어 테두리도 두 번 발견했다.

내가 거리를 누비는 동안 마을은 여전히 조용했다. 사람들은 대부분 교회에 있을 것이다. 잭을 머리에서 털어내기 위해, 나는 모든 사람 앞에서 고철 수집 대회 우승자가 발표되는 상상의 나래를 폈다. 마을에서 전쟁의 승리를 돕기 위해 누구보다 많은 노력을 한 아이. 나는 내 목에 걸린 메달을 거의 느낄 수 있을 정도였다.

막 병뚜껑을 집으려고 몸을 굽히다가 나는 내가 프라이스네 집 밖에 서 있다는 걸 깨달았다. 그리고 딜런 프라이스가 나무 그네에 앉아 나를 지켜보고 있는 것을. 그의 뒤 창문에 있는 금빛 별이 거의 그 애의 어깨에 걸쳐 있는 것처럼 보였다.

"안녕, 딜런." 내가 말했다. 여기서도 그 애의 눈이 충혈된 게 보였다.

"안녕, 대니."

딜런은 항상 조용했다. 그 애는 가끔 만화책을 교과서 안에 넣고서 수업 시간에 몰래 읽곤 했다. 우리는 친구는 결코 아니었지만, 그는 브루스의 놀림에 가담하지도 않았다.

"고철 수집 대회." 내가 병뚜껑을 올리며 설명했다.

"난 하나도 못 모았어." 그 애가 무덤덤한 목소리로 대답했다. "패터쇼 선생님이 화내시겠지."

"아닐 거야." 나는 그 애를 안심시켰다.

내 시선은 다시 수놓아진 금빛 별로 이끌렸다. 눈이 아프더라도 쳐다보지 않을 수 없는 쯔양 같았다. "정말 마음이 아파." 내가 말했다. "너희 아버지 일 말이야."

그 애는 아무 말도 하지 않았다.

"음, 난 가봐야겠어." 내가 조용히 말했다.

자전거를 달려서 그 집에서 멀어지는 대신 나는 최선을 다해 천천히 자전거를 탔다. 그리고 딜런이 내게 똑같이 쉽게 마음 아프다고 말할 수도 있을 것이라는 생각이 들었다. 우리 집 창문에도 금빛 별이 있을 수 있다는.

그날 루와 내가 아침 일찍 다투었던 다리에 왔을 때 나는 자전거를 놔두고 숲속을 둘러보기로 결심했다. 그 과부 할머니의 집을 다시 지나가고 싶은 마음은 없었다.

나는 땅에 눈을 고정하고서 이끼 낀 바위들 사이를 뒤지며 숲에 있을 물건이 아닌 것을 찾았다. 붉은 참나무 뿌리에 버려진 낡은 깡통을 발견하자 심장이 뛰었다.

잭은 우리가 크리스마스트리를 찾았던 날 아침에 붉은 참나무를 가리켰었다. 그는 붉은 참나무 아래보다 칠면조를 찾기 좋은 장소는 없다고 말했다. 그곳은 콩 통조림 깡통을 찾기에도 좋은 장소인 것 같았다.

그렇지만 그걸로 운이 다했다. 나는 오래도록 찾아다녔지만 스테이플러 철사 침 하나 찾지 못했다. 입 안이 건조하게 느껴져서인지 근처 개울 소리에 끌렸다. 나는 개울가 바위에 무릎을 꿇고 차가운 물을 두 손에 떠서 최대한 들이켰다.

충분히 마신 후 손목으로 입을 닦고 나는 일어나 돌아섰다.

그때 그 새가 보였다.

24

새는 근처 자작나무 묘목 위에 앉아 있었는데 참새보다 별로 크지 않았다. 머리는 빨간 깃털로 덮여 있었는데 그 깃털은 주황색으로 번지다가 밝은 청록색으로 바뀌었다.

처음 든 생각은 어떤 종류의 앵무새라는 것이었다. 아마 서커스단이 애슈빌에 왔다가 이 새가 탈출했을 것이다. 하지만 서커스단이 왔다면 신문에 광고가 실렸을 테니까 내가 몰랐을 리 없다. 마을 사람들 절반이 기차 객차에서 내리는 동물들을 보러, 거리를 행진하는 코끼리들을 보러 차를 몰고 갔을 것이다.

서커스단에서 온 게 아니라면 이런 새가 어디서 올 수가 있을까?

무지갯빛 새 떼. 날아다니는 보석 같은 새.

잭은 어머니가 그렇게 묘사했다고 말했었다. '욘더'에 사는 새들. 보석 새들.

"난 걔들을 가끔 봐." 나는 그가 그렇게 말하는 걸 들었다.

갑자기, 그 새가 깃털을 부풀리고 숲속을 향해 다시 날아올랐다. 내가 뭘 하는지 미처 깨닫기도 전에 나는 그 새의 뒤를 쫓아 달려갔다.

그 순간 나는 내 새 다리를 새의 날개와 맞바꿀 수 있다면 무엇이든 줬을 것이다.

새를 따라잡으려고 숲속을 달리면서 내가 무슨 생각을 했는지는 기억나지 않는다. 아마 그것이 잭이 보내는 또 다른 신호라고 생각했을 것이다. 그가 결국 '욘더'를 찾았고, 나도 거기로 데려가기 위해 보석 새를 보냈다고.

우연일 수가 없었다. 그를 찾을 수 있다는 내 희망이 희미해져 갈 때 잭이 내게 묘사했던 바로 그 새가 나타났던 것이다.

새는 나와 게임을 하는 것 같았다. 놓쳐버렸다고 생각할 만큼 어두운 숲속으로 깊이 날아갔다가 다시 내 눈에 들어올 만큼 오랫동안 어떤 가지에 앉아 있었다.

나는 녹색 잎의 바다에 파문을 일으키며 양치류로 덮인 계곡으로 그 새를 따라갔다. 숨을 헐떡이며 새를 쫓아 달리느라 나는 썩은 통나무를 넘다가 넘어졌지만 다시 제 때 균형을 되찾아서 개암나무 두 그루 사이에서 펄럭이는 밝은 날개를 볼 수 있었다. 언덕 꼭대기에 도달했을 때 새는 산철쭉의 미로 속으로 날아 들어갔다. 나는 그 뒤를 쫓으며 출발했지만, 곧 이끼 낀 그늘과 엉킨 덤불들 속에서 길을 잃고 말았다.

내가 새를 찾을 수 있다는 희망을 접었을 때 다시 날개가 나타났다. 어두운 숲속에서 그 빨간 날개는 어둠 속에 켜져 있는 성냥불 불꽃 같았다.

나는 다시 녀석이 거미줄 같은 산철쭉들에서 날아올라 하늘 높이 치솟은 나무들과 잠자는 거인들처럼 옹기종기 모여 있는 회색 바위들이 있는 탁 트인 숲으로 가는 것을 따라갔다.

무릎에 손을 짚고서, 나는 녀석이 앉은 바위를 올려다봤다. 새는 나를 내려다보며 눈을 깜빡였다.

'기다려 줘.' 나는 소리치고 싶었다. '잭한테 나를 데려다줘!'

하지만 그건 그냥 새일 뿐이었다. 그리고 다음 순간 그 새는 다시 날아올라 아주 오래된 나무들 사이를 날아가다가 그 날개와 함께 그

속으로 빨려 들어갔다.

이번에는 완전히 놓쳐버렸다. 나는 실망감에 땅을 세게 찼다.

내가 잃어버린 건 새만이 아니었다. 잭을 찾을 첫 번째 진짜 기회도 잃어버렸다.

25

1943년 6월
월요일

다음 날 아침, 내 생각은 여전히 숲속으로 사라진 그 밝은 빛깔의 새에게 가 있었다. 그리고 생각이 다른 곳에 가 있는 건 나만이 아니었다. 패터쇼 선생님의 수업 시간에 아이들의 다리들은 이미 책상 아래에서 곧 다가올 여름 방학을 기대하며 들썩이고 있었다.

나는 계속 루를 흘깃흘깃 보며 전날 내가 한 말에 대해 미안하다는 신호를 보내려고 했지만, 그 애의 시선은 나를 지나쳐 창밖을 응시했다. 그 애의 눈은 얕은 물웅덩이처럼 평평해 보였고 그 아래 피부는 그늘로 얼룩져 있었다.

루는 오빠처럼 전쟁에 나가는 일이 없겠지만, 전쟁은 그 애에게 똑같이 흔적을 남겼다. 딜런 프라이스에게도 흔적을 남겼다. 전쟁은 정말 우리 모두에게 각자의 방식으로 흔적을 남겼다. 전쟁은 머나먼 곳에 있었지만 그런데도 내내, 지독한 태양처럼, 우리와 함께 있었다.

엄마와 나는 전날 밤 루스벨트 대통령의 좌담을 들으며 밤을 지새웠다. 나는 그가 바르샤바에서 정확히 무슨 일이 일어나고 있는지 설명해 주기를 바랐다. 전쟁에 관해 내 마음속에 형성되기 시작한 질문들 중 일부에 답해주기를 바랐다. 그러나 그는 몇 달 동안 계속된 탄광 노동자들의 파업과 전쟁 물자 지원에 석탄 공급이 얼마나 중요한지에 관해 이야기했다. 그래서 나는 '욘더'든, **아니면** 전쟁이든, 조금도 더 잘 알지 못한 채 잠자리에 들었다.

점심시간에 나는 교실 밖으로 나가려고 다른 모든 아이들과 서로

밀고 밀치고 있었다. 내가 복도로 쏟아지듯 나갔을 때쯤 루는 사라지고 없었다. 식당에도 없었기에 나는 아마도 점심을 먹으러 집에 갔을 거로 생각했다.

나는 샌드위치를 다 먹고, 식당에 혼자 앉아서는 조금도 더 있지 않으려고 패터쇼 선생님의 교실을 향해 돌아갔다. 다시 수업이 시작될 때까지 복도에서 기다릴 생각이었다.

내가 그쪽으로 발걸음을 돌렸을 때 복도는 거의 비어 있었다. 모퉁이를 돌다가 나는 브루스와 로건에게 정면으로 부딪칠 뻔했다.

"야, 잘 보고 다녀." 로건이 말했다. 그 애는 불룩한 도시락 가방을 꽉 거머쥐고 있었다.

브루스가 발을 돌려 자기를 보는 나를 쳐다봤다. 번들거리는 미소가 그 애의 얼굴에 번졌다. "어이, 대니."

나는 시선을 떨구었다. 그리고 바로 그때 내 마음을 맴돌고 있는 온갖 미스터리 중에서 제일 풀릴 것 같지 않던 미스터리가 풀렸다.

거기, 브루스의 반짝이는 신발 위에 빨간색 방울 세 개가 있었다.

26

나는 내가 본 것을 그가 알아채지 못하길 바라는 마음에 브루스의 신발에서 시선을 돌렸다.

우리 둘 중 누구도 다음에 어떻게 할지 정하지 못하고 있을 때 패터쇼 선생님의 신발 소리가 또각또각 들렸다.

"다시 수업하고 싶어 안달이 났구나." 선생님이 말했다. "로건, 네가 맞춤법을 그렇게 좋아하는 줄은 몰랐어."

나는 미소를 숨겼다. 로건이 제대로 철자를 쓸 수 있는 유일한 단어는 아마 자기 이름일 것이다.

"그럼, 들어가자." 선생님이 이렇게 말하며 우리를 인도했을 때 종이 울렸다.

나는 내 책상으로 급히 갔다. 그리고 다가오는 발소리가 들릴 때마다 문 쪽을 쳐다보며 루와 눈이 마주치기를 바랐다. 브루스의 신발에 있는 방울들을 그 애가 보게 할 방법을 찾을 수 있을까? 분명 그건 그 애가 그 과부 할머니의 집에 빨간색으로 욕을 쓴 사람이라는 증거였다. 그런 단서라면 루가 내게 화난 것을 잊게 하기에 충분할지도 몰랐다.

아이들이 문을 통해 섞여 들어오면서 마지막으로 장난치며 웃거나 하품을 했다. ("입 좀 가리렴, 애니." 패터쇼 선생님이 꾸중했다) 점심시간 수다가 마무리되는, 황혼의 매미처럼 일상적인 윙윙거림이 있었다. 하지만 그때 나는 다른 무언가도 있다는 걸 깨달았다. 멀리서 흐르는 강물의 소리. 아이들 사이를 오가는 속삭임들.

나는 몸이 굳어지는 걸 느꼈다. 내가 듣지 못했던 뉴스가 있는 걸까? 누군가 마을을 기어가는 검은 군용차를 봤을까? 그렇다면 그 차는 누구의 집을 방문하고 있는 걸까? 누가 이미 아버지나 형, 오빠를 잃었는데 나는 아직 모르고 있는 걸까?

다른 아이들이 다 들어오고 난 뒤에 루가 어슬렁어슬렁 들어왔다. 그 애는 팔 아래 책을 끼고 온종일 그랬던 것처럼 먼 산을 바라보는 표정을 짓고 있었다.

그러다가 책상에 이르자 그 애는 갑자기 멈춰 섰다.

"루, 이제 자리에 앉으렴." 패터쇼 선생님이 지시했다. "수업 시작이 이미 늦었단다."

하지만 루는 자리에 앉지 않았다. 그 애는 뭔가를 내려다보다가 천천히 그걸 집어 들었다.

깃털이었다.

지난 일

1942년 12월

꽁꽁 얼어붙을 듯 추운 아침이어서 나는 배달을 마친 게 기뻤다. 마지막 신문을 던진 후 나는 장갑 속으로 따뜻한 공기를 불어넣고 학교를 향해 출발했다.

중간쯤 갔을 때 뒤에서 차 소리가 들려 어깨 너머로 돌아보니 피트먼 씨의 새 트럭이 보였다. 나로선 공포스럽게도, 그 차가 속도를 늦추기 시작했다.

조수석 창문이 내려가더니 브루스가 주근깨 가득한 얼굴을 내밀었다.

"부르르," 그 애는 신선한 공기를 맞자 과장되게 떨며 말했다. "태워주고 싶은데 자리가 없는 것 같네." 그 애는 갓 자른 전나무들로 가득 찬 트럭 짐칸을 가리켰다. 매년 크리스마스에 피트먼 가족은 나무들을 베어 마을의 모든 상점에 가져다주는 요란을 떨곤 했다.

내가 대답하지 않자 브루스가 계속 말했다. "같이 걸어갈 사람이 필요한 건 아니야?"

"아니." 내가 재빨리 말했다. "괜찮아."

그 애는 코웃음 쳤다. "내가 그러기라도 할 것처럼 말하네."

"브루스." 피트먼 씨가 느긋하게 반쯤 경고하듯 주의를 줬다.

"걱정 마, 아빠." 브루스가 대답했다. "대니와 나는 이제 친구야. 그렇지, 대니?"

나는 침을 삼키고 브루스의 아는 체하는 비웃음에서 시선을 돌렸다.

"이봐, 대니." 내 뒤에서 잭의 목소리가 들렸다.

그는 자전거가 편안하게 멈추도록 속도를 늦추며 브루스와 피트먼 씨에게 고개를 까딱했다. 그들 얼굴에 쌍둥이 같은 찡그린 표정이 스치는 것을 놓치기는 불가능했다.

"잭이구나." 피트먼 씨가 무표정하게 말했다. 인사인 것 같았다. "가야겠다, 브루스. 지각해서는 안 돼. 네가 혼나는 건 원치 않아."

그는 우리에게 잘난 척 빈정거리는 표정을 지었다.

트럭은 그러고는 길 아래로 떠나고 있었다. 트럭이 사라진 후에도 나는 무너지는 모래 위를 자전거로 통과하고 있는 것처럼 몸이 아래로 꺼지는 것만 같았다. 잭이 아까 우리가 한 말을 조금이라도 들었을지 궁금했다.

"조심해야겠어." 그가 말했다. "우리 타이어를 펑크 내려고 못을 던졌을지도 몰라."

나는 작게 웃었다. "형은 오늘 늦었네." 내가 말했다.

잭이 우리 집에 있었던 지 1년이 지났고, 우리가 함께 배달을 시작한 지도 거의 그만큼 되었다. 그는 항상 나보다 먼저 학교에 가곤 했지만, 요즘은 점점 더 늦는 것 같았다.

"그냥 천천히 가는 중이야." 우리가 다시 출발할 때 그가 말했다.

그건 좀 이상한 일 같았다. 이렇게 추운 아침에는 학교마저도 밖에 있는 것보다는 나았을 것이기 때문이다. 그런데도 어찌 된 셈인지, 그의 코트는 따뜻한 것과는 거리가 멀었는데도, 잭의 뺨은 나처럼 빨갛게 트지 않았다. 엄마가 준 장갑과 새 머플러를 하고 있기는 했지만 말이다.

학교가 보이기 시작했을 때 1교시 아침 종이 울리는 소리가 들려서 우리는 더 빨리 자전거를 굴렸다. 우리가 도착했을 때는 거의 모든 아이가 안에 들어가 있었다. 몇 명만 뒤처져서 현관 계단을 올라가고 있었다.

그 중 한 명이 루였다.

책을 꼭 안고 계단을 터벅터벅 올라가는 그 애의 모습이 작아 보였다.

"불쌍한 애야." 잭이 그 애 쪽으로 고갯짓하며 말했다.

"무슨 말이야?"

"저 애 오빠에 관한 기사를 봤어."

"기사?" 나는 놀라서 고개를 번쩍 들며 물었다.

"오늘 아침 신문에 났어. 몇 주 전에 군사 재판을 받았대. 탈영 죄로. 그의 부대가 전선으로 파병됐는데 그는 너무 무서워서 도망쳤대. 어떤 요리사가 그를 밀고했지."

나는 무슨 말을 해야 할지 생각할 수가 없었다. 나는 조지 맥과이어를 잘 알지는 못했지만, 그는 루가 제일 좋아하는 오빠였고 내게 항상 친절하게 대했다. 그는 그들의 농장에서 열심히 일하는 사람이었고 포기 갭에서 처음 입대한 소년들 중 하나였다.

이제 그는 탈영 죄로 감옥에 가게 될 것이다. 그리고 온 마을이 알게 됐다.

"넌 정말 몰랐어?" 잭이 물었다.

"응. 그런데 언제부터 신문을 읽었어?"

"한 번씩 즐겨 보는걸." 그가 조금 상처받은 듯 말했다. "다른 사람들과 마찬가지지."

"그렇구나."

"어쨌든, 사람들이 조지 맥과이어에 관해 많은 말을 할 거야. 그럴 권리가 없는데 말이지." 잭이 원망 같은 것이 담긴 무거운 목소리로 말했다. "네가 루를 보살펴 주는 게 좋을 거야. 그러면 돼."

"물론이지." 내가 말했다. "그럴 거야."

내 혀에서 거짓말이 버터처럼 녹아 나왔지만, 남겨진 뒷맛은 씁쓸하기만 했다.

27

1943년 6월

나는 턱을 늘어뜨린 채 교실 건너편 루를 바라봤다. 그 애의 손에 있는 깃털을 봤을 때 전날 봤던 보석 새가 제일 먼저 생각났다. 하지만 그 애가 들고 있는 깃털은 밝지도, 빛나지도 않았다. 희멀건 색이었다. 그 애의 의자를 더 자세히 보니 의자가 깃털들로 뒤덮여 있었다. 어떤 것은 갈색, 또 어떤 것은 검은색이나 흰색이었다.

그때 꼬꼬댁 소리가 시작됐다. 로건의 입에서 나오고 있었다. 브루스가 다음으로 합세해서 입을 거의 움직이지 않고 다른 소리를 냈다.

"꼬꼬," 그 애는 구구거렸다. "꼬꼬, 꼬꼬, 꼬꼬."

닭이다. 그 애는 닭 소리를 내려고 하고 있었다. 나는 로건이 수업 전에 들고 있던 가방을 기억했다. 로건의 아버지는 5년 연속으로 지역 가금류 경연대회에서 우승했다.

그때 나는 뭔가가 더 나쁘다는 걸 알아챘다. 닭 소리를 내는 것은 브루스와 로건만이 아니었다. 그 소리는 교실 구석구석에서 나오고 있었다. 나는 주위를 훑어봤다. 몇몇 아이들의 눈은 놀라움으로 휘둥그레졌다. 딜런 같은 어떤 아이들은 책상을 내려다보고 있었다. 하지만 몇몇은 킥킥거리고 있었고 많은 아이가 합세했다.

"대체 무슨—." 패터쇼 선생님이 말하기 시작했다. 선생님은 반에서 루를 쳐다보고 있지 않던 유일한 사람이었고, 무슨 일이 일어나고 있는지 아직도 파악하지 못한 상태였다. "모두 조용히 하렴."

소음은 계속 커졌다.

그러는 내내 루는 손에 든 깃털을 응시하고 있었다. 그러다가 거기서 눈을 뗐다. 그리고 마침내 나와 눈이 마주쳤다.

그 애는 나를 보는 게 아니라 내게 **기대하고** 있었다. 그 애의 눈이 빛났다.

잭은 내게 그 애를 보살펴 주라고 했었다.

나는 귀를 막지 않으려고 두 손으로 책상을 움켜쥐었다. 난무하는 꼬꼬댁 소리를 더는 듣고 싶지 않았다.

'그만!' 내 안의 목소리가 외쳤다. '그냥 **그만해**! 너희가 무슨 짓을 하고 있는지 모르겠어? 그게 잘못됐다는 걸 모르겠어?'

하지만 그 목소리는 누구를 향해 말하고 있는 걸까? 꼬꼬댁거리는 우리 반 친구들? 아니면 나?

나는 일어나려고 애썼지만, 그동안 수도 없이 그랬던 것처럼 브루스의 손이 나를 다시 밀어 내리는 걸 이미 느낄 수 있는 것 같았다. 내가 처음 잭을 만난 날 더그아웃에서 그랬던 것처럼. 그리고 지난겨울 묘지에서 있었던 어느 끔찍했던 날, 잊으려고 최선을 다했지만 아마도 절대로 잊지 못할 그 날 그랬던 것처럼.

그래서 나는 눈을 크게 뜨고 아무 말도 못 한 채 그저 그 애의 시선을 받아내고만 있었다.

"조용히!" 패터쇼 선생님은 이제 뺨이 빨개지고 당황해서 소리쳤다. "당장 멈추지 않으면 너희들 모두 밤이 될 때까지 여기 있게 될 거야. 그리고 루 맥과이어, 제발 **앉아라**!"

루가 브루스를 쳐다봤다. 그 애의 얼굴에서 뭘 봤는지 모르겠지만, 다음 순간 루는 그 모든 꼬꼬댁 소리에 불려 나온 유령처럼 그를 향해 달려들고 있었다. 그 애의 손은 오그린 발톱처럼 되어 브루스의 눈을 할퀴려 했다.

루가 그 애에게 돌진하자 그 애는 자기 얼굴을 보호하려고 돌아섰는데 나는 그 얼굴이 두려움에 가득한 달처럼 창백하고 둥근 걸 봤다. 그 애도 변했던 것이다. 그 모든 자부심과 자신만만함은 순수한 공포가 됐다.

다음 순간, 루가 브루스를 덮쳐 그 애의 머리카락을 잡아당기고 얼굴을 할퀴며 정강이를 발길질하려고 했다.

"저리 가!" 그 애가 소리쳤다. "누가 얘 좀 떼어내 줘!"

"우리… 오빠는… 겁쟁이가… 아니야!" 루가 외쳤다. "그리고 나도 아니야!"

패터쇼 선생님도 소리를 지르며 루를 브루스에게서 떼어내려고 애썼다. 아이들이 더 가까이서 보려고 움직이면서 교실은 의자들의 바닥 긁는 소리로 가득했다. 문이 쾅 열리더니 누군가 급히 들어왔다.

패터쇼 선생님과 번치 선생님이 함께 마침내 루를 브루스에게서 끌어냈다. 브루스는 호랑가시나무와 한 판 싸우고 있었던 것 같은 모습이었다.

"너는 따라와라." 번치 선생님이 루의 어깨를 잡고 문 쪽으로 이끌며 말했다. "이런 목불인견 같은 꼴은 한 번도 본 적이 —."

"교장 선생님," 패터쇼 선생님이 그들을 따라가며 떨리는 목소리로 말했다. "제가 볼 때, 이 애를 약 올려서 그런 게 분명해요. 제가 봤어야 했는데…."

번치 선생님이 한쪽 손을 들었다. 마침내, 교실은 조용해졌다.

"변명의 여지가 없어." 선생님이 말했다. 그의 뺨은 분노로 타오르고 있었다. **변명의 여지가 없어.** 저 친구를 양호실로 데려가서 닦여 줘요. 내가 교장실에서 저 애 아버지한테 전화하겠어요."

마지막 쾅 소리를 울리며, 선생님은 자신과 루 뒤로 문을 닫았다.

모든 게 끝났다. 전투는 끝났고 아무도 이긴 것 같지 않았다. 우리는 졌다. 우리 모두, 한 사람도 빠짐없이.

28

패터쇼 선생님은 너무 흥분한 상태여서 그날 오후 우리를 제대로 가르치지 못했다. 대신, 우리에게 우리의 행동이 왜 잘못된 것인지에 관한 에세이를 쓰라고 했다.

나는 백지를 앞에 두고 멍하니 앉아 시간을 질질 끌면서 루가 브루스에게 달려들기 전에 내게 어떤 눈길을 줬는지 생각했다. 그 애는 내 도움을 원했는데 나는 너무 두려웠다. 중요한 순간에 나는 용기를 내지 못했다.

결국 나는 겨우겨우 한 문장을 쓸 수 있을 뿐이었다.

"그건 내 잘못이었다."

오후 종이 울리자마자 나는 1층으로 달려갔다. 비서실 창문을 통해 교장실에 있는 루를 볼 수 있기를 바랐다.

하지만 그 애는 거기, 무릎에 턱을 끼워 넣은 채 복도 벤치에 앉아 있었다.

나는 수다를 떠느라 바빠서 나를 알아채지 못하는 고등학생들 사이를 비집고 들어가 루 옆에 앉았다.

그 애는 꼼짝도 하지 않았다.

"이거 가져왔어." 내가 파란색 <낸시 드류> 책을 건네며 말했다. 그 애가 책상 옆에 두고 간 것이었다.

그 애는 팔을 풀고 책을 낚아챘다.

"미안해." 내가 말했다. "교실에서 일어난 일 말이야."

"정말이야, 대니?" 그 애가 나를 올려다보며 말했다. "정말 미안해?"

"**정말** 미안해, 루." 내가 대답했다. "내가 얼마나 미안한지 넌 모를 거야."

"그럼 왜 그랬어?" 그 애가 격렬하게 물었다. "조지 오빠 소식이 들려온 후에 왜 나와 절교했어?"

나는 올바른 답을 찾으려고 머리를 굴렸다.

"어쩌면 나는 어떻게 해야 아주 좋은 친구가 되는지 잘 모르는 것 같아." 내가 말했다.

루는 비웃으며 우리 교실 쪽으로 고개를 돌렸다. "당연하지."

우리는 잠시 말없이 앉아 있었다. 나는 뺨이 화끈거렸다.

"어떤 것들은 타고나지만 다른 것들은 노력해야 해." 루가 마침내 말했다. 복도는 비어 있어서 우리 둘밖에 없었다. 그 애의 목소리는 조용했고 말은 그렇게 날카롭지 않았다.

"어쩌면… 어쩌면 좋은 친구가 되기 위해 내가 좀 더 열심히 노력할 수 있을까?" 내가 물었다.

"그럴 수도 있겠지." 그 애의 턱은 고집을 부릴 때 항상 그렇듯이 푹 내려갔다. 그 애는 그렇게 쉽게 설득될 태세가 아니었다.

그리고 그게 나를 미소 짓게 했다. 루는 브루스나 자기 오빠, 혹은 나에게 꺾이지 않았다. 그 애는 그보다 훨씬 더 강했다.

"근데 왜 여기 밖에 있어?" 내가 물었다.

루가 어깨를 으쓱했다. "교장 선생님이 여기로 데려왔을 때 미라벨 씨 부인이 교장실 밖에서 기다리고 있었어. 긴급한 일이 있다고 했어. 선생님은 들어갔고 그때부터 보지 못하고 있는 거야."

바로 그 순간, 교장실 문이 벌컥 열리더니 피트먼 씨가 시뻘건 얼굴로 씩씩대며 행진해 나왔다.

나는 긴장했다. 피트먼 씨가 싸움 이야기를 듣고 교장 선생님이 루를 교장실로 데려가는 사이에 학교까지 올 방법은 분명 없었을 텐데?

나는 그가 루에게 한소리 할 경우를 대비하고 있었다. 그러나 그는 우리를 거의 쳐다보지도 않았다. 대신, 뒤로 문을 쾅 닫고 우리가 앉은 벤치를 지나 정문 쪽으로 곧장 걸어갔다.

그러고 나서 교장실에서 낮은 목소리들이 들렸다. 다른 사람이 듣는 걸 원치 않는 것 같은 목소리들이었다. 루와 나는 서로 쳐다봤다. 그리고 함께 문으로 살금살금 다가가서 그 소리를 듣기 위해 몸을 기울였다.

"이해해 주셔서 감사합니다." 어떤 남자 목소리가 말했다. 익숙한 목소리였지만 누군지 알 수 없었다.

또 다른 목소리가 말했다. 그것도 익숙한 목소리였다. "존 베일리는 충분히 고생했어요. 이 혼란에서 그를 보호하고 싶습니다. 그러니까 물론, 아무도 알아낼 수 없고요."

루의 손톱이 내 팔을 파고드는 것이 느껴졌다. 그 목소리들은 잭의 아버지 이야기를 하고 있었다.

"이해합니다." 번치 선생님의 목소리가 들렸다. "그렇긴 해도, 제가 동의하지는 않는다는 건 시인해야겠군요. 하지만 당신들이 제일 잘 알겠죠."

그러자 남자들이 일어서는 것 같은 바스락거리는 소리가 들렸고 루와 나는 문이 열리자마자 뒤로 급히 물러섰다. 소여 경관이 나왔고 워맥 경사가 바로 뒤에 있었다.

소여 경관은 우리를 발견하고는 얼굴이 굳었다. 워맥 경사는 바로 우리를 보지는 못했다. 그의 곰보 자국은 붉은 뺨에 대비되어 하얗게 보였다.

"안녕, 대니." 소여 경관이 내게 모자를 까딱하며 말했다.

내가 주먹을 꽉 쥔 것을 그가 알아챘는지는 모르겠다.

번치 선생님이 경찰관들을 따라 나왔고 지친 표정으로 루를 봤다. "네 일도 아직 처리해야 하는구나." 선생님이 중얼거렸다. 하지만 그 말은 자기 자신에게 하는 말에 더 가까웠다. "피트먼 씨가 여기 있을 때 말했어야 하는데… 어쩌면 하지 않은 게 최선이었을지도 모르지. 곧 돌아올게."

"그럼, 우리는 이만 실례하겠습니다." 워맥 경사가 번치 선생님에게 말했다. "이제 이 문제는, 음, 해결됐으니까요."

번치 선생님이 고개를 끄덕이며 양미간을 손가락으로 집었다. "수고하십시오, 여러분."

경찰관들이 돌아서서 가려고 하자 나는 그들을 향해 한 발짝 다가갔다.

"경사님?"

워맥 경사가 멈춰 서서 마지못해 발을 돌렸다.

"잭에 관한 소식이 있나요?" 내가 물었다. "그냥… 베일리라는 이름을 말하는 걸 들은 것 같아서요."

그의 얼굴에는 아무것도 드러나지 않았다. "그랬나?" 그가 느릿느릿 말했다. "이상하네. 안타깝게도 너에게 전할 소식은 없는 것 같구나. 그 나이의 남자아이들은, 뭐, 항상 가출하고, 우리는 발견되고 싶지 않은 사람을 찾느라 모든 자원을 낭비할 수가 없어. 이제, 유감스럽게도, 내가 좀 급한 일이 있어서. 실례하지."

워맥 경사가 걸어서 나가자 내 안에서 분노가 강물처럼 솟구쳤다. 그는 내 얼굴에 대고 거짓말을 했다.

소여 경관이 따라가려고 했지만 나는 그의 팔을 향해 손을 뻗었다. 나는 오늘 이미 루를 실망하게 했다. 잭도 실망하게 할 생각은 없었다. 그는 예상했다는 듯이 걸음을 멈췄고 돌아서서 얼굴을 찡그렸다. 그의 모자는 너무 커서 거의 눈썹까지 내려와 있었다.

"부탁이에요." 내가 중얼거렸다. "전 경사님이 거짓말하고 있다는 걸 알아요."

소여 경관은 워맥 경사가 정문으로 사라지는 것을 어깨 너머로 흘깃 봤다.

"너희들은 탐정 미스터리를 좋아하는구나, 응?" 그가 루의 책을 가리키며 말했다. "그걸로 많은 게 설명되는군."

루가 책을 보호하듯 쥐었다. "그게 어쨌다는 거예요?"

"음, 그럼, 경찰관들에게는 말할 수 없는 것이 있다는 걸 알겠지." 그가 말했다. "그리고 아마도 이런 것조차 말하면 안 되겠지만⋯."

그는 아무도 오지 않는지 확인하려고 사방으로 한 번씩 눈을 깜박였다. "뭔데요?" 내가 마음을 굳게 먹으며 물었다. "우린 감당할 수 있어요."

"그게⋯." 그가 말을 시작했다. "돌아가서 다른 것들을 생각하는 게 나을 거야. 넌 그냥 아이야. 지금은 거의 여름이잖아. 말썽을 피울 준비를 해야지. 잭 베일리를 찾는 게 아니라."

"그게 무슨 뜻이에요?" 루가 쏘아붙였다.

"베일리 씨와 얘기해 보긴 했어요?" 내가 물었다. "그의 집을 수색했나요? 아니면 그냥 귀찮아서 안 한 거예요? 대신 그를 **보호하느라** 너무 바빴나요?"

소여 경관이 움찔하더니 단정하게 다림질된 제복 차림으로 더 똑바로 섰다. "그냥 내 말을 믿어." 그가 말했다. "난 이미 너무 말을 많이 했어.”

“아무것도 말한 게 없어요!” 내가 거의 소리쳤다. “그리고 전 그를 찾는 걸 그만두지 않을 거예요. 절대로요!”

소여 경관은 길게 숨을 들이마셨다. “그냥 두렴, 대니.” 그가 이를 악물며 말했다. “네가 그냥. 놔두는 게. 모두를 위해 최선일 거야.”

그리고 그는 더는 아무 말 하지 않고 몸을 돌려 워맥 경사를 따라 문밖으로 나갔다.

루는 고개를 저었다. 그 애의 짧게 자른 머리카락은 마치 벼락이라도 맞은 것처럼 곤두서 있는 것 같았다. “내가 하나 말해줄게, 대니 티먼스.” 그 애가 말했다. “이건 냄새가 나. 은폐의 냄새가. 대체 아무도 알지 못하는 어떤 일이 있기에 존 베일리를 그로부터 보호하려고 하는 거지?”

“우리는 그 일을 그냥 넘어가게 둘 수 없어, 루.” 나는 목소리를 낮췄다. 내 분노는 결심으로 굳어졌다. “그리고 난 내가 뭘 해야 할지 알아. 하지만 네 도움이 필요할 거야.”

29

방과 후 나는 마치 토네이도가 뒤에서 쫓아오기라도 하는 것처럼 시내로 자전거를 몰았다. <헤럴드>지 사무실로 가서 엄마에게 내가 엿들은 이야기를 전해야 했다. 루와 내게는 우리만의 계획이 있었지만, 엄마도 도와줄 수 있을지 몰랐다. 어쩌면 애슈빌, 아니면 심지어 샬럿에서 탐정을 불러 조사하게 할 수도 있을 것이다.

나는 왜 베일리 씨를 용의자로 의심하는 걸 그렇게 빨리 포기했던 걸까? 나무에 새겨진 글자를 보고 그게 잭이 괜찮다고 알려주는 메시지라고 믿고 싶었던 것이다. 하지만 내가 틀렸다면, 그가 다른 어느 때 그 조각을 했다면? 어쩌면 내가 전에는 그냥 못 보고 지나쳤을지도 모른다.

그리고 그 새가 있었다. 아니, 어쩌면 그건 그냥 이상한 우연의 일치였는지도 모른다. 잭이 괜찮다고 믿고 싶은 마음이 너무 간절해서 내가 그냥 상상한 것이었을 수도? 나는 확신할 수 없었다.

경찰이 존 베일리를 보호하기 위해 뭔가를 숨기고 있다는 것, 그리고 그게 뭔지 내가 밝혀낼 거라는 것이 내가 아는 전부였다.

내가 <헤럴드>지 사무실의 문손잡이에 손을 대려는 순간 문이 활짝 열리면서 메이너드 씨가 폭풍우 구름처럼 부풀어 오르며 나오는 바람에 나는 거의 깔려 넘어질 뻔했다.

"흠," 그는 사과하는 대신 말했다. "**네가** 네 어머니에게 정신 좀 차리라고 말해줄 수 있으면 얼마나 좋겠냐."

"저는… 무슨 말씀이신지 모르겠는데요, 메이너드 씨." 내가 더 듬거렸다.

그는 내게 손을 휘저었다. "1면이라니, 말이 되야지." 그는 투덜거리며 차로 터벅터벅 걸어갔다.

나는 완전히 혼란스러워져서 사무실 안으로 들어갔다. 엄마는 뒤편 구석에 있는 아빠의 낡은 책상에 앉아 있었는데 매우 창백한 얼굴이었고, 후퍼 아주머니가 정신 없이 엄마 주변을 돌아다니고 있었다.

"그는 정말 사람들한테 그렇게 말하면 안 되는데." 후퍼 아주머니가 말했다. "어쨌든, 부인은 옳은 일을 하려고 했던 거잖아요."

심지어 오글트리 씨도 평소의 오후 낮잠에서 깨어나 엄마 맞은편 책상으로 와 앉아서는 우울하게 고개를 흔들고 있었다. "정말 이게 무슨 세상인지." 그가 신음했다. "나 자신도 더 이상 뭘 믿어야 할지 모르겠어."

"괜찮아요, 펄?" 후퍼 아주머니가 물었다. "얼굴이 사색이에요."

"난 괜찮아요." 엄마가 말했다. "물을 좀 마셔야겠어요. 그거면 돼요."

그때 엄마가 나를 봤다. "오… 대니!"

"무슨 일이에요, 엄마? 메이너드 씨는 왜 그렇게 화가 난 거예요?"

"아무것도 아니야." 엄마가 말했다. 하지만 평소의 목소리가 아니었다. 엄마의 목소리는 높고 가늘어서 마치 잠꼬대하는 것 같았다. "아무것도 아니야. 다 괜찮아. 물 좀 마시고 올게."

"제가 갖다 드릴게요." 이제 얼굴을 찌푸리고 있던 후퍼 아주머니가 말했다.

하지만 너무 늦었다. 엄마가 의자에서 몸을 일으켰다. 엄마는 잠시

서 있었고, 다음 순간 눈꺼풀이 파르르 떨렸다.

다음에 내가 안 건, 엄마가 바닥에 쓰러졌고 오글트리 씨가 소리치며 지시하기 시작했을 떠 나는 이미 페니 박사님을 모시러 문밖으로 달려 나가고 있었다는 사실이다.

지난 일

1943년 1월

"엄마 잘 돌봐드려, 알았지, 대니?"

아빠는 그 말을 내 귀에 대고 속삭였다. 엄마가 들으면 콧방귀 뀌며 나를 돌보는 게 자기 일이라고 할 거여서 그런 거라는 걸 나는 알았다. "엄마를, 그리고 아기가 태어나면 아기도 잘 돌봐줘. 널 믿는다, 알았지?"

"알았어요, 아빠." 내가 말했다. "아빠가 돌아올 때까지요."

"내가 돌아올 때까지."

아빠는 마지막으로 나를 꼭 안아주고는 떠나갔다. 잉크와 아이보리 비누의 익숙한 냄새도 함께 가져갔다. 깨끗하게 면도한 얼굴에는 편안한 미소를 띠고 있었고 목소리에는 급한 기색이라고는 없었다. 하지만 한 손은 주머니에 넣고서 그 속에 있는 잔돈을 쨍그랑거리고 있었는데, 그건 아빠가 불안할 때만 하는 행동이었다.

엄마는 우리 옆에서 코를 훌쩍이면서 안 그런 척하고 있었다. 몇 미터 떨어진 곳에서는 어떤 여자가 흐느끼다 울음을 터트렸는데, 아마도 아들일 것 같은 젊은 남자 한 명이 우리 앞의 버스에 올라타고 있었다. 남자들을 모두 캠프 크로프트로 데려갈 버스였다. 그들은 그곳의 군대에서 훈련받을 것이고 거기서 전쟁터로 나갈 것이다.

나는 그들 모두가 돌아오지는 못한다는 것을 알고 있었다. 이미 우리 교회 묘지에는 네 개의 새 무덤이 있었다. 그리고 크리스마스이브에는 교회로 가던 길에 트럼펫이 연주하는 추모곡 소리가 멀리서 들려와서 우리는 모자를 벗고 멈춰 서기도 했다. 또 다른 병사가 관에 담겨 기차에서 내려지고 있었던 것이다.

'**아빠는 아니야.**' 나는 속으로 굳게 말했다. '넓은 어깨와 빠른 걸음, 우렁찬 웃음을 가진 아빠는 아니야. 내가 사랑하는 아빠는 아니야.'

"괜찮아?" 아빠와 엄마가 껴안는 동안 잭이 물었다.

"난 —." 내가 말을 시작했다. 하지만 끝맺을 수는 없었다. 사실은 괜찮지 않았고, 괜찮은 척하는 방법을 몰랐기 때문이다. "형이 여기 있어서 좋아." 대신 나는 그렇게 말했다.

아빠는 잭에게 엄마가 차린 송별 아침 식사에 오라고, 그리고 역에도 우리와 함께 가자고 고집스레 요구했다. 이제 생각하니 그건 엄마와 나만 있으면 돌아가는 차 안에서 우리가 너무 허전하지 않을까 해서 그랬던 것이다.

아빠가 잭의 어깨를 두드리며 그의 귀에 뭔가를 속삭였다. 잭은 잠시 눈을 감고 고개를 끄덕이는 것으로 대답했다.

"감사합니다, 티먼스 아저씨." 그가 부드럽게 말했다. "모든 게 다요."

"자, 이제 시무룩한 얼굴은 그만." 아빠가 팔을 벌리고 우리에게 마지막 미소를 지으며 말했다. "금세 돌아올 거야."

아빠는 그러고는 짐가방을 들고 버스에 올랐다. 버스가 떠날 때 아빠는 손을 흔들었고 뒤에 남은 우리는 환호하거나 손뼉을 치거나 울었다. 버스가 덜컹덜컹 시야에서 사라진 후에야 나는 엄마의 눈에서 흘러내리는 눈물방울을 봤다.

나도 울고 싶었다. 하지만 그때 나를 쳐다보고 있던 잭이 보였다. 그는 작은 미소와 함께 고개를 끄덕였다. 나는 최선을 다해 미소로 답했다.

그리고 눈물을 삼켰다. "괜찮아요, 엄마." 내가 양팔로 엄마를 껴안으며 말했다. "우린 괜찮을 거예요."

30

1943년 6월

페니 박사님이 엄마와 함께 있는 동안 나는 엄마 방 밖 복도를 서성거렸다. 마침내 박사님이 나왔을 때 나는 최악의 상황에 대비하려 애쓰며 똑바로 서서 주먹을 쥐었다.

"그냥 혈압이 낮아서 그런 거야." 박사님이 안심시키듯 내 어깨를 쥐며 말했다. "정말이야, 대니. 엄마나 아기는 걱정할 필요 없어. 그냥 너무 무리하셨던 것뿐이야. 음, 출산 때까지 침대에서 안정을 취하라고 했는데, 그건 그냥 예방 조치야."

나는 참고 있던 숨을 내쉬었지만, 거의 즉시 죄책감이 안도감을 갉아먹으며 쥐의 이빨처럼 내 속으로 파고들었다.

나는 며칠 동안 엄마가 피곤해 보이는 걸 눈치챘었다. 나는 왜 아무 말도 하지 않았을까? 아무것도 하지 않았을까? 왜 아빠와 한 약속을 지키지 않았을까?

"누가 와서 지낼 사람이 있니?" 페니 박사님이 물었다. "도와줄 사람?"

머스그레이브 아주머니라면 우리를 도와줬겠지만, 떠나고 없었다.

"할머니가 오시기로 했어요." 내가 말했다. "하지만 일주일 후에요."

"음, 그때까지는 네가 엄마를 돌봐야겠구나." 박사님이 대답했다. "최대한 휴식을 취하게 해드려야 해. 할 수 있겠니?"

나는 엄마는커녕 고양이 한 마리도 제대로 돌본 적이 없었다. 하지만 할 수 있다고 말했다.

나는 다음 한 시간 동안 냉장고와 식료품 저장실, 그리고 엄마의 요리 카드 서랍을 오가며 내가 이해할 수 있는 요리법 같은 것을 찾으려고 부엌을 분주히 돌아다녔다. 배급제가 있기 전의 레드 벨벳 케이크와 닭튀김 조리법을 따라 해 보겠다는 원대한 계획으로 시작했지만, 모든 게 너무 많은 단계와 재료가 필요했기에 결국 수프를 데우는 것으로 끝나고 말았다.

엄마는 실망했을 수도 있는데, 그랬다면 너무 잘 숨기셨다.

"음," 내가 방에 들어가 쟁반을 엄마 앞에 놓자 엄마가 미소 지으며 말했다. "치킨 누들이네. 딱 의사 선생님이 요구한 거야."

엄마는 한 시간 전에 페니 박사님이 나갔을 때 상태 그대로 침대에 누워 있었다. 나는 엄마가 쟁반을 배 위에 올려 균형을 잡고 먹기 시작하는 것을 자세히 지켜봤다. 엄마의 얼굴은 약간 혈색이 돌아왔지만, 여전히 피곤하고 지쳐 보였다. 엄마는 나를 한 번 보고는 눈썹을 치켜올렸다.

"무슨 터질지도 모르는 폭탄인 것처럼 날 쳐다볼 필요는 없어." 엄마가 타박했다. "설사 내 몰골이 그렇다고 해도 말이야." 엄마가 침대 옆쪽을 두드렸다.

"정말 괜찮아요?" 내가 앉으며 물었다.

"엄마는 아주 말짱해." 엄마가 대답했다. "그렇게 기절한 건 죽을 만큼 창피하지만 말이야. 무슨 대단한 빅토리아 시대 숙녀처럼, 세상에나."

"페니 박사님이 침대에 누워 계셔야 한다고 했어요."

"그래, 들었어. 당분간 신문사로 돌아가지는 못할 것 같구나. 그럼 오글트리 씨가 책임을 맡게 될 거야. 하나님이 도와주시길. 메이너드 씨는 별로 개의치 않겠지만 말이야.”

그 마지막 말 때문에 나는 그날 오후 메이너드 씨가 사무실에서 쏜살같이 나왔던 것과 그가 엄마에게 한 말에 대해 후퍼 아주머니가 불평했던 것이 떠올랐다.

“엄마가 기절하기 전에 정확히 무슨 일이 있었던 거예요?” 내가 물었다. “메이너드 씨는 왜 그렇게 엄마한테 화가 났어요?”

돛이 퍼지듯 한숨이 엄마의 가슴을 채웠고 엄마는 그 한숨을 내쉬기 전에 잠시 그대로 있었다. “정말 사실대로 알고 싶니?”

“네, 물론이에요.”

엄마는 수프를 홀짝이고는 그릇 안을 숟가락으로 몇 번 휘저었다. “음, 이야기가 좀 길어.” 엄마가 말했다. “이번 겨울에, 몇몇 신문과 잡지들이 어떤 기록에 관한 기사를 실었어. 나치가 하려고 하는 어떤 일을 폭로하는 기록이었지.”

“전쟁에서 이기려고요?”

엄마는 고개를 저었다. “그게 문제란다, 얘야.” 엄마가 말했다. “전쟁에서 이기려는 게 아니야. 이건 훨씬 더 나쁜 일이야.”

나는 충격을 받았다. 마치 깨고 싶지 않은 꿈에서 어떤 손들이 나를 흔들어 깨우는 것 같았다. 더 나쁜, 전쟁보다 **훨씬 더** 나쁜 일이 뭐가 있을까? 엄마는 잠시 말을 멈추고는, 내가 실수로 가스레인지를 켜놨거나 우유를 꺼내놨으니 아래층으로 돌아가야 한다고 말할 기회를 줬다.

하지만 나는 그러지 않았다. 그래서 엄마는 말을 이었다. “너도 알다시피, 꽤 오랫동안, 히틀러는 어떤 사람들이 없으면 더 잘살게 될 거라고 독일 국민을 설득하려고 애써왔어. 전쟁 전부터도 나치는 그 사람들의 권리를 빼앗기 시작했지. 그다음에는 그들의 일을, 그리고 집을. 지금은 그들을 수용소에 넣고 있어."

나는 침을 삼켰다. "수용소요?"

"죽음의 수용소." 엄마가 여전히 나를 자세히 살피면서 부드럽게 말했다. "독일인들은 그들을 죽이고 있어, 대니. 노인과 여자들, 어린 아이들, 그리고 그 중간의 모든 사람을."

내 심장은 불쾌하게 요동쳤다. 엄마의 얼굴은 우리가 아빠에게 작별 인사를 할 때처럼 매우 고요했다.

"아이들을요?" 내가 억지로 말했다.

"**유대인** 아이들이야, 대니. 그들의 가족들, 그리고 히틀러가 편견으로 반감을 심은 다른 사람들을 함께. 그는 이미 수백만 명을 죽인 것 같아. 수용소에는 **수백만 명**이 더 있어. 구할 수 있는 수백만 명의 사람들이."

나는 입이 바싹 말라버렸다. 수백만 명이라니. 나는 헤드라인을 통해, 그리고 속삭이는 소리들을 통해 이런 일을 일부 유추했었다. 하지만 수백만 명을? 단지 유대인이라는 이유로 죽였다고?

비록 전에 나는 애슈빌의 몇몇 가게 주인들 외에는 유대인을 많이 만나본 적이 없었지만, 어떤 사람들이 그들에 관해 부당하게 말하고 심지어 그들을 무례한 이름으로 부른다는 것을 알고 있었다. 나는 그게 그냥 좀 더 좁은 마음이라고 생각했다.

하지만 엄마가 지금 말하고 있는 것은 **전혀** 작은 일이 **아니었다**.

"하지만… 하지만 왜요?"

엄마가 나를 강렬하게 응시하며 고개를 내저었다. "정당한 이유는 전혀 없어." 엄마가 말했다. "나치가 하는 방식으로 사람들을 미워하는 것에는 말이야. 어떤 사람들은 다른 사람이 열등하다고 믿으

면 자기들이 우월하다고, 심지어 고귀하다고 생각하기 때문에 혐오
를 받아들이는 것 같아.”

“그 사람들은 **고귀하지** 않아요.” 내가 혐오감을 느끼며 말했다.

“그럼. 분명히 그렇지 않지. 실제로 그들이 하는 건 화를 내는 거
고 히틀러는 그들에게 그 화를 쏟아부을 명분을 준 거지. 그는 독일
에서 일어나는 온갖 잘못된 일에 대해 많은 독일인이 유대인을 기꺼
이 희생양으로 삼을 의향이 있다는 걸 잘 알고 있었어. 너도 알다시
피, 그는 그 나라의 모든 문제에 대해 그들을 비난하고 그다음에는
이 끔찍한 계획으로 그 문제를 ‘해결’하겠다고 했지. 너희 아빠는 히
틀러가 자기의 독을 쏟아붓는 동안 수년간 단파 라디오로 그걸 들었
어. 그는 자기 추종자들을 분노와 두려움과 편견에 집중하게 만들어
서, 어느 순간 그 사람들은 유대인과 또 다른 어떤 사람들을 사람으
로 전혀 생각하지 않게 된 거야.”

나는 한기로 몸을 떨었다. 그리고 이 떨림은 오래갈 것만 같았다.

“그건 악이에요, 엄마.” 내가 말했다. “**그는** 악마예요.”

엄마는 잠시 말이 없었다. “악은 우리가 허용하는 만큼만 강력하
단다.” 엄마가 마침내 말했다. “하지만 히틀러와 나치가 그 불길에 부
채질을 한 것 같구나. 그들은 그 불길을 아주, 아주 강력하게 만들
었어.”

“하지만 왜 모두가 모르는 거죠?” 내가 물었다. “라디오에서는 왜
그 이야기를 하지 않아요?”

엄마는 앞으로 몸을 기울여 내 눈에서 머리카락을 쓸어냈다. “내
가 똑같은 질문을 얼마나 자주 해왔는지 알았으면 좋겠구나.” 엄마가
말했다. “하지만 그러면 메이너드 씨와 논쟁하게 되는 거야. 너희 아
빠는 떠나기 전 겨울에 그 기록에 관한 작은 기사를 싣기로 했어. 메

이너드 씨는 그걸 마음에 들어 하지 않았어. 그런데 지난달에 더 많은 소식이 있었어. 바르샤바의 유대인 봉기 말이야. 그 사람들은 절대로 이길 수 없다는 것을 알았을 텐데도 목숨을 걸고 싸웠던 거야.”

“그리고 이기지 못했죠.” 나는 전날 신문에서 읽었던 헤드라인을 생각하며 말했다. ‘바르샤바 게토, 나치 군대에 전멸되다’. “이제 끝난 거죠?”

“그게 문제인 거야, 대니. 그들이 얼마나 용감하게 싸웠는지에서 세상이 교훈을 얻을 수 있다면 그건 끝난 게 아니야.” 엄마가 내 손을 꽉 쥐며 대답했다. “유럽 전역의 사람들이 여전히 얼마나 용감하게 싸우고 있는지 몰라. 그래서 나는 거기 관한 기사들을 실었던 거야. 이 전쟁에서 진정으로 위태로운 게 무엇인지 다른 사람들이 알도록 영감을 줄 수 있기를 바랐어. 자기들 눈앞에서 그걸 볼 때까지 그들에게 그건 현실이 아닐 거야. 그들은 신문에서 그걸 읽고 라디오에서 들어야 해.”

“그런데 메이너드 씨는 왜 화가 났어요?”

엄마가 얼굴을 찌푸렸다. “음, 라디오에서 그런 게 들리지 **않거나** 신문에 많이 보이지 않는 이유가 같은 거겠지. 어떤 사람들, 우리가 전쟁에 관해 무엇을 알아야 하는지를 결정하는 사람들은 그걸 믿고 싶어 하지 않아. 아마도 그렇게 끔찍한 일이 일어난다는 생각은 받아들이기가 너무 힘든 거지. 또 다른 사람들은 믿을지는 몰라도 보도할 가치는 없다고 생각해.”

“보도할 가치가 없다고요?” 내가 되물었다.

“메이너드 씨 같은 사람들은 그런 수용소는 우리 문제가 아니라고 생각해. 우리는 전쟁에서 이기는 것에 계속 집중해야 한다고. 모든 것이 외국에서 일어나고 있을 때 어떤 사람들은 그런 식으로 생각하기가 쉬워. 자기들이 불의를 보지 못한다면 어떤 태도를 보일 필요가 없다는 거야, 알겠니? 그게 다른 누군가에게 일어나고 있다고 해도, 아마 네게는 일어날 수 없는 일이라고 자신을 설득할 수 있어. 그러니까 그건 네가 싸울 전투가 아닌 거지. 하지만 그게 바로 독일에서 끔찍한 일들을 일어나게 만든, 그런 종류의 생각이야. 어떤 사람들은 우리가 이 전쟁에서 무엇을 위해 싸우고 있는지 이해하지 못해. 그건 단지 땅이나 민주주의나 주권이 아니야, 대니. 우리의 **인류애**란다."

"하지만…." 나는 엄마의 이불 위 밝은 무늬를 내려다보며 말하기 시작했다. "하지만 그런 종류의 일은… **여기서는** 일어날 수 없잖아요, 그렇죠?"

엄마가 눈을 감았다. "아무도 독일에서 그런 일이 일어날 거라고 상상할 수 없었어." 엄마가 조용히 말했다. "그리고 여기에도, 히틀러에게, 혹은 적어도 그의 생각 중 일부에 동의하는 사람들이 있어. 그리고 —."

엄마는 눈을 뜨고 창 쪽으로 시선을 돌렸다.

"뭐요, 엄마?" 내가 부드럽게 물었다.

"대니, 편견은… 세균이나 바이러스 같은 거야." 엄마가 말했다. "아무도 면역이 없어. 그 병, 그 **악은**, 수많은 형태를 취할 수 있어. 독일에서 그건 그런 수용소를 만들었지. 여기서는, 인종 차별을, 그리고 그전에는 노예제를 만든 거야."

엄마는 그러고는 나를 돌아보며 내 손을 잡고 꽉 쥐었다. "이런 종류의 일이 여기서 일어나지 않는다고 말할 수 없단다, 애야. 왜냐하면, 음, 이미 일어났거든. 지금도 일어나고 있어. 머스그레이브 가족만 봐도 알 수 있어. 이 마을이 편견에서 벗어나 있다면 그들은 여전히 여기 있을 거야."

내가 다음 질문을 하려고 입을 열었지만, 바로 그때 엄마가 약간 숨을 헐떡였고 나는 심장이 뛰었다. "엄마? 괜찮으세요?

놀랍게도 엄마는 내 손을 잡아 봉긋한 배 위에 올려놓았다. 내가 창피해서 손을 뺄 시간도 없이 손바닥이 쿵 하고 울리는 것을 느꼈다. 나도 헉하고 숨을 멎었다.

"이게 —."

"아기란다." 엄마가 끝말을 해줬다. "이렇게 세게 느낀 적은 한 번도 없는데."

작은 주먹, 아니면 발이 다시 내 손을 두드렸다. 그렇게 작은 것이 그렇게 세게 밀 수 있다는 것, 그렇게 고집스러울 수 있다는 게 믿기 어려웠다. 나를 짓누르고 있던 무게가 그것으로 조금은 가벼워졌다.

그럼에도, 이 아기가 어떤 세상에 태어날지, 내 가슴속에는 걱정이 요동쳤다.

그 후 나는 더는 다른 질문들을 하지 않고 엄마 옆을 떠났다. 페니 박사님이 엄마에게 휴식이 필요하다고 말했었다. 게다가, 내게는 혼자 생각해 볼 것이 있었다.

한때 세상은 내게 내 손바닥에 깔끔하게 얹을 수 있는 매끄러운 달걀처럼 느껴졌었다. 하지만 너무 세게 쥐어서 균열이 생기기 시작했다. 이제, 늘 있었지만 표면 아래에 있어 보이지 않았던 것이 쏟아져 나오기 시작하고 있었다.

여러 장면이 내 마음을 스쳐 지나갔다. 우는 아이들의 흐릿한 얼굴과 내리는 눈. 브루스 피트먼을 향해 돌진하는 루. 전장에서 도망치는 조지 맥과이어. 엄마와 메이너드 씨의 말다툼. 그해 12월 밤 <헤럴드>지 문 안으로 쓰러졌던 잭, 검게 멍든 눈과 부러진 갈비뼈로 우리의 도움이 필요했던 잭.

어찌 보면 모든 것이 거미줄만큼 강하고 가는 실로 연결된 것처럼 느껴졌다. 나는 단지 어떻게 연결돼 있는지 이해하지 못했을 뿐이다.

또 다른 장면도 떠올랐다. 내가 떨쳐낼 수 없었던 장면이었다.

그건 거의 3개월 전 떠난다는 말을 하려고 엄마를 찾아왔던 날, 머스그레이브 아주머니의 얼굴이었다.

지난 일

1943년 3월

아빠가 전쟁터로 떠난 후 머스그레이브 아주머니는 전보다 더 자주 우리 집에 오기 시작했다. 아주머니는 종종 옥수수 머핀 바구니나 수선화가 가득한 유리병을 가져왔다. 가끔 학교에서 집에 돌아오면 응접실 문이 닫혀 있고 갓 구운 무언가의 냄새가 공기 중에 퍼져 있곤 했는데, 그러면 그 아주머니가 방문했다는 것을 알 수 있었다.

어느 토요일, 아주머니는 조던을 데려왔고, 두 사람은 엄마와 나를 도와 승리의 텃밭을 만들었다. 나는 텃밭이 들어설 자리의 잔디를 파는 일을 맡았다.

나는 삽을 잡아본 적이 거의 없어서 내가 몇 번 파보려고 시도하고 나서는, 머스그레이브 아주머니가 내 손에서 삽을 가져갔다.

"익숙해지려면 시간이 좀 걸려." 아주머니가 말했다.

킥킥거리는 조던을 무시하며 아주머니는 삽의 날을 밟는 올바른 방법을 시범으로 보여줬다. 조던은 막 빠진 앞니를 자랑하고 있었다. 다행히도, 그 뒤 곧바로 내가 녹슨 낡은 말굽을 파냈고 그 애는 금방 내 삽질 실력에서 그쪽으로 관심을 돌렸다.

"우리 아빠도 전쟁에 지원할 거야." 그날 오후, 우리 둘이 땅에다 엄마가 잡화점에서 산 씨앗을 심을 구멍을 파고 있을 때 그 애가 자랑스럽게 말했다. "그리고 이길 거야."

"조용히 해." 머스그레이브 아주머니가 말했다. "아빠는 그런 거 안 하셔."

어쨌든 나는 조던에게 몰래 엄지를 치켜세웠고, 그 애는 또다시 이빨 빠진 미소로 응답했다.

씨앗을 다 심고 나서 조던과 나는 계속 부엌에서 물뿌리개를 가져다 나르는 심부름을 했다.

"씨앗은 목말라 있단다." 머스그레이브 아주머니가 설명했다. "물을 계속 주면 먹을 수 있는 호박과 토마토가 금세 주렁주렁 열릴 거야. 게다가, 자기가 심은 것들이 자라는 것을 보는 것보다 더 좋은 일은 없어."

나는 이 모든 것, 텃밭과 더 잦은 방문이 엄마를 보살피려는 머스그레이브 아주머니의 방식이라는 것을 알았고, 그래서 고마웠다.

그리고 아마도 엄마에게 이야기를 나눌 친구가 있다는 것에 너무 감사해서였을까, 나는 겨울이 봄으로 바뀌면서 그들의 대화가 어떻게 변하는지를 간과했던 것 같다.

그들의 목소리는 낮고 긴박한 말들의 윙윙거림이 되었는데, 벌집에 너무 가까이 가지 말라고 경고하는 그런 종류의 소리였다.

아빠가 떠난 후 머스그레이브 아주머니가 엄마를 지켜보는 것처럼 잭도 나를 면밀히 지켜봤다. 날씨가 따뜻해지면서 우리는 강가에서 더 많은 시간을 보냈다. 하지만 우리는 말이 줄었고, 한다고 해도 주로 낚시나 야구 이야기를 했다. 테드 윌리엄스가 해군에 입대했고 다른 선수들도 곧 뒤를 따를 것이 확실했다. (전쟁에 관해 이야기하지 않을 때도, 우리는 어쩐지 여전히 전쟁 이야기를 하고 있었다)

나는 잭의 아버지나 '욘더'를 언급하지 않았고, 그도 루나 브루스 얘기를 하지 않았다. 그리고 그것은 우리 둘 다에게 딱 맞는 것 같았다. 가끔 나는 아빠가 전쟁터로 떠나던 날 잭의 귀에 대고 무슨 말을 했는지 물어보고 싶었지만, 아빠는 내가 상관할 일이 아니라고 말하리라는 것을 알았다.

잭은 아빠가 떠나서 내가 괜찮은지 묻지 않았지만, 나와 그냥 어울려 다니는 것이 내가 괜찮은지를 확인하는 그의 방식이라고 생각됐다. 이야기할 필요가 없는 또 다른 것이었지만, 나는 내가 그에게 얼마나 고마워하는지 알았으면 했다. 그래서 내가 설득할 수 있는 한 자주 그를 저녁 식사에 오게 하기 시작했다.

우리가 가재 사냥에 대성공을 거둔 어느 날 오후, 나는 잭을 집으로 데려와서 엄마에게 가재 스튜를 만들어 달라고 하려고 했다.

집에 도착했을 때 응접실 문이 닫혀 있어서 나는 엄마와 머스그레이브 아주머니가 안에 있다는 것을 알았다. 하지만 그날 그들은 전혀 조용하지 않았다.

"이것으로 끝일 수는 없어요." 엄마가 말하고 있었다. 엄마의 목소리에 담긴 긴박함에 내 등골이 오싹해졌다. "개입할 수 있는 누군가가 있어야 해요."

"아무도 없는걸요." 머스그레이브 아주머니의 목소리가 들렸다. 그 목소리에는 내가 전에는 들어본 적 없는 어떤 떨림이 있었다. 분노였다. "아무도 개입하지 않을 거예요. 누가 닉 피트먼이 아니라 우리 편을 들겠어요?"

"저요."

"하지만 당신은 대출 심사에 대한 발언권이 없잖아요. 닉 피트먼은 은행을 자기 주머니에 넣고 있어요."

"은행에 제가 다시 갈 거예요." 엄마가 말했다. "이번에는 제가 그들에게 ―."

"아무것도 바뀌지 않을 거예요." 머스그레이브 아주머니가 좌절한 듯 말했다. "그는 너무 많은 권력을 쥐고 있어요. 마을 전체를 장악하고 있어요.”

긴 침묵이 흘렀다.

“그래서 머물지 않으실 거예요?” 엄마가 물었다.

“우리 땅에서 소작농이 되라고요?”

“아뇨,” 엄마가 패배한 듯 말했다. “그럴 수는 없겠죠.”

그러고 나서 두 사람 중 한 명이 코를 푸는 소리와 갑자기 서로 가까이 다가간 것처럼 중얼거리는 소리가 들렸다.

잭을 쳐다봤을 때 그의 이마는 깊은 주름으로 찡그러져 있었다.

“이해가 안 돼.” 내가 속삭였다. “피트먼 씨는 무슨 짓을 한 거야?”

“은행에서 머스그레이브 가족에게 대출을 거부하도록 한 것 같아.” 잭이 말했다. “농민들은 매년 대출을 받아야 해. 그렇지 않으면 작물을 심는 데 필요한 것들을 살 수가 없어. 그리고 작물이 없으면 여유 있게 살 수가 없고.”

“하지만 왜 그런 짓을 하는 거지?” 나는 머스그레이브 아주머니와 조던이 매주 우리에게 가져다줘서 쌓여 있는 농작물 상자들을 생각하며 물었다. “그들의 농장은 이 근처 대부분의 다른 농장들보다 더 많은 작물을 생산하는데.”

“바로 그거야.” 잭이 중얼거렸다.

무슨 뜻인지 물어보려던 참에 내 머리에 답이 탁 떠올랐다.

“그 농장을 자기 걸로 만들려고 은행이 대출을 거부하도록 한 거야? 하지만… 그렇게 빠져나갈 수는 없어. 법에 위반되는 거잖아.”

잭이 대답하기 전에 엄마의 말이 다시 들렸다. “어디로 갈 건가요?”

“피츠버그요.” 머스그레이브 아주머니가 말했다. “여동생이 거기 살아요. 공장에 좋은 일자리가 있대요. 조던이 다니기 좋은 학교도요.”

내 뱃속에 매듭이 맺혔다. 피츠버그라고? 머스그레이브 가족이 피츠버그 같은 도시에 있는 것은 상상할 수가 없었다. 그들은 80년 넘게 자신들의 소유였던 농장에 속해 있었고, 그곳에서 자기들이 심은 작물들이 자라는 것을 볼 수 있었다.

“그래도 조금 더 기다리지 않을래요? 할 수 있는 일이 아무것도 없는지 확인해 보게요?”

머스그레이브 아주머니가 한숨 쉬는 소리가 들렸다. 낮은 소리였는데, 낮아서 더욱 슬펐다.

“피트먼은 마음을 정했어요.” 아주머니가 말했다. “그리고 그 사람이 일단 뭔가를 원한다고 결정하면 이 마을의 누구도 그의 마음을 바꾸지 못할 거예요. 대부분은 시도조차 하지 않겠죠.”

목소리가 전보다 가까워진 것을 깨달은 순간, 문이 열리고 머스그레이브 아주머니가 그곳에 서서 잭과 나를 보며 눈을 깜박였다. 엄마가 아주머니 뒤로 부산하게 다가왔다가 우리를 보고 멈춰 섰다.

“엿듣고 있던 건 아니에요.” 내가 말했다. “우리는 그냥….”

“괜찮아.” 엄마가 말했다. “이렇게 작별 인사를 할 수 있겠네.”

머스그레이브 아주머니는 잭에게 고개를 끄덕였는데, 잭은 얼음으로 변한 것처럼 창백하고 굳어 있었다. 나는 왜 그런지 이해할 수가 없었다. 내가 아는 한, 그는 머스그레이브 아주머니를 몇 번밖에 만나지 않았었다.

“안녕, 대니.” 머스그레이브 아주머니가 엄숙하게 말했다. “텃밭 잘 가꾸고 엄마 말씀 잘 들어.”

“네, 아주머니.” 내가 대답했다. “조던에게 인사를, 아니 작별 인사를 전해주세요.”

아주머니의 눈은 빨갛게 충혈되어 있었지만, 문을 향해 가면서 턱을 치켜들었다. 나는 아주머니가 몇 년 전 브루스에 관해 내게 했던 말을 기억했다. *"그 애한테 울음을 들려주지 마. 그럼 그가 이기는 거야."*

아주머니는 자신의 조언을 따르고 있었다. 피트먼 씨는 그가 이미 훔친 것 이상은 아주머니에게서 더 얻지 못할 것이었다.

머스그레이브 아주머니는 문 앞에 멈춰 서서 파란 원피스를 매만지고 숨을 들이쉬고 나서 문을 열었다. 그런 다음 걸어 나갔고 엄마가 그 뒤를 따랐다.

그리고 그것이 우리가 본 대프니 머스그레이브의 마지막 모습이었다.

31

1943년 6월
화요일

다음 날 아침, 나는 열린 창문으로 불어오는 바람과 그에 묻어오는 이슬 내음에 깜짝 놀라 잠이 깼다. 세상이 스며들어 오고 있었다.

엄마와 나눈 대화가 다시금 급습해 왔다. 바다 저 너머에 있는 수용소, 그곳에서 일어나는 일을 믿고 싶어 하지 않는 사람들, 그리고 바이러스 같이 존재하는 편견 등 그 모든 것이.

"이런 종류의 일이 여기서 일어나지 않는다고 말할 수 없단다, 얘야. 왜냐하면, 음, 이미 일어났거든. 지금도 일어나고 있어. 머스그레이브 가족만 봐도 알 수 있어. 이 마을이 편견에서 벗어나 있다면 그들은 여전히 여기 있을 거야."

엄마의 말은 내가 이미 명확히 알고 있었던 뭔가를, 그러니까 피트먼 씨가 마을 최고의 농장 중 하나를 훔치는 것을 그 누구도 막지 않은 이유를 이해하게 해줬다. 애벗 가족(로건의 가족), 혹은 심지어 맥과이어 가족에게라면 그가 그렇게 하도록 사람들이 내버려두는 일은 결코 없었을 것이라고 나는 확신했다. 발렌타인 씨 부인이 조던을 도서관에 들여보내지 않을 수 있었고 그에 대해 아무도 한마디도 하지 않았던 것도 같은 이유였다. 그리고 같은 이유로 마을 사람들 대부분은 머스그레이브 가족을 성이 아닌 이름으로 불렀던 것이다.

그것은 숨김없고 단순한 편견이었다. 머스그레이브 아주머니가 말했던 것처럼 한 사람만의 마음이 아니라 마을 전체의 편견이었다. 그리고 공유하는 사람들이 많을수록 그에 의문을 제기하는 사람은 적어지고 그 편견은 더욱 강력해졌다.

머스그레이브 가족에게 일어난 일은 독일에서 일어나고 있는 일과 같지는 않았지만, 그 뒤에 있는 힘은 같은 것이었다. 그 사건들은 똑같은 끔찍한 거미줄 속 가느다란 줄들로서, 그 안에 갇힌 사람들과 밖에서 보려고 노력하는 엄마 같은 몇 안 되는 사람들을 제외하고는 대부분의 사람에게는 보이지 않았다.

나는 일어나서 옷을 입으면서, 마치 혈관에 당밀이 흐르는 것처럼 몸이 느리고 무거운 느낌이 들었다.

엄마 방을 지나면서 나는 문을 살짝만 열어봤다. 엄마는 아직 자고 있었는데 온화하고 평화로운 얼굴이었다. 조용히, 나는 문을 닫고 까치발로 내려갔다. 우유를 가지러 밖으로 나갔더니 <헤럴드>지의 후퍼 아주머니가 보낸 머핀과 비스킷 바구니가 카드와 함께 문 앞에 있었다. 나는 출발하면서 머핀을 하나 집어 들고 나머지는 엄마를 위해 부엌 조리대에 뒀다.

잿빛 — 하루가 잿빛으로 변할 것이라고 위협하는 — 아침이었다. 허연 안개가 점점이 박힌 하늘은 얼룩덜룩한 조랑말 같았다.

<헤럴드>지 사무실에 도착했을 때 나는 쌓인 신문 맨 위에 있는 신문을 펼쳐서 혹시라도 엄마가 잭의 실종에 관한 기사를 쓸 수 있었는지 빠르게 훑어봤다. 하지만 아무것도 없었다. 엄마는 쓸 기회가 있기 전에 아팠던 게 틀림없었다.

바라건대, 그건 문제가 안 될 것이었다. 루와 내가, 우리끼리 사건을 해결할 수 있기를 나는 바랐다. 전날 우리가 세운 계획을 기억하자 나는 위가 꿈틀거렸다.

오늘이 잭의 사건이 크게 풀릴 날이라는 느낌이 갑자기 들었다. 그리고 내가 그를 다시 돌아오게 할 방법을 찾을 수 있다면, 그 한 가지를 바로잡을 수 있다면, 다른 모든 것도 어떻게든 바로잡을 수 있는 기회가 있을 것 같은 기분이었다.

나는 익숙한 집들을 쌩쌩 지나가며 서둘러 배달 구역을 돌면서 그 안에 있는 사람들을, 교회 소풍에 번트 케이크를 가져오는 아주머니들과 소방서에서 자원봉사 하는 아저씨들을 떠올렸다. 그리고 그들은 죽음의 수용소와 바르샤바 봉기에 관한 기사를 읽으면서 무슨 생각을 했을지 궁금했다. 그들의 눈은 헤드라인을 그냥 스치듯 지나서 육류 가격에 관한 기사를 읽으러 넘어갔을까? 나는 그들이 머스그레이브 가족이 마을을 떠나는 것에 대해 무슨 생각을 했을지 궁금했다. 그들은 피트먼 씨가 무슨 짓을 했는지 알았을까? 그것이 옳다고 생각했을까?

그날 아침, 내게는 마을 전체가 달라 보였지만 그건 포기 갭이 그렇게 많이 변해서가 아니라 내가 변해서인 것 같았다. 취침 시간에 엄마가 읽어주곤 해서 좋아하던 책을 내가 다시 읽었을 때 이야기에 허점이 있고 결말이 말이 안 된다는 것을 발견하는 것 같은 느낌이었다.

과부 바그너 씨 부인의 집에 도착했을 때쯤 나는 우리 중 누구라도 그분을 판단할 권리가 있는지 확신할 수 없었다. 그리고 누군가는 나와 같은 생각이었던 것 같았다. 그 집의 옆면은 다시 칠해져 있었고 낙서는 깨끗이 지워져 있었다.

32

배달을 마쳤을 때 나는 심호흡을 하고 학교로 향하는 대신 루와 만나기로 약속한 장소인, 베일리 씨 집으로 가는 길 아래쪽으로 페달을 밟았다. 그 애가 거기서 나를 기다리고 있었다. 우리는 자전거를 산철쭉 덤불 뒤에 숨기고 숲속으로 숨어 들어갔다.

"그래서 교장 선생님이 어제 뭐라고 하셨어?" 안전하게 몸을 숨긴 후 내가 물었다. "브루스를 때린 일에 대해서?"

루는 그 일을 떠올리며 미소를 지었다. "정학당했어." 그 애는 가볍게 말하며 풀잎 하나를 집어 들고 씹었다. "학년 말까지."

이번 주가 학년 마지막 주였기 때문에 그다지 나쁘지는 않았다. 그리고 어쨌든 우리는 이미 오늘 학교를 빠질 계획이었기 때문에.

"부모님은 뭐라고 하셨어?"

그 애의 얼굴에서 미소가 사라졌다. "엄마는 교장 선생님의 통지서를 읽었을 때 그다지 화내지도 않으셨어." 그 애가 대답했다. "그냥 멍해지셨어. 하지만 아빠한테는 말하면 안 돼. 아빠를 화나게 하고 싶지 않으시대. 그래서 난 아픈 척해야 해. 침실에서 몰래 빠져나온 거야. 어떤 점에서는 좋은 게 뭐냐면… 아빠한테 알리고 싶지 않기 때문에 엄마가 나한테 너무 심한 벌을 줄 수가 없다는 거지."

루는 어깨를 으쓱했지만, 풀잎을 더 세게 씹고 신발 아래 흙을 마치 브루스의 엉덩이였으면 좋겠다는 듯이 찼다. "브루스 엄마는 지금쯤 개 침대로 아침을 가져다주고 있을걸." 그 애가 중얼거렸다.

"코딱지 샌드위치?"

루가 또 다른 작은 미소로 내게 화답했다. "특별히 끈적끈적한 걸로."

시간이 지나면서 아침은 밝아지는 대신 더 어두워졌다. 비가 올 게 확실했다.

"음, 출발해야 할 것 같아." 내가 말했다. 침입을 강행하기에는 지금이 제일 좋은 때였다. 그게 아니어도, 나는 내 신경이 얼마나 더 버틸지 자신할 수 없었다.

"피트먼 가족 이야기가 나와서 말인데," 덤불 속을 살금살금 기어갈 때 루가 말했다. "의아했던 게… 어제 피트먼 씨는 왜 학교에 왔을까? 교장 선생님이 잭이 학교에 오지 않는 것에 대해 경찰에 신고했을 수도 있으니까 경찰을 만나는 이유는 설명돼. 하지만 피트먼 씨는 왜?"

피트먼 씨의 이름을 듣자 나는 발끈 화가 났다. 다시는 듣지 않아도 된다면 그것만으로 너무 좋을 것이다. 하지만 루의 말은 일리가 있었다.

"그가 그 일에 어떤 식으로든 연루된 거야." 내가 말했다. "잭이 쿰스네 쌍둥이를 구해서 그를 겁쟁이로 보이게 만든 이후로 그는 잭을 미워했어."

루가 생각하느라 얼굴을 찌푸렸다가 고개를 저었다. "하지만 그가 사건 은폐에 연루돼 있다면 그렇게 화를 내며 떠나지 않았을 거야. 경찰이 무슨 말을 했든, 그는 그게 마음에 들지 않은 것 같았어."

길을 올라가면서 나는 양미간을 찌푸렸다. "흠, 피트먼 씨가 잭의 **편에** 서려고 그곳에 있었을 리는 없어."

"어쩌면 다른 이유가 있었는지도 모르겠네. 브루스가 법에 걸리는 문제를 일으킨 건지도.” 루가 그러길 희망하는 듯 대답했다.

나는 짧게 웃음을 터트렸다. “네 말이 맞아!”

루는 믿을 수 없다는 표정을 지었다.

“내가 빨간 페인트를 봤거든.” 내가 설명했다. 양치류들에 발목이 간지러웠다. “브루스의 신발 위에 있었어. 며칠 전 아침에 그 과부 할머니 집에 칠해진 페인트처럼 빨간색이었어.”

그 애의 눈이 커졌다. “피트먼 씨네는 막 헛간을 새로 칠했어.” 그 애가 말했다. “엄마가 저번에 저녁 먹으면서 그 얘기를 하셨어. 그들은 자기들이 그럴 능력이 있다는 걸 증명하려고 칠할 필요가 없는 것들을 항상 칠한다고 말이야. 아마 빨간 페인트 통들이 여기저기 널려 있을 거야. 게다가, 포기 갭에서 다른 누가 그런 짓을 하겠어?”

“그럼, 틀림없어. 아마 우리가 운이 좋으면 브루스는 체포될 거야.”

루가 앞을 가리키며 나를 조용히 시켰다. 나는 우리가 베일리 씨의 오두막에 얼마나 가까이 왔는지 깨닫지 못하고 있었다. 그 집은 우리를 환영하기라도 하는 뱀의 둥지처럼 바로 앞에 쪼그리고 앉아 있었다. 우리가 걸어 들어가려는 곳이 바로 거기였다.

경찰이 베일리 씨를 조사하지 않고 있다면 우리는 그 이유를 알아야 했다. 그리고 답을 찾기 시작하기에 그보다 더 좋은 곳은 없었다.

“넌 여기 있어.” 그 집의 작은 공터 끄트머리에 도착했을 때 내가 말했다.

“내가 뒤로 돌아갈게. 우리는 잠시 지켜보면서 그가 안에 없다는 걸 확인하면 돼. 우리끼리 어떤 암호 같은 게 좀 필요한데 말이야. 혹시 뭐라도 보면 말해줄 수 —.”

“아니면,” 루가 말했다. “이렇게 할 수도 있지.” 그 애는 땅을 보고는 개똥지빠귀 알 크기의 돌을 발견했다.

루는 내가 막기도 전에 앞으로 휙 달려가더니 베일리 씨의 낡은 트럭 뒤에 숨었다. 그런 다음 돌을 던졌다. 돌은 양철 지붕에 큰 소리로 **탕** 부딪쳤다.

나는 숨을 헉하며 도망가고 싶은 충동을 억눌렀다. 손이 온통 끈적끈적해졌다. 안에서 위니가 짖기 시작했다. 나는 베일리 씨가 녀석에게 입 다물라고 소리치기를 기다렸지만, 그의 목소리는 들리지 않았다. 위니의 짖는 소리가 계속될수록 베일리 씨가 안에 없다는 게 더욱 확실해졌다.

나는 숨어 있던 곳에서 루를 만나기 위해 조금씩 앞으로 나아갔다.

"그는 안에 없는 것 같아." 내가 말했다. "있다면 위니가 계속 저렇게 짖게 내버려두지 않았을 거야."

"그럼 지금이 기회야."

루가 일어섰다. 그리고 사방을 마지막으로 한 번씩 둘러본 다음 집으로 종종걸음쳤다. 그 애가 나를 돌아봤다. "뭘 기다리는 거야?"

그 애 말이 맞았다. 우리는 더 이상 기다릴 여유가 없었다. 베일리 씨가 언제든 돌아올 수 있었으니까 말이다. '중요할 때는 용기를 낼 수 있어.' 나는 자신을 스스로 깨우쳤다.

나는 녹슨 트럭 뒤에서 몸을 펴고 현관으로 달려갔다.

"만약 문이 —." 내가 말을 시작했다.

"잠겼다면?"

그 애는 이미 손잡이를 돌렸고 경첩이 삐걱거렸지만, 문은 환영하듯 활짝 열렸다.

나는 세상에서 이곳보다 더 있고 싶지 않은 곳은 없다는 생각을 떨쳐버릴 수가 없었다.

33

위니가 현관으로 돌진해 나왔다. 녀석의 꼬리는 너무 빠르게 흔들려서 흐릿할 지경이었고 발은 내 다리를 긁고 있었다.

"안녕, 이 녀석." 나는 몸을 숙여 거친 황갈색 털을 쓰다듬으며 녀석이 흥분하여 끽끽거리면서 내 얼굴을 핥도록 내버려뒀다. 베일리 씨가 소리를 들을 만큼 가까운 곳에 있을지도 모른다는 걱정이 들자 나는 녀석을 진정시키기 위해 최선을 다했다.

"개를 안으로 다시 데려가는 게 좋겠어." 루가 말했다. 그 애는 오두막 안으로 들어가더니 손뼉을 쳤다. 위니가 따라 뛰어갔다. 나는 그들을 따라가서 뒤로 문을 닫았다.

그 냄새는 모를 수가 없었다. 뭔가 썩는 것처럼 시큼하고 날카로운 냄새였고, 그 저변에 확연한 곰팡내가 풍겼다.

"으악!" 루가 말했다. 나는 그 애가 코앞에 손을 내젓는 것을 볼 수 있었지만 안이 너무 어두워서 간신히 보이는 정도였다. 창문들은 그냥 잘라서 평평하게 펼친 황마 자루로 덮여 있었다. 나는 제일 가까운 창문으로 가서 임시변통으로 만든 그 커튼을 들어 올려서 위쪽 못에 걸어 고정했다.

창문은 열려 있어서 신선한 바람이 빛과 함께 들어왔다. 루와 나는 눈을 깜박이며 각각 천천히 한 바퀴 돌면서 모든 것을 살펴봤다. 그동안 위니는 우리 발 주위로 팔자를 그리며 움직였다.

첫눈에는 별로 보이는 게 없었다. 우리가 서 있던 방에는 벽마다 하나씩 두 개의 좁은 침대가 있고 제일 가까운 구석에 서랍장이 두 개 있었다. 그 너머로, 천장에 냄비와 프라이팬이 매달려 있고 작은 장작 난로가 있는 부엌이 있었다. 부엌과 침대 사이에는 식탁과 의자 세 개가 있었다. 의자 중 하나는 넘어져서 상처 입은 동물처럼 옆으로 웅크리고 누워 있었다. 베일리 씨 부인이 거기에 앉았던 마지막 사람이었을지도 모른다는 생각이 들었다. 베일리 가족은 최근에 누군가를 별로 대접한 일이 없었던 게 분명했다. 나는 분명 안으로 초대받은 적이 없었다. 그리고 솔직히 말하면 초대받고 싶지도 않았다.

부엌에는 접시와 그릇을 놓는 선반이 있었지만 비어 있었다. 접시 더미가 조리대 주변에 흩어져 있고 싱크대로 여겨지는 공간에도 가득 쌓여 있었다. 그중 일부에는 정체를 알 수 없는 식사의 반쯤 먹은 부분이 굳어가고 있었다. 그 냄새는 그것으로 설명됐다.

내 쪽에 가까이 있는 침대에는 회색 시트가 엉켜 있었다. 진흙투성이 양말 하나가 그 밑으로 삐죽 나와 있었다. 서랍장 위에는 무작위로 던진 것으로 보이는 물건들이 어질러져 있었다. 무딘 사냥칼, 금 간 머그잔, 그리고 빈 양철 담배통이 있었는데 뚜껑이 열린 그 통에 몇 개의 동전과 끈 조각들이 들어 있었다.

"완전히 돼지우리네." 루가 코를 찡그리며 중얼거렸다.

하지만 방의 반대편은 깔끔했다. 침대에는 파란색과 자주색, 크림색 삼각형으로 누벼서 만든 해진 이불이 덮여 있었다. 누군가가 오래전에 한 땀 한 땀 사랑으로 바느질한 그런 종류의 누비이불이었다. 나는 손가락으로 그 위를 문질렀다. 위니가 침대 끝으로 뛰어올라 거기 웅크리며 작은 한숨을 내쉬었다. 녀석이 그렇게 쉽게 자리를 잡는 것으로 보아 거기가 평소 녀석의 자리인 것 같았다. 분명, 여기는 잭이 쓰는 방 쪽이었다.

그의 서랍장 위에는 해묵은 야구 글러브와 그 안에 마치 침대에 쏙 들어박힌 아이처럼 포근하게 둥지를 튼 야구공이 있었다. 그 옆에는 교과서 몇 권과 종이들이 쌓여 있었다. 루가 그것들을 뒤적이기 시작했다.

"이상한 거 보여? 제자리에 있지 않은 것 같은 거?"

"모르겠어." 내가 대답했다. "난 전에 여기 와본 적이 없어."

사실이지, 집 전체가 끔찍한 느낌을 줬다. 잭이 여기서 베일리 씨 같은 사람과 이 작은 공간을 함께 쓰는 것을 상상하고 싶지 않았다. 마치 호랑이 우리 속에 그가 사는 것을 상상하는 것 같았다. 어떻게 이 오랜 시간 내내 그렇게 살았을까?

"이것들은 모두 그냥 평범한 학교 물건들이야." 루는 종이 더미가 자기를 화나게 한 것처럼 그것들을 내려다보며 말했다. "잭은 수학을 별로 잘하지 못했네, 응?"

"응." 나는 잭이 실종되기 직전에 번치 선생님과 어떤 거래를 했는지 아직 알아내지 못했다는 것을 갑자기 떠올리며 말했다.

"싸운 흔적은 안 보여. 내가 침대 밑을 확인할게. 너는 서랍장을 살펴봐. 난 그의 속옷은 보고 싶지 않아."

"우리 중 한 명은 망을 보거나 그래야 하는 것 아냐?" 나는 창문 밖을 초조하게 내다봤다.

"빨리 할 거야." 루가 미끄러져 배를 바닥에 대고 침대 밑을 들여다보며 말했다. "우웩, 이 신발 냄새들. 잠깐… 이게 뭐야?"

그 애가 침대 밑에서 낡은 신발 상자를 꺼냈다. 나는 창밖을 다시 한번 살펴본 후 그 애 옆에 쪼그리고 앉았다. 상자는 대부분 종이로 가득 차 있었다. 몇 가지 오래된 학교 물건들 ― 성적표와 시험지 같은 것들이었다. 엄마가 작년에 잭에게 보낸 크리스마스카드가 보이자 나는 가슴이 찡했다. 루가 그것들을 넘기고 있을 때 상자 바닥에서 금빛 나는 뭔가가 내 눈에 들어왔다.

"저건 뭐지?"

루가 커다란 금빛 별을 꺼냈다. 중앙에 더 작은 은빛 별이 있는 그 별은 줄무늬 리본에 달려 있었다. "상 같은 건가?"

"아니야." 나는 그 애에게서 조심스럽게 그걸 받아 들며 말했다. 손에 들자 무거웠다. "이건 군대 훈장이야. 우리 큰아버지가 이런 것 비슷한 걸 받았어. 하지만 아빠는 그걸 사무실 유리 상자에 보관하고 있어."

"베일리 씨가?" 루가 물었다. "전쟁 영웅이라고?"

"전쟁에서 싸웠다는 건 알고 있었어." 내가 말했다. "하지만 잭은 전혀 말한 적이 없는데…"

그 순간까지 나는 베일리 씨가 그럴 리 없는 것이 한 가지 있다면, 그건 영웅이라고 확신했었다. 자기 아들을 그렇게 대하는 사람은 깡패 같은 사람뿐일 것이다. 하지만 여기 그의 훈장이 있었다. 영웅들만 받는 그런 종류의 훈장이.

자기 아버지가 전쟁 전에는 얼마나 좋은 사람이었는지 잭이 말했던 기억이 났다. 마음 깊숙한 곳에서 나는 아마도 그건 그의 어머니가 그에게 들려준, 사실과는 다른 이야기일지도 모른다고 의심했었다. 아마도 잭의 어머니는 잭이 자기 아버지를 한때는 괜찮았던 사람이었다고 믿는 게 더 좋다고 생각했을 것이라고.

훈장을 손에 든 그 순간까지 나는 그게 사실일 거라고 믿지 않았었다.

하지만 베일리 씨가 정말 좋은 사람이었다면, **영웅**이었다면, 그에게 무슨 일이 일어났던 걸까?

잭의 목소리가 다시 들려왔다.

"전쟁이 일어났어. 전쟁은 어떤 종류의 주술처럼 아버지를 괴롭혔어."

"음, 그래도 그건 단서가 아니야." 루가 나를 흔들어 현재로 깨우며 말했다. "서랍장 봤어?"

"아직."

"이런, 서둘러!" 그 애가 타박했다. "베일리 씨가 언제든 돌아올 수 있어."

"알아." 내가 투덜거렸다. "그래서 내가 망보는 사람이 있어야 한다고 했잖아."

"좋아, 내가 할게. 너는 계속 찾아봐."

폭풍이 더 가까이 다가오면서 날은 더욱 어두워졌다. 나는 마지못해 서랍장 맨 위 서랍을 열었는데, 다른 남자아이의 옷을 뒤지는 건 이상한 느낌이었다. 나는 양말과 속옷은 무시하고 다음 서랍으로 갔다. 거의 비어 있었다. 엄마가 2년 전 크리스마스에 그에게 준 것들을 포함해서 셔츠 몇 개가 있었고, 내복과 작업복, 그리고 바지들이 있었다. 그리고 그가 지난겨울부터 두르기 시작한 남색과 흰색의 체크무늬 머플러가 있었는데 아마도 교회에서 준 것이 아닐까 싶었다. 그 머플러를 보니 뭔가가 떠올랐지만, 그게 뭔지 정확히 짚어낼 수가 없었다.

서랍 구석에는 다른 모든 것들과 전혀 어울리지 않는 어떤 물건이 있었다. 부드러운 분홍색 물건이었다. 나는 조심스럽게 손을 뻗어 그것을 집어 들었다. 천이 펼쳐지자 앞치마가 나타났다. 기름얼룩과 탄 자국이 군데군데 있었고 여기저기가 느슨한 바느질로 꿰매져 있었는데 분명 서투른 솜씨였다. 잭의 누비이불을 꿰맨 손과 같은 손은 확실히 아니었다.

갑자기, 잭이 밤늦게 앉아서 죽은 어머니의 앞치마를 깁는 모습이 머릿속에 그려지자 그의 물건들을 뒤진 게 못 할 짓을 한 것 같았다. 나는 재빨리 앞치마를 다시 뭉쳐서 서랍에 도로 넣었다.

그런 다음 나는 루가 뒤지고 있던 종이 더미로 가서 나머지 것들보다 더 오래돼 보이는 종이 하나를 집어 들었다. 잭의 출생증명서였다. 누렇게 빛바랜 종이에는 그의 이름과 생일, 부모의 이름, 그리고 출생지가 적혀 있었다.

나는 한 번 읽고, 다시 한번 읽었다.

심장이 가슴 속에서 두근거렸다.

뭔가 착오가 있었던 게 분명했다.

"대니!" 루가 내 어깨를 흔들며 말했다. "베일리 씨가 돌아왔어!"

내가 휙 돌아서자 눈을 발밑에 두고서 집으로 터벅터벅 걸어오는 인물이 보였다. 그가 계속 고개를 숙이고 있다면, 그가 보지 못하게 살금살금 문밖으로 빠져나갈 수 있을 만큼 아직은 충분히 먼 거리였다.

"가야 해." 루가 말했고, 처음으로 나는 그 애의 목소리에서 두려움을 들을 수 있었다. "대니, 지금 당장!"

나는 고개를 끄덕이며 출생증명서를 주머니에 넣었다. 나는 멍한 상태였다.

그러자 루의 팔이 내 소매를 잡아당기며 문 쪽으로 나를 끌어당겼다. 위니가 우리를 올려다보고는 고개를 갸웃하며 낑낑거렸다.

"쉿." 루가 달랬다. "얘야, 조용히!"

그 애는 문을 살짝 열고는 나를 끌고 빠져나갔다.

내가 반쯤 나왔을 때 어마어마한 천둥소리가 우리 위로 쾅 하고 내리쳤다. 그 소리에 위니가 울부짖었고 베일리 씨는 멍한 상태에서 깨어났다. 그의 눈이 휙 올라가더니 우리를 똑바로 봤다.

나는 루가 숨을 헉 들이켜는 소리를 들었다. "뛰어!" 그 애가 계단 밑에 도달하며 소리쳤다.

우리 뒤에서 위니가 문을 미친 듯이 긁고 있었다. 나는 망설였다. "뭐 하는 거야?" 루가 소리쳤다 "그가 오고 있어!"

베일리 씨는 정말로 우리를 향해 돌진하고 있었다. 그가 내게 닥칠 때까지 몇 초도 남지 않았다. 나는 마치 체리 씨가 목구멍에 단단히 걸린 느낌이 들었다. 두려움이 스며들었다. 내 몸의 모든 것이 도망치라고 말하고 있었다.

하지만 위니가 있었다. 잭이 갇혀 있었던 것처럼 저 어두운 집에 갇혀 있었다.

나는 뭘 하고 있는지 알기도 전에 계단을 다시 뛰어 올라가고 있었다. 문을 활짝 열자 위니가 굴러 나왔다.

그다음 우리는 모두 달리고 있었다. 루가 먼저, 그다음 위니, 그다음 나, 그다음으로 베일리 씨. 나는 그가 나를 따라잡는 것을 느낄 수 있었고, 숲으로 향할 때 그가 소리치는 것을 들을 수 있었다. 내가 아직 낡은 트럭까지 가지 못했을 때 그가 앞으로 뛰어들어 내 다리를 잡고 나를 넘어뜨렸다. 손이 땅에 닿으면서 충격을 완화해 줬지만, 내 머리는 곧바로 트럭의 범퍼에 부딪히고 말았다. 통증이 얼굴을 관통했다.

베일리 씨는 내 다리를 잡고 나를 뒤로 끌어당겼다. 하지만 그때 루가 내 팔에 손을 뻗어 나를 앞으로 잡아당겼다.

"얘를 놔줘!" 그 애가 소리치고 있었다. "그 부끄러운 손 치우라고!"

그날 아침 두 번째로, 그 애가 돌을 들어 던졌고 돌은 베일리 씨의 턱을 맞혔다. 그는 고통스러운 비명을 질렀고 다음 순간 나는 자유로워졌다. 나는 욱신거리는 눈에 한 손을 대고 비틀거리며 일어났다. 그리고 루를 따라갔다.

"위니!" 내가 불렀다. "이리 와!"

하지만 녀석은 이미 내 발꿈치에 와 있었다. 하늘이 찢어질 때 우리 셋은 나무들이 있는 데까지 계속 뛰었다. 우리 중 누구도 감히 뒤돌아보지 않았다.

34

루와 나는 안전한 길에 도달하자마자 헤어져야 했다. 루는 맥과이어 아주머니에게 집에 없다는 것이 발각되기 전에 집에 가야 했다. 반면에 나는 묘지를 향해 페달을 밟았다. 그곳에서는 혼자 생각을 할 수 있을 것이었다.

폭풍은 지나갔고, 나는 아롱거리는 햇살을 받으며 벤치에 앉았다. 위니가 풀밭의 귀뚜라미를 쫓으며 내 앞에서 앞뒤로 뛰어다녔다.

트럭 범퍼에 부딪힌 얼굴이 욱신거렸다. 멍이 들었을 것 같았다. 내 마음은 베일리 씨의 오두막처럼 뒤죽박죽이었다. 베일리 씨는 분명 잭이 사라진 후 집을 청소하려는 수고를 별로 하지 않았다. 그런데 폭력을 암시하는 어떤 단서도 없었다. 그리고 베일리 씨가 빗자루를 들 성의조차 없다면 범죄 현장을 정리하거나 살인을 은폐하는 것을 어떻게 해낼 수 있었다는 건지 믿을 수가 없었다.

그 생각은 안도가 되어야 했고, 실제로 그랬다.

하지만 그다음엔 출생증명서 문제가 있었다.

나는 주머니에서 그걸 꺼내 펼쳤다. 내가 잘못 본 게 아닌지 확인하기 위해 나는 모든 세부 사항을 다시 살펴봤다. 내 눈이 잭의 생년월일에 가서 닿았다.

나는 깜박하고 말았다. 오늘은 그의 생일이었다.

루가 틀렸다. 그 애는 잭의 실종에는 세 가지 가능성이 있다고 했었다. 사고가 났거나, 가출했거나, 또는 범죄가 있었다고. 하지만 또 다른 가능성이 있었다. 줄곧 바로 내 눈앞에 있었지만 내가 보기를 거부했던 가능성이.

나는 일어섰다. 하지만 자전거를 끌고 정문으로 가는 대신 나는 묘비들을 둘러보며 찾고 있었다.

내가 왜 베일리 씨 부인의 묘비를 찾고 싶었는지는 정확히 잘 모르겠다. 어쩌면 나처럼 적을 걱정했던 또 다른 유일한 사람인 그녀를 가까이 느끼고 싶었던 것 같기도 하다. 어쩌면 그녀가 실제로 거기 있는지도 확인하고 싶었던 것 같다. 잭이 적어도 어떤 것에 관해서는 내게 진실을 말했다는 것을 말이다.

마침내 나는 묘지의 그늘진 구석에 있는 작은 돌에서 그녀의 이름을 발견했다. 이끼가 옆면을 기어 올라가고 있었다. 그녀의 이름은 사라였고, 1933년에 사망했다. 그녀가 거기 혼자 누워서 얼마나 외로울까 하는 생각이 들었다.

"아주머니도 형을 그리워하겠죠." 내가 그 작은 돌에 속삭이자 위니가 내 다리 주위를 뱅뱅 돌았다.

그때 내 눈길을 끄는 다른 뭔가가 있었다. 그 돌 주변에 들쑥날쑥 자라난 풀들 사이에 반짝이는 색깔이 보였던 것이다. 나는 무릎을 꿇고 깃발처럼 땅에 박혀 있던 그것을 뽑았다.

영롱한 청록색 깃털이었다.

일주일 전

1943년 6월

"다음 주가 형 생일이네." 내가 말했다.

잭은 낚싯줄에 미끼로 쓰려고 달고 있던 벌레에서 고개를 들었다. 우리는 얼음같이 찬물에 뛰어들었다가 따뜻한 햇볕 아래 선착장에 누워서 황금 같은 오후 시간을 보냈다. 폭풍우를 몰고 오는 구름이 밀려왔을 때 나는 집에 가야 한다고 막 말하려고 했다. 하지만 잭은 낚시하면서 조금 더 있자고 했다.

"그런 것 같네." 잭이 대답했다. 그의 목소리는 조용했다.

"열여섯 살." 내가 곰곰이 생각했다. "난 얼른 열여섯 살이 되면 좋겠어."

그가 내 어깨를 툭 쳤다. "너무 빨리 크려고 하지 마."

그 말을 듣자 열세 살이 다 된 나는 괜히 말했다는 생각이 들었다.

"엄마가 저녁 만들어 주신다고 와서 먹으래." 내가 말했다. "형이 먹고 싶은 거 뭐든지. 우리가 특별히 고기 배급 쿠폰를 모았단 말이야."

나는 흥분을 드러내지 않으려고 노력했다. 사실, 엄마와 나는 일주일 전에 애슈빌에서 엄마에게 중고 아기 침대와 유모차를 팔던 여자의 차고에서 자줏빛 로드마스터 자전거를 우연히 보게 됐었다.

엄마가 그 자전거를 살 수 있냐고 묻자 그 여자는 자전거를 한참 보더니 자기 아들에게 더 이상 필요하지 않을 거라고 하면서 우리가 가져가도 된다고 했다.

그 자전거는 잭의 열여섯 번째 생일 선물이 될 예정이었다. 그러면 그는 이제부터 녹슨 낡은 자전거를 타고 다니지 않아도 될 것이었다. 그가 사양하면 엄마는 사업을 위한 투자일 뿐이라고 말할 것이다.

하지만 생일 저녁 식사 때까지 잭에게 그건 비밀이었다.

"너희 어머니는 친절하셔." 그가 물속의 그림자를 향해 눈을 깜빡이며 말했다. "너희 식구들은 항상 나한테 정말 잘해줬어."

"하지만 형도… 아빠가 떠난 이후로, 그러니까 형도 우리한테 잘해줬지. 나한테."

내가 그렇게 말한 건 머스그레이브 아주머니의 기억 때문인 것 같았다. 엄마는 머스그레이브 가족이 떠난 이후로 너무 우울했고, 그래서 나는 그 아주머니의 우정이 엄마에게 얼마나 큰 의미가 있었는지 깨닫게 됐다. 나는 아주머니가 그걸 알기를 바랐다.

"무슨 말인지 모르겠는데." 잭이 말했다.

"알잖아." 내가 말했다. "형은 항상 나를 돌봐줬어. 형이 없으면 나는 어떻게 해야 할지 모르겠어."

잭은 한참 동안 아무 말도 하지 않았고 나는 뺨이 달아오르는 것을 느꼈다. 그는 칭찬을 좋아하는 그런 소년이 아니었다.

"너는 잘할 거야, 대니." 그가 마침내 말했다. "들었어? 너는 잘 해낼 거야."

비가 내리면서 강에 보조개가 생기기 시작했다.

"비가 심하게 올 것 같네." 잭이 찡그린 얼굴로 하늘을 바라보며 말했다. "그러면 여기서는 한 마리도 미끼를 물지 않을 거야. 가는 게 좋겠어."

그는 실망한 것 같은 목소리였다. 그도 그럴 것이 그가 아버지가 있는 집으로 서둘러 돌아갈 이유가 있겠는가?

"오늘도 우리 집에 가서 저녁 먹어도 돼." 내가 말했다. 엄마가 괜찮을 거라는 걸 나는 알았다.

하지만 잭은 고개를 저었다. "천둥이 칠지도 몰라. 위니는 천둥을 싫어해. 녀석은 천둥이 치면 누군가가 안아줘야 해. 안 그러면 미쳐 버려."

그러고는 나를 돌아봤다. "넌 가." 그가 말했다. "여기는 내가 정리할게."

"내가 도울 수 있어." 내가 대답했다.

"아니야." 그가 고집했다. "너희 엄마가 걱정하실 거야. 그럼 널 잡아뒀다고 나한테 화내실 거야. 넌 가."

나는 어깨를 으쓱했다. "알았어, 형. 내일 봐."

오른쪽 입가에서 시작된 삐뚤삐뚤한 이의 미소가 천천히 온 얼굴로 퍼져갔다. 따스한 미소였다. 전염되는 미소. 일이 잘될 거라는 미소였다.

"나중에 봐, 대니."

나는 자전거에 뛰어올랐다. 돌아봤을 때 잭은 여전히 거기서 내가 가는 것을 지켜보고 있었다. 하지만 그의 얼굴에서 미소는 사라지고 없었다.

35

1943년 6월

묘지에서 집으로 돌아와서 나는 뒤에 위니를 데리고 까치발로 앞 계단을 올라갔다.

운이 좋다면 엄마는 자고 있을 것이다. 그러면 몰래 들어가서 내 눈과 개에 관해 엄마에게 할 이야기를 지어낼 수 있을 것이다. 눈은 아직도 아팠다.

"대니?" 내가 들어가자마자 엄마가 불렀다. "너니?"

엄마는 등을 돌리고 부엌에 서 있었다.

"엄마는 누워 계셔야 하는데." 내가 약하게 말했다.

"세상에, 누가 죽기라도 해서 너를 —." 엄마가 말을 시작했다. 하지만 그때 위니가 돌진해서 엄마의 잠옷 아랫단을 씹기 시작했다. "어머나!"

엄마는 혼란스러워하며 돌아섰다가 나를 보고는 헉하고 숨을 들이켰다. "대니, 눈이 왜 그래!"

이건 모두 엄청나게 잘못되고 있는 것이었다. 엄마는 휴식을 취해야 했는데 나 때문에 흥분하고 있었다. 엄마가 다시 기절하거나, 더 나쁜 일이 생기면 어떡하지?

엄마는 미친 듯이 입질하는 위니를 멈추게 하려고 치즈 한 조각을 재빨리 주고는 항상 벽에 걸려 있는 앞치마에 손을 닦았다. 베일리 씨 부인의 것 같은 분홍색 앞치마였다. 엄마가 나를 향해 휙 다가오고 있었지만, 나는 그 앞치마가 엄마가 남긴 전부라면 어떨지 상상하며 거기서 눈을 뗄 수가 없었다.

나는 양팔로 엄마를 감싸 꼭 껴안았다.

엄마가 나를 꽉 안자 우리 사이에는 단단하고 둥근 엄마의 배가 있었다. "이게 다 무슨 일이니?" 내가 마침내 엄마를 놓았을 때 엄마가 물었다. 그러고는 눈이 휘둥그레졌다. "어머, 대니. 베일리 씨 집에 간 건 아니지? 그가 —."

"아니에요." 내가 재빨리 말했다.

나는 엄마에게 모든 것을 말하고 싶었다. 베일리 씨 집에 몰래 들어간 것에 관해. 출생증명서와 묘지에서 발견한 깃털에 관해. 잭에게 무슨 일이 일어났는지 마침내 알게 된 것 같다고 말하고 싶었다.

하지만 엄마는 베일리 씨 얘기는 절대로 알아서는 안 됐다. 적어도, 아기를 무사히 낳을 때까지는. 내가 그 오두막에 몰래 들어간 것을 생각하면 엄마는 심장마비를 일으킬지도 몰랐다.

"전… 전 신문 배달을 하다가 위니를 발견했어요." 내가 말했다. "강가를 돌아다니고 있었어요. 베일리 씨가 쫓아낸 게 틀림없어요."

"그럼 네 눈은? 아니, 잠깐, 당장 얼음을 대야 해."

엄마는 나를 소파로 데려갔고 부엌으로 사라졌다가 잠시 후 깨끗한 천에 싼 얼음을 가지고 돌아왔다. 엄마는 내 옆에 앉아서 내 눈에 얼음을 살며시 댔다.

"괜찮아요, 엄마." 내가 말했다. "엄마는 침대에 누워 있어야 해요."

"엄마가 지금 하는 말을 기분 나쁘게 받아들이지는 마." 엄마가 짧게 대답했다. "하지만 난 어떤 사람이 나한테 뭘 해야 한다고 말하는 것보다 더 싫은 게 없어. 그보다는, 너한테 무슨 일이 있었는지 말해주면 좋겠어."

"자전거에서 떨어졌어요." 나는 감히 엄마를 쳐다볼 수가 없었다. "위니를 쫓아가다가요. 녀석은 무서워했어요, 엄마. 베일리 씨가 제대로 대해주지 않은 것 같아요."

개는 내 발밑에 웅크린 채 이미 잠들어 있었다.

엄마는 한참이나 나를 빤히 쳐다봤다. 그러다가 양미간의 어두운 선들이 구름 속으로 사라지는 새들처럼 희미해졌다. "그리고 이건 잭을 찾는 것과는 아무 상관이 없는 거지?"

나는 그때 거의 무너져서 엄마에게 모든 걸 털어놓을 뻔했다. 주머니에 있는 출생증명서를 거의 꺼낼 뻔했다.

1925년에 작성된 것이었다.

그건 오늘이 잭의 열여섯 번째 생일이 아니라는 것을 의미했다.

열여덟 번째였다.

그가 열여섯 살이 될 거라고 내게 말한 적이 실제로 한 번이라도 있었던가? 아니면 10학년은 보통 그 나이이기 때문에 내가 그냥 그렇게 생각했던 걸까?

그건 중요하지 않았다. 어쨌든, 잭은 이제 열여덟 살이었다. 부모의 허락 없이 입대할 수 있는, 전쟁에 나가기에 충분한 나이였던 것이다. 잭은 포기 갭에서 도망친 것이 아니었다. **전쟁터로** 달려간 것이었다.

답은 줄곧 내 코앞에 있었다. 왜냐하면 내가 잭 베일리에 관해 아는 한 가지가 있다면, 그가 영웅이라는 것이었기 때문이다.

그는 단지 더는 **나의** 영웅이 되고 싶지 않았을 뿐이다.

선착장에서 보낸 그 마지막 오후에 내가 그렇게 떠벌리지 않았다면 그가 내게 진실을 말했을지 궁금했다. *"형이 없으면 어떻게 해야 할지 모르겠어."* 내가 그렇게 말한 후에 어떻게 내게 그런 말을 할 수 있었겠는가? 아빠가 그랬던 것처럼 자기도 나를 떠나간다는 말을.

돌아오지 못할지도 모른다는 말을.

그 대신, 그는 그 나무에 '욘더'를 새기고 몰래 떠났다. 그는 내게 친절을 베푼다고 생각했을 것이다. 자기가 전쟁이 아니라 마법의 마을을 찾아 떠났다고 내가 믿게 하는 것으로. 그렇게 하면 나는 그를 걱정할 필요도 없을 테니까.

어떤 점에서 나는 베일리 씨에게 감사해야 한다고 생각했다. 그의 아버지가 허락해줬다면 잭은 아마도 우리가 참전한 순간 입대했을 것이다. 이제 알고 보니, 그는 그때 이미 열여섯 살이었다. 하지만 잭은 내게 베일리 씨가 절대 동의하지 않을 것이라고 말했었다.

나는 또한 이제 경찰이 왜 교장인 번치 선생님을 만나러 갔는지 이해할 것 같았다. 징병 위원회의 위원으로서 번치 선생님은 잭이 입대했다는 것을 알았을 것이다. 워맥 경사는 잭이 어디로 갔는지 베일리 씨에게 말하지 말라고 그에게 부탁하러 간 것이었다. 왜냐하면 아마도, '아마도'일 뿐이지만, 베일리 씨가 그렇게 된통 나쁜 사람은 아니라고 했던 잭의 말이 진짜로 옳았을지도 모르기 때문이다. 그의 마음 깊은 곳 어딘가에 정말로 잭을 아끼는 부분이 있다면 자신이 겪었던 것 같은 일들을 잭이 겪지 않도록 집에 있게 하고 싶었을 것이다. 그리고 워맥 경사는 잭이 나를 보호하고 싶었던 것처럼 베일리 씨가 진실을 알지 못하도록 보호하고 싶었던 것이다.

잭이 작별 인사를 **했던** 유일한 사람은 그의 어머니였다. 내가 그녀의 묘비 옆에 꽂혀 있던 청록색 깃털을 제자리에 다시 놓은 이유가 그것이었다. 그건 내게 보낸 작별 인사가 아니었다.

"대니?" 엄마가 물었다.

"네?" 나는 생각에 빠져서 엄마가 여전히 내 바로 앞에 서 있다는 것을 잊고 있었다.

"이 모든 게 네가 잭을 찾으려고 하는 것과 관련이 있는 거냐고?"

나는 어떤 말도 꺼낼 수 없어서 그저 고개를 저었다. 이번에 내가 견뎌야 할 무게는 진실이었다.

<h1 style="text-align:center">36</h1>

수요일

다음 날 아침 잠이 깼을 때 깊고 깊은 밤의 그림자가 여전히 내 주위의 형상들에 달라붙어 있어서 그 모든 것이 유령으로 보였다. 전날 아침, 침대에서 나올 때는 몸이 너무 무겁게 느껴졌었다. 하지만 그날 나는 그냥 속이 텅 빈 사람 같았다.

엄마 방을 지나갈 때 방에서 바스락거리는 소리가 들리는 것 같았다. 나는 아주 살며시 문을 두드렸다.

"너무 이른데." 엄마가 신음하는 소리가 들렸다.

그래서 나는 그대로 집을 나갔다. 나는 천천히 마을로 들어갔다. 마을은 막이 오르기를 기다리며 숨죽이고 있는 극장처럼 어둡고 고요했다. 삶이 있다는 유일한 징후는 언덕 어딘가에서 나는 장작 연기 냄새와 멀리서 들리는 수탉 우는 소리였다.

신문을 배달하면서 나는 집들을 제대로 보지 않았다. 내 눈이 머물렀던 유일한 곳은 딜런 프라이스의 집과 그 창문의 금빛 별이었다. 온전한 한 생명과 교환돼 커튼에 바느질된 별 하나.

잭은 집에 돌아오지 못할까 봐 걱정했을까? 내게 해명하려고 한 번쯤은 편지를 쓸까? 지금도 나는 그가 간 것에 내가 화나지 않았다고 말할 기회가 있었으면 했다. 나는 이해했을 거라고 말할 기회가. 단지 그가 나를 충분히 믿고 말해줬으면 좋았을 것이다.

내게 여전히 말이 안 되는 유일한 것은 내가 봤던 그 새였다. 개울을 가로지르는 작은 다리에 이르자 그 생각이 났다.

사라 베일리의 묘지에서 발견한 깃털이 아니었다면 나는 내가 그 새를 그냥 상상한 것으로 생각했을지도 모른다. 하지만 나는 그 깃털을 손에 쥐었었다. 그렇다면 그 새는 어디서 온 걸까?

과부 바그너 씨 부인의 집으로 가는 가파른 길을 올라갈 힘을 모으면서 나는 마음을 비웠다. 천천히, 그 집이 언덕 위로 나타났다. 2층 창문의 무겁고 어두운 커튼과 아래층의 섬세한 레이스 커튼들, 드리워진 그 커튼들이 아니었다면 그 집은 경쾌해 보였을 것이다.

이런 생각을 하고 있을 때 레이스 커튼 중 하나가 살짝 들썩여서 나는 창문을 쳐다보지 않을 수 없었다. 그 과부 할머니가 나를 내다보는 게 보이기를 반쯤 예상했지만 대신 보이는 것은 까마귀의 구슬 같은 눈이었다.

까마귀는 다른 누가 키우면 이상한 반려동물이겠지만, 마녀가 키운다면 확실히 어떤 의미가 있었다. 그래서 나는 전에는 그걸 한 번도 의심한 적이 없었다. 하지만 그 순간, 나는 의심스러웠다. 왜냐하면 동화 속 마을이 그렇듯이 마녀는 이야기를 위해 존재하는 것이기 때문이다. 그 집이 훼손된 아침에 루와 내가 봤던 부서질 것 같던 여자는 마녀가 아니었다. 그 할머니는, 잭이 말했듯이, 외로운 노부인일 뿐이었다.

그렇기는 해도 그분은 세상에서 완전히 혼자는 아니었던 게 분명했다. 누군가가 그 집에서 그 낙서를 지웠기 때문이다.

이제 생각해 보니, 그 할머니는 왜 까마귀를 반려동물로 **키웠던 걸까?**

누군가가 가슴에 대고 성냥을 그은 것처럼 가슴에 턱 하는 느낌이 들었다.

'까마귀가 그분의 유일한 반려 새가 아니라면?'

나무에서 나무로 날아가는 보석 새를 봤던 곳은 여기서 멀지 않았다. 만약 그 새가 서커스나 마법의 마을에서 탈출한 게 아니라면? 줄곧 바로 여기, 이 집에서 살았다면? 그리고 잭 역시도 그 새가 어디서 왔는지 알아챘다면?

나는 눈을 꼭 감고 잭이 그 과부 할머니에 관해 했던 말이 정확히 무엇인지 기억하려고 애썼다.

"그 할머니는 그냥 아무런 해도 끼치지 않는 노부인일 뿐이야. 스카프를 뜨고 주머니에 스카치 캔디를 넣고 다니는 그런 사람 말이야."

그게 그가 직접 겪고서 하는 말이었을지도 모른다는 생각은 내게 전혀 떠오르지 않았었다. 하지만 루와 내가 그 할머니를 봤던 날 아침에 그분에게서 스카치 캔디 냄새가 **났었다**. 그리고 잭이 지난겨울부터 하고 다니기 시작한 체크무늬 머플러가 있었다. 전날 그의 서랍에서 내가 봤던 그 머플러. 나는 그게 교회에서 준 것으로 생각했지만 —.

나는 일요일 아침 어깨에 담요를 두르고 나와 루 앞에 서 있던 그 과부 할머니의 모습을 다시 그려봤다. 뜨개질로 만든 그 담요는 잭의 머플러처럼 남색과 흰색 체크무늬였다.

잭에게 그걸 만들어 준 게 **그 과부 할머니**였던 걸까?

나는 내가 뭘 하는지 알기도 전에 자전거를 풀밭에 던지고 그 할머니의 잔디밭을 달려 현관문으로 향하고 있었다. 이번만은, 두렵지 않았다. 내가 모르는 뭔가를 그 할머니가 알고 있다면 알아내야만 했다.

나는 현관문을 쾅쾅 두드렸다. "계세요?" 내가 불렀다. "바그너 씨 부인?"

안에서 바스락거리는 소리가 들리는 것 같았지만 문은 열리지 않았다. 나는 다시 쾅쾅 두드렸다.

"저는 대니 티먼스예요." 내가 불렀다. "신문 배달하는 아이요."

세 번째로 두드리려던 순간 갑자기 문이 살짝 열리며 안에서 그림자 같은 인물이 드러났다.

"안녕, 대니." 조용한 목소리가 들렸다. "들어오는 게 좋겠다."

문이 더 크게 열렸다.

그러자 그림자는 소년이 되었고, 그 소년은 잭 베일리가 되었다. 뒤편의 거대한 암흑에서 이끌려 나온 유령처럼 어둠 속에서 그가 걸어 나왔다.

37

"형이… 형이 여기 있다니." 내가 더듬거렸다.

잭의 입술 꼬리가 미소를 지으려는 것처럼 꿈틀했지만, 온전히 그렇게 하지는 못했다.

"이제 들통난 것 같네." 내 뒤쪽을 내다보며 컴컴한 집 안으로 나를 순식간에 쓸어 넣고는 그가 말했다.

그 어떤 것도 — 그 과부 할머니에 관한 이야기들, 심지어 숲에서 봤던 그 모습조차도 — 내가 그 안에서 보게 된 장면을 맞이할 마음의 준비를 하게 하지는 못했다.

황동과 나무, 은, 그리고 구리로 만들어진 새장들이 테이블마다 놓여 있었다. 새장들은 벽난로 선반, 심지어 천장에도 매달려 있었다. 그중 하나에 부딪히지 않고는 소파에서 일어날 수가 없을 정도였다. 대부분의 새장은 비어 있었지만, 커튼이 쳐진 창문 옆에 매달린 새장에는 개똥지빠귀 한 마리가 앞뒤로 뛰며 지저귀고 있었다. 다른 하나에는 큰 수리부엉이가 웅크린 채 잠들어 있었다. 그리고 거기, 벽난로 옆 의자 위에, 그 보석 새가 앉아 있었다. 녀석은 어둠 속에서 가만히 나를 쳐다보고 있었다.

나는 숨을 헉하며 한 걸음 앞으로 나아갔다.

까아악!

거대한 까마귀가 제일 가까운 창턱 위 횃대에서 날개를 퍼덕이며 강도가 칼을 겨누듯 날카로운 부리를 내 방향으로 향했다. 나는 얼굴을 보호하기 위해 손을 들었지만, 까마귀는 내 바로 옆을 지나 문 밖으로 날아갔다.

"괜찮아," 까마귀가 지나간 뒤 잭이 문을 닫으며 말했다. "저 녀석은 너를 해치지 않아. 잘 훈련돼 있어."

나는 움직이지 않았다. '잭은 여기서 뭘 하고 있는 거지?'

"혼자 왔어?" 그가 물었다. 계속해서 아주 낮은 목소리였다.

나는 고개를 끄덕였다. "형은… 형은 숨어 있는 거야?"

"그렇다고 할 수 있지." 그가 말했다. 그러고는 내 얼굴을 살폈다. "네 눈은 어떻게 된 거야?"

그 질문을 하는 그의 목소리에는 걱정이 잔뜩 묻어났다. 그런 질문을 나는 그에게 한 번도 한 적이 없었다. 내 손이 본능적으로 멍 쪽으로 갔다.

"아무것도 아니야." 내가 말했다.

"그럼, 됐네." 잭이 대답했다. "앉자." 그는 어깨로 내 어깨를 쿡 찔렀다. 나는 그와 접촉하자 놀라서 몸이 살짝 떨렸다. 마치 그때까지 살과 뼈가 있는 그의 존재를 믿지 않았던 것처럼. 그가 어떤 종류의 속임수나 신기루가 아니라는 것을 믿지 않았던 것처럼 말이다.

나는 그를 따라 거실로 갔다. 그곳에서 그는 매달린 새장들을 피해 몸을 숙이며 분홍색 꽃이 수놓아진, 나무 등받이 초록색 소파에 앉았다. 소파가 그의 무게 아래서 삐걱거렸다. 그건 더 연약한 생명체를 위한 물건임이 분명했다. 나는 그 옆에 조심스럽게 앉아서 내가 들어온 이후 근육 하나 움직이지 않던 보석 새를 쳐다봤다.

"어떻게 알아냈어?" 잭이 물었다. 적응을 마친 내 눈에 들어온 그의 갸름한 얼굴은 며칠 동안 햇빛을 보지 못한 것처럼 누르스름해진 것 같았다. 커튼을 열 수 있었으면 좋겠다는 생각이 들었다.

"난 몰랐어." 내가 말했다. "이 근처에서 저 새를 봤고, 형이 그 과부 할머니를 보러 여기 왔던 게 틀림없다고 깨달았기 때문에 온 것뿐이야. 형의 머플러. 그 할머니가 형에게 만들어 준 거였어. 그리고 형은 그 할머니가 스카치 캔디를 좋아한다는 걸 알고 있었어. 하지만 난 형이 여기 있을 줄은 몰랐어. 나는… 나는 형이 전쟁터로 갔다고 생각했어. 형의 출생증명서를 찾았거든."

"아." 잭이 숨을 내쉬었다. 그의 숨결에서 뭔가가 포기하듯 빠져나가는 것 같았다.

"그래서? 무슨 일인지 말해줄 거야?" 내 목소리는 까마귀의 부리처럼 날카로웠다. 나도 뭔가가 내게서 빠져나가는 것을 느끼기 시작했다. 나는 잭이 그걸 제자리에 다시 놓아주기를 바랐다.

"할머니는 새를 사랑해." 잭이 의자 위의 새를 가리키며 말했다. 어둠 속에서도 그 영롱한 깃털이 반짝거렸다. "그분은 숲에서 다친 새들을 발견하면 여기로 데려와. 할 수 있으면 다시 건강해질 때까지 돌봐주지. 그게 안 되면 집에 있게 해주고. 이 새는 풀어주려고 했지만, 계속 돌아오는 거야. 캐롤라이나 잉꼬는 충성심이 강한 새거든."

그 말이 신호라도 되는 것처럼, 그 새가 날개를 퍼덕이며 방을 가로질러 날더니 소리 없이 잭의 어깨에 내려앉았다. 그는 손을 올려 새의 등을 쓰다듬었다.

"잉꼬라고?" 나는 놀라 쳐다보며 물었다. "난 그 새가… 보석 새인 줄 알았어."

"두 이름 모두 같은 새를 가리키는 건지도 몰라. 바그너 할머니가 무슨 새인지 말해줬을 때 난 믿지 않았어. 책에서 사진을 보여줄 때까지 말이야. 이 새들은 멸종된 걸로 추정되고 있어. 사람들이 깃털을 모자나 그런 물건들에 쓰려고 총을 쏘아댔거든. 이 새들은 한 마리가 총에 맞으면 다른 새들처럼 날아서 도망가지 않아. 피 흘리는 새를 도우려고 그 주위로 모여드는 거야. 그래서 쉬운 표적이 됐어. 하지만 아마 어딘가 남아 있던 새들이 있었던 것 같아."

그는 너무 빠르게, 전에는 한 번도 하지 않던 식으로 횡설수설하고 있었다. 하지만 그 말들이 그의 마른 입에 쩍쩍 들러붙는 게 들리는 것이었다.

"네가 그분을 무서워한다는 건 알아." 그가 계속 말했다. "하지만 좋은 분이셔. 정말로. 내가 처음 새를 따라 여기 왔을 때, 그분은 나를 들어오라고 해서 수프를 줬어. 내가 신문을 배달할 때 봐서 알았던 거야. 아침을 먹으러 다시 오라고 했고, 그다음 날도 그랬어. 그분은 누군가와 함께 있는 게 좋았던 것 같아."

"나는 아직도 이해가 안 돼." 내가 말했다. 땅속에서 차가운 물이 올라오듯 어두운 어딘가에서 좌절감이 뭉글뭉글 솟아올랐다. 잭은 아침 식사와 새에 관한 그 모든 이야기로 뭔가를 피해 빙빙 돌고 있었다. 나는 그와 함께 빙빙 도는 것이 지겨웠다. "왜 여기 있는 거야, 형? 난 형이 죽었을지도 모른다고 생각했어. 처음에는 형의 아버지가 그랬을지도 모른다고 생각했어. 경찰에 그렇게 말할 뻔했어! 그다음엔 익사했다고 생각했어. 그리고 그다음엔 '욘더'를 찾아 떠났다고 생각했고. 그러다가 전쟁터로 갔다는 걸 깨달았지. 하지만 형은 여기 있어."

"난 네가 나를 익사했다고 생각하지 않게 하려고 했던 거야." 잭이 대답했다. "다른 사람들만 다 그렇게 생각하고. 네가 경찰에 내 자전거에 관해 말할 거라고 생각했거든. 마지막으로 날 봤을 때 내가 놓아둔 바로 그곳에 있었다고. 그들은 폭풍이 온 걸 알고는 종합적으로 추론하겠지. 하지만 네게는 나무에 새긴 메시지를 남긴 거야, '**욘더**'

말이야. 다른 사람은 아무도 아니겠지만 넌 이해할 거라는 걸 알았어. 네가 사람들에게 말하려고 해도 너희 어머니를 제외하고는 누가 믿겠어? 다른 사람들은 모두 내가 익사했다고 생각할 테지만 너와 네 가족은 내가 무사하다는 걸 알겠지. 그게 내가 의도한 거였어.”

공기가 점점 더 무거워지는 것 같았다. 어둠이 내 주위를 짓누르고 있었다. “그러니까 형은… 사람들이 형이 죽었다고 생각하길 원했던 거야?”

그는 고개를 떨궈 손으로 감싸고는 헝클어진 갈색 머리카락을 잡아당겼다. 다시 고개를 들었을 때 나는 그 집의 검푸른 어둠 속에서도 그의 뺨에 반짝이는 눈물을 볼 수 있었다. 그리고 나는 그때 그의 상태가 나쁘다는 것을 알았다. 왜냐하면 나는 잭 베일리가 정말로 우는 것을 본 적이 없었기 때문이다. <헤럴드>지 사무실에 멍과 피투성이가 되어 나타났을 때도 그러지 않았다. 그의 아버지가 그를 다시 데려가려고 나타났을 때도 그러지 않았다. 심지어 어머니 이야기를 할 때도 그러지 않았던 것이다.

“하지만 왜 그랬어?” 내가 물었다. 내가 얼마나 잭을 찾고 싶었는지를, 그리고 그는 줄곧 얼마나 발견되고 싶지 않았는지를 생각하지 않으려고 애쓰면서.

그의 눈이 방을 훑었다. 마치 저 새장들 중 하나에서 해야 할 말을 할 용기를 찾으려는 것 같았다.

“내 출생증명서를 찾았다고 했지?” 마침내 그가 물었다.

나는 고개를 끄덕였다. “나는 형이 열여섯 살이 되는 줄 알았어.”

“알다시피, 나는 공부를 전혀 잘하지 못했어.” 잭이 유령 같은 수줍은 미소를 얼굴에 띠우며 말했다. “엄마가 돌아가셨을 때, 난 학교에 흥미를 잃었어. 그리고 아버지는 내가 집에 있는 걸 더 좋아하셨

어. 로울랜즈 선생님이 아버지에게 내가 무단결석하고 있다며 하루
가 멀다고 나를 끌고 가기 시작하기 전까지 나는 6개월을 학교에 나
가지 않았어. 3학년을 다시 해야 했지. 그래도 수업을 따라잡지 못했
어. 2년 후에 또 유급을 당했고.”

그는 그러고는 주머니에서 종이 한 장을 꺼내 내게 건넸다.

“이건 안 되는 일이야, 대니.” 잭이 말했다. “난 전쟁에 갈 수 없어.”

나는 그때 잭이 더는 빙빙 돌며 춤추고 있지 않다는 것을 이해했
다. 그는 줄곧 나를, 너무나 부드럽게, 진실로 가는 구불구불한 길로
인도하고 있었다. 그리고 마침내, 우리는 그 끝에 도달했다.

38

내 손에 있는 서한은 징병 위원회에서 보낸 것이었다. 그것은 잭이 징집되었음을 알리고 페니 박사의 건강 검진 시간을 알려주었다. 닉 피트먼의 서명이 있었다.

그러니까 잭은 자원입대하지 않았던 것이다. 그는 징집될 예정이었다. 피트먼 씨는 결국 머스그레이브 가족을 내쫓았던 것처럼 그를 마을에서 내쫓을 방법을 찾아낸 것이다.

"형이… 형이 징집 기피자라는 거야?" 내가 물었다.

나는 그를 쳐다봤고, 그가 그 두 단어에 움츠러드는 것을 봤다. 마치 낯선 사람을 보는 것 같았다.

이 소년이 — 아니 이제 남자인가? — 쿰스네 쌍둥이를 홍수에서 구한 사람과 동일인일 수가 있을까? **나를** 브루스에게서 구해준 사람과?

물은 젖는 것이고 하늘은 파란 것처럼 나는 잭 베일리가 용감하다고 알고 있었다. 사람들은 **하나같이 다** 그렇게 알았다. 하지만 내 확신은 쓸려가고 있었고, 나는 쿰스네 쌍둥이가 자기 집 앞에서 홍수에 쓸려 내려갈 때 느꼈던 기분이 이런 것인지 궁금했다.

"나는 전쟁이 무서운 게 아니야." 잭이 말했는데 그의 말에는 처음으로 조심스럽게 일갈하는 기운이 있었다. "나는 겁쟁이가 아니야. 최소한, 네가 아마 생각하는 식으로는 아니야."

"그렇다면 왜?" 나는 이해할 수 있는 답을 간절히 원하며 물었다.

"**아버지** 때문에." 잭이 쓸쓸하게 대답했다. "우리 아버지 때문이야. 그는 결코 전쟁에서 진짜 돌아오지 못했어. 아니, 돌아왔다면 전쟁과 함께 돌아온 거야. 그의 내면에. 그리고 그는 절대로 전쟁을 끝내지 못할 거야. 넌 그가 어떤 사람인지 봤잖아, 대니.”

내 마음은 거친 물 위에 돌이 튀듯 기억에서 기억으로 건너뛰었다.

베일리 씨의 비열한 눈, 그의 욕설. *“너희 모두 그 애가 착하다고 생각하지? 내 아들이 그렇게 착하다면, 그 애는 어디 있어?”*

강물 소리를 가로지르는 잭의 목소리. *“그는 우리 어머니가 만난 가장 온화한 사람이었어.”*

잭의 침대 밑 어둠 속에 저주받은 해적의 보물처럼 묻혀 있던 전쟁 훈장.

잭이 나를 쳐다봤다. 내가 본 적 없는 뭔가가 그의 얼굴을 스쳐 갔다. 한순간, 그건 거의 비난처럼 느껴졌다. 그의 어깨 위에 앉은 새가 검은 눈으로 나를 쳐다보고 있었다. 내 발가락은 신발 안에서 오그라들었다.

“나는 지금까지 내 모든 생활을 아버지를 위해 포기한 거나 마찬가지였어.” 잭이 말했다. “상황이 아무리 나빠져도 나는 머물러 있었어. 신의를 지켰다고. 지금도, 나는 떠나고 **싶지** 않아. 이곳이 내 집이야. 내가 아는 전부야. 하지만 난 못 해…. 난 그가 되지는 않을 거야. 이해할 수 있어?”

“형은 그가 아니야, 형.” 내가 거의 애원하듯 대답했다. “결코 그가 될 수 없어.”

“하지만 가끔 느껴져. 나 안에 있다는 걸 알아. 그 분노가. 그건 비열한 늙은 개 같은 거야. 대부분의 시간 동안 자고 있지만, 어쩌다 한 번씩 갑자기 깨어나지. 지금은 그걸 내 안에 가둘 수 있어. 하지만 그들이 나를 전쟁에 보내면 더는 가두지 못할 거라는 걸 알아. 그리고 돌아올 사람은 내가 아닐 거야. 그 분노일 거야. 내 아버지일 거야.”

“그런 말 하지 마.” 내가 중얼거렸다. “당연히 형일 거야.”

그렇게 말하면서도 나는 내가 처음 잭을 만났던 날 그가 브루스에게 주먹을 치켜들던 모습을 생각했다. 나중에, 나는 잭이 단지 그 애를 겁주려고 했을 뿐이라고 생각했다. 하지만 그 순간에는 그렇게 확신하지 못했었다. 그리고 브루스가 잭에게서 본 것이 무엇이든 **그것으로** 그 애는 그 후 한동안 나를 건드리지도 않을 만큼 겁에 질렸었다. 한동안이긴 했지만, 어쨌거나 말이다.

“나는 아버지가 내게 한 짓을 다른 어떤 아이에게 하지 않을 거야.” 잭이 말했다. “**그 누구에게도.**”

법의 눈으로 보면 아마도 잭은 징집되기 충분한 성인이겠지만, 그 순간 그는 너무 작아 보였다. 지난겨울 이후 훌쩍 커버린 나보다 그다지 크지 않아 보였다. 그의 뺨은 여전히 매끄러웠고 목소리는 봄의 첫 숨결처럼 부드러웠다.

“형이 돌아갔잖아.” 내가 무감각하게 말했다. “우리는 형이 머물기를 원했지만, 형은 돌아갔어.”

그 작은 오두막에서 일어난 일이 무엇이든 그렇게 나쁠 수는 없다고 내가 속으로 생각했던 이유가 그것이었다. 잭은 그걸 혼자서 견딜 만큼 강하다고 생각했던 이유가. 그래서 나는 그가 처음 왔을 때 이후로 다시는 그에게 그런 걸 물어본 적이 없었다. 나는 알고 싶지 않았던 것이다.

그는 나처럼 그저 소년이었을 뿐이었다.

“뭐 어쨌든, 나는 다시 돌아갈 수 없어.” 그가 말했다. “떠나야 해.”

“하지만 이렇게는 아니지!” 내가 외쳤다. “죽은 척하고 몰래 떠나서는 안 돼! 모든 사람에게 등을 돌려서는 안 돼. 제발 가지 마, 잭 형!”

그의 이름을 말할 때 내 목소리는 갈라졌고 며칠 동안 참아왔던 눈물이 결국 흐르기 시작했다. 내 어깨에 따뜻하고 튼튼한 손이 느껴졌다.

"괜찮아, 대니." 잭이 중얼거렸다. "괜찮아."

울기 시작하자 열이 내리는 안도감이 느껴졌다. 상쾌한 추위가 날 것으로 밀려들기 직전의 순간이었다. 내가 거기 머물러 있는 한, 잭의 손이 내 어깨에 있는 한, 모든 건 다 괜찮을 거라는 것을 나는 알았다. 그는 나의 영웅, 잭 베일리로 남을 수 있었다.

또한 나는 그가 손을 떼면 모든 것이 영원히 달라질 것이라는 것도 알았다. 내 어깨에 있는 그의 손이 작별 인사로 느껴졌기 때문이었다. 아빠가 전쟁터로 가는 버스에 타기 전에 했던 포옹처럼.

"아빠가 형한테 뭐라고 했어?" 마침내 다시 말을 할 수 있게 됐을 때 내가 물었다. "버스에 타기 직전에? 형 귀에 뭔가를 속삭였잖아."

잭은 망설였다.

"인생은 단 한 번밖에 없다는 걸 기억하라고 하셨어." 잭이 말했다. "의미 있게 만들라고."

"아." 나는 숨을 쉬었다. 아빠가 할 법한 좋은 조언 같았다. 한편으로는, 그 말로 인해 잭이 떠날 생각을 하기 시작했던 것은 아닐까 하는 생각도 들었다. 또 하나의 작별을 시작하게 하는 하나의 작별이 아닐까 하는.

나는 손목으로 코 밑을 품위 있게 닦을 방법을 찾으려고 애썼다. "아직도 난 이해가 안 돼. 형은 왜 여기 있는 거야? 도망가고 싶었다면, 왜 가지 않았어?"

"바그너 할머니 때문에. 그분은 아파. 옆에 아무도 없고. 남편은 돌아가셨고, 나머지 가족이 어디 있는지 이제는 모른대. 여러 해 전에 독일을 떠난 이후로 소식을 듣지 못했대. 그래서 내가 끝까지 여기 있겠다고 했어. 그분은 여생이 얼마 남지 않았어. 난 그다음에 떠날 거야. 그분이 내게 가져갈 몇 가지 물건들을 줬어."

내가 목이 아플 때 엄마가 주는 극소량의 브랜디처럼 따끔하게 따뜻한 질투가 느껴졌다. 잭은 자기의 비밀을 말할 만큼 그 할머니를 신뢰했지만, 나를 신뢰하지는 않았던 것이다.

"왜 나한테 말하지 않았어?"

"아마 네가 지금 같은 식으로 나를 생각하지 않기를 바랐던 것 같아." 그가 말했다. "사람들이 조지 맥과이어에 관해 어떻게 말하는지 알고 있어. 네가 나를 그런 식으로 기억하는 걸 원치 않았어. 그러기엔 이제 너무 늦었지, 응?"

그렇지 않다고 스스로 설득하려 한다 해도 이미 너무 **늦었다는** 것을 느낄 수 있었다. 나는 잭을 다시는 예전과 같은 식으로 보지 못할 것이다.

하지만 나는 여전히 그가 계속 머물기를 원했다. 그리고 왜 그가 그렇게 사라져야 하는지 이해할 수 없었다. 밤도둑처럼 몰래 떠나지 않고도 징집을 피할 수 있는 온갖 사유들이 있었다.

"하지만 징병 위원회에 설명하면 될 텐데," 내가 말했다. "형은 아직 고등학생이라고! 졸업하고 나서 가게 해줄 거야."

"난 낙제했어." 잭이 고개를 저으며 말했다. "1년 내내 수학을 낙제하고 있었어. 번치 선생님은 기말고사를 통과하면 나를 진급시켜 주겠다고 내게 거래를 제안했어. 하지만 난 절대 못 할 거라는 걸 알았어."

그러니까 번치 선생님이 언급했던 거래는 **그것**이었다.

"하지만 내가 도와줄 수 있었을 텐데!" 내가 항변했다. 보석 새가 내 높아진 목소리에 불안하게 날갯짓했다.

"네가 나 대신 시험을 치르지 않는 한 안 되는 일이야." 그가 말했다. "가망 없는 일이었어, 대니."

"그럼… 그럼… 농장 일꾼으로 일할 수 있어! 농장 노동은 징집 면제잖아, 그렇지?"

잭이 한숨을 쉬었다. "처음에 내가 했던 생각도 그거였어. 하지만 이 일대의 농장들은 대부분 피트먼 씨 소유야. 그리고 그는 징병 위원회 위원이기도 하지. 너희 엄마가 머스그레이브 아주머니와 이야기하는 걸 우연히 들었던 그 날 기억해?"

나는 고개를 끄덕였다.

"그날 난 피트먼 씨가 나를 전쟁에 보낼 기회를 절대 포기하지 않을 거라는 걸 깨달았어. 머스그레이브 아주머니가 옳았어. 일단 그가 뭔가를 하려고 마음먹으면 이 근방에서 그 누구도 그걸 바꾸게 하지 못할 거야. 그리고 그는 내가 없어지길 원했어. 내가 사라져야 한다는 걸 알게 된 게 그때야."

"어쨌든 이렇게 하는 게 더 나아, 대니." 잭이 부드럽게 말했다. "새롭게 시작하는 게 더 나아. 난 전쟁에 기여하기 위해 내 몫을 다할 거야, 맹세해. 테네시의 어떤 곳에서 석탄 광부를 구하는 광고를 신문에서 봤어. 루스벨트 대통령은 광부들이 얼마나 중요한지 항상 말하잖아, 그렇지?"

"위니는 어쩌라고?" 내가 약하게 물었다. 지는 패의 마지막 카드였다.

그리운 표정이 잭의 얼굴을 스쳤다. "네가 데려갔지, 그렇지?"

"어떻게 알았어?"

그가 고개를 끄덕였고 안도의 빛이 얼굴에 어렸다. "위니는 폭풍을 견디려면 누군가 안아줘야 한다고 너한테 말했잖아." 그가 말했다. "네가 그 힌트를 알아챌 거라고 생각했어."

“그럼 데려가지 않을 거야?”

“위니에게는 집이 필요해. 매일 아침밥과 저녁밥이. 너와 함께 있는 게 더 나을 거야.”

나는 논쟁할 생각이 없었다. 적어도 위니가 내 곁에 있으면 잭의 일부가 내게 남아 있는 셈일 것이다.

“잭?” 멀리서 가늘고 약한 목소리가 불렀다. 처음에 나는 새들 중 한 마리, 어떤 종류의 앵무새가 낸 소리일지도 모른다고 생각했다.

그때 방의 맞은편 끝에서 문이 삐걱 열렸고 바그너 씨 부인이 거기 서 있었다. 내가 마지막으로 봤을 때보다 훨씬 더 나빠 보였다. 그런 게 가능하다면 말이다. 얼굴은 어둡게 움푹 팬 곳들로 가득했고, 마치 서 있는 것마저 아픈 듯이 몸을 구부리고 있었다. 보석 새가 잭의 어깨에서 할머니의 어깨로 날아갔다.

“목소리가,” 그분이 쉰 목소리로 말했다. “들려서….”

“아무 일도 아니에요.” 잭이 재빨리 일어서며 말했다. “제 친구예요.”

“말하지… 않을까?”

그분은 잭에서 내게로 시선을 옮겼다. 애원하는 눈빛이었다.

“아니에요.” 잭이 말했다. “이 애는 내가 여기 있다는 걸 아무에게도 말하지 않을 거예요. 그렇지, 대니?”

나는 한참이나 아무 말도 하지 않았다. 그러고는 결국 고개를 끄덕였다.

“착하구나.” 할머니가 쉰 소리로 말했다. 나를 의미하는지 잭을 의미하는지 확실하지 않았다. 그분의 입술 끝은 미소를 지으려고 애쓰는 것처럼 간신히 들려 올라갔다. 순간적으로, 나는 그 늙은 얼굴 너머로 그 얼굴 밑에 사는 사람을 마침내 본 것 느낌이 들었다. 다음 순간 그분과 그 새는 문 뒤로 사라졌다.

“가야겠다.” 잭이 나와 눈을 마주치지 않으며 다시 말했다. “저분에게는 내가 필요해.”

나는 ‘나도 형이 필요해’라고 말하고 싶었다. 하지만 나는 그 과부 할머니에 관해 내가 반복했던 이야기들, 루와 내가 그분을 피해 숲에서 도망쳤던 방식에 대한 수치심으로 가득 차 있었다. 지금 그분은 잭을 지켜주는 사람이었다. 내가 하지 못했을 때 그를 보호하고 있던 사람이었다.

“다시 올게.” 내가 말했다. “내일. 형에게 줄 물건들을 좀 가져올게. 음식과 돈을 내가 찾아낼 수 있다면, 그것들도.”

“안 돼, 대니.” 그가 반대했다. “말했잖아, 내게 필요한 건 바그너 할머니가 주고 있어. 너는 그럴 필요 없어.”

“내일 다시 올게.” 내가 단호하게 말했다. 나는 작별 인사를 할 준비가 되지 않았다.

천천히 문으로 걸어가는 동안 마루판이 내 발아래에서 삐걱거렸다. 절반의 나는 잭을 여기, 어둡고 외로운 또 다른 집에 두고 가고 싶지 않았다. 나의 다른 절반은 얼굴에 신선한 햇빛을 느끼고 싶은 간절한 심정이었다.

나는 문손잡이를 향해 손을 뻗었다가 멈췄다. “나무에 새겨진 글자를 본 후에, 그리고 그 새를 본 후에… 나는 정말로 그게 진짜가 아닐까 하고 생각했어. 형이 ‘욘더’를 찾으러 갔을지도 모른다고.”

잭의 눈이 부드러워졌고 그가 미소 지었다. 햇볕만큼이나 따스한 미소였다.

“아마도 난 그럴 거야.” 그가 말했다. “아마도 언젠가 거기서 너를 만날 거야, 대니.”

39

자전거를 팽개쳐 둔 곳으로 돌아가는 길을 따라가면서 내 마음은 너무 복잡했고 가슴은 너무 무거웠다. 그 순간, 나는 하늘에서 천둥이 우르릉거리고 비가 쏟아지기 직전의 폭풍 구름이 되는 것이 어떤 느낌인지 알았다.

나는 잭과 내가 어울리지 않는 한 쌍이라는 것을 항상 알고 있었지만, 우리가 함께 붙어 있었던 것은 그가 내 안의 뭔가를 봤기 때문이라고 생각했다. 어쩌면 그가 가진 것과 같은 종류의 용기, 다른 누구도 볼 수 없는 깊은 곳에 그저 묻혀 있는 용기라 해도 그런 것을 말이다. 내게서 그걸 끌어낼 수 있는 누군가가 있다면, 그건 바로 그일 것이라고 생각했다.

우리가 공유한 것, 우리를 함께 있게 한 것이 **두려움**이라는 생각은 내게 전혀 떠오르지 않았었다.

그리고 이제 그것이 우리를 갈라놓게 된 것이다.

얼음을 실은 트럭이 모퉁이를 돌며 굴러왔을 때 나는 생각에 너무 사로잡혀 있어서 운전자가 경적을 울리고서야 간신히 때맞춰 옆으로 비켜섰다.

나는 심장이 두근거리는 상태로 길로 다시 접어들었다. 하지만 어디로 가야 할까? 집에 갈 수는 없었다. 이번에는 엄마에게 무슨 변명을 할 것인가? 학교에 가야 할 것이었다. 나는 대부분을 자전거로 가다가 창문에서 누가 보고 있을 경우를 대비해서 마지막 부분은 걸어가기로 결심했다. 패터쇼 선생님에게는 타이어가 펑크 났다고 말할 것이다.

마을을 쭉 달리면서 나는 줄곧 거기 있었지만 전에는 전혀 알아차리지 못했던 어둠을 통과하고 있는 것 같았다. 위로 우뚝 솟아 그물처럼 그림자를 드리우고 있는 산들을 한 번도 올려다보지 않고서 포기 갭에서 평생을 살아온 것만 같았다.

잭이 사는 동안 매일 느꼈던 기분이 이런 것이었을까? 다른 누구도 볼 수 없는 그림자 속을 걷는 것 같은?

그건 우리가 모두 보고 싶지 않다고 마음먹었기 때문이었다.

잭은 우리에게 등을 돌리게 됐지만, 먼저 등을 돌렸던 건 우리 모두였다. 베일리 씨에 대한 의리가 지나쳐서 친구가 어떤 사람이 됐는지 보지 못하는 워맥 경사, 잭의 상처를 보고 나서 외면한 페니 박사님, 심지어 그를 돌아가게 내버려둔 엄마와 아빠조차도.

그리고 나. 그 주제를 한 번도 다시 꺼내지 않았던 나. 잭이 나를 자기처럼 강하고 용감하게 만들어 줄 거라는 꿈, 내가 살고 있던 그 예쁜 꿈에서 깨어나기 싫어서 나중에 생긴 멍을 못 본 척했던 나.

학교의 벽돌 종탑이 다음 언덕 너머로 뾰족하게 보일 때쯤 나는 속이 메스꺼웠다. 남은 길을 걸어가기 위해 자전거에서 내렸을 때 자전거 핸들은 미끈거리는 땀에 젖어 있었다. 나는 아득해졌다. 어떻게 온종일 패터쇼 선생님의 교실에 앉아 있을 수 있을까?

마치 내 질문에 답하는 것처럼, 누군가 내 이름을 부르는 소리가 들렸다. 루가 내 뒤쪽 길에서 마치 악마가 자기를 바짝 뒤쫓는 것처럼 자전거를 타고 달려오고 있었다.

"대니!" 그 애가 다시 불렀다. "기다려!"

다음 순간 그 애는 그 엉켜 있는 짧은 머리카락과 분홍빛 뺨이 보일 만큼 내 앞에 성큼 와 있었다.

"난 학교 가야 해." 나는 무뚝뚝하게 말했다.

"안 돼, 대니." 그 애는 말을 하기가 힘에 부치는 듯 헐떡이며 대답했다. "그러면 안 돼. 넌 집에 가야 해."

엄숙한 검은 자동차가 우리 집 앞에 와서 멈추는 장면이 내 마음을 가득 채웠다. 침울한 얼굴의 두 남자가 내려서 의무적으로 우리 현관 계단을 걸어 올라가는 장면이었다.

"그건… 그건 아빠야?" 나는 용기를 내서 물었다.

"뭐라고? 아니, 아니야. 너희 엄마야."

"엄마? 엄마한테 무슨 일이?"

루가 코를 찡그렸다. "**남자애들이란**." 그 애가 투덜거렸다. 그러고는 말했다. "엄마가 아기를 낳고 있어, 이 멍청이야!"

그다음 순간, 나는 내가 마치 도토리에서 난 싹인 것처럼 땅에 단단히 박힌 채, 있던 곳에 그대로 서 있었다.

"가자고!" 루가 소리쳤다.

그리고 우리는 그렇게 했다.

40

그 아기는 내 마음을 잭에게서 떼어놓을 수 있는 거의 유일한 존재였다.

나는 곧바로 안으로 들어가지는 못했다. 맥과이어 아주머니가 나와 루에게 모든 일이 끝날 때까지 우리는 밖에서 기다려야 한다고 말했던 것이다.

루는, 알고 보니, 그날 아침에 내가 신문을 배달하러 떠난 직후에 나를 찾아왔었다. 나를 찾는 대신 그 애가 발견한 건 엄마였다. 엄마는 진통이 와서 페니 박사님을 부르러 갈 이웃을 찾으려고 문으로 가려 애쓰고 있었다.

내가 그날 아침 엄마 방문을 두드렸을 때 엄마가 너무 이르다고 했던 것은 내게 한 말이 전혀 아니었다. 엄마는 벌써 나오려 하던 아기에게 말하고 있었던 것이다.

루가 의사를 부르러 간 사람이 됐고, 그다음 자기 어머니도 불렀다.

"그러고 나서 난 너를 찾으러 나갔어." 우리가 기다리는 동안 그 애가 설명했다. "온 데를 다 찾아다녔다고! 어디 있었던 거야?"

다행히도, 바로 그때 맥과이어 아주머니가 현관문을 열고 들어오라고 손짓했다.

엄마는 침대에 누워 있었다. 피부는 창백하고 머리카락은 땀으로 엉켜 있었다. 방에는 날카로운 금속성 냄새가 났다. 하지만 엄마에게서는 짙은 안개를 뚫고 빛나는 등불처럼 행복이 빛나고 있었다. 그리고 거기, 엄마의 팔 안에 작디작은 아기가 있었다.

"대니," 엄마가 자랑스럽게 활짝 웃으며 말했다. "와서 네 여동생을 만나보렴."

나는 조심스럽게 침대로 조금씩 다가갔다. 방에는 나, 엄마, 그리고 아기만 있었다. 나는 루를 아래층에 페니 박사님과 함께 남겨뒀는데, 박사님은 내 멍든 눈을 보고 눈썹을 치켜올렸지만 짐을 챙기면서 내게 축하 인사를 했다. 마치 내가 자랑스러워할 일을 한 사람인 것 같았다.

그렇지만 엄마가 떨리는 내 팔에 아기를 안겼을 때 나는 박사님이 왜 그렇게 말했는지 이해했다.

그날 내가 느끼리라 예상할 수 없었던 한 가지가 있다면 그건 행복이었는데, 내 여동생의 얼굴을 내려다볼 때 내 가슴을 관통한 것은 행복은 **아니었다.** 정확히 말하자면 말이다. 그건 잠에서 깼을 때 밤새 눈이 온 걸 보고 느끼는 놀라움에 더 가까웠다. 세상이 그토록 빨리 그렇게 순수하고 밝은 무언가로 변할 수 있다는 것에 대한 충격 말이다.

내 여동생 아기, 찡그리며 잠든 그 붉은 얼굴을 보며 내가 느꼈던 감정이 그랬다. 하나하나가 다 새끼 돼지처럼 평범하면서 하나하나가 다 천사처럼 경이로웠다.

"완벽해요." 나는 중얼거렸다. 그리고 내 목소리에 그 애가 깰까 봐 걱정했다. "그리고 너무… 작아요."

"너도 옛날에 고만했어." 엄마가 말했다. "가끔 나는 아직도 네가 그런 것 같아. 아마 항상 그럴 거야."

마치 나의 일부는 내가 안고 있는 아기만큼 언제나 순수하기라도 할 것 같았다.

"제가 여기 없어서 미안해요." 내가 말했다. "여기 있었어야 했는데."

"말도 안 돼." 엄마가 대답했다.

바로 그때, 아기가 내 팔에서 꼼지락거렸다. 그 애는 눈을 뜨지 않은 채 얼굴을 찌푸리며 새끼 살쾡이처럼 울부짖었다. 손이 싸개에서 튀어나와 주먹을 쥐었다.

나는 당황해서 아기를 엄마에게 내밀었다. "제가 뭘 잘못했어요?"

"아무것도 아니야." 엄마는 아기를 받아 가슴 가까이 안으며 말했다. "그냥 아기들은 다 그래. 세상을 향해 깨어나고 있는 것뿐이야. 이 애에게 세상은 혼란스러운 곳이란다."

그리고 그 점에서 내 여동생과 나는 같았다.

다음 순간, 그 애는 엄마에게 기대 다시 잠들었고 엄마도 눈을 감기 시작했다.

나는 출산에 관해 많이 알지 못했을지 몰라도 이것은 알았다. 엄마는 이제 휴식을 얻었다는 것이다. 나는 엄마의 이불을 젖히고 거기서 나도 함께 자고 싶은 충동을 느꼈다. 어렸을 때 악몽을 꾸면 그랬던 것처럼 말이다.

하지만 나는 이제 더는 엄마의 기억 속 아기가 아니었다. 나는 심지어 불과 며칠 전의 소년도 아니었다. 그리고 비록 아직 남자는 아니었지만, 나는 이제 그 중간의 어떤 것이라고 느꼈다.

"제가… 제가 할 수 있는 게 뭐가 있어요?" 내가 물었다.

엄마는 고개를 흔들었다. "필요한 건 모두 여기 있는걸." 엄마가 졸린 미소를 보내며 말했다. "맥과이어 씨 부인이 몇 가지 물건을 사러 시내에 갔는데, 나중에 우리를 도우러 다시 올 거야. 정말 친절한 분이셔. 그런 대우를 받으면 안 되는데…."

똬리를 틀고 공격하려는 뱀이 든 것처럼 내 뱃속이 꿈틀거렸지만, 엄마는 무슨 말을 더 말하기 전에 잠이 들었다.

41

맥과이어 아주머니는 가게에서 돌아와서는 루의 불평을 귓등으로 흘리며 루를 집으로 보내 동생들을 돌보게 했다.

"네가 안 가면 도대체 누가 저녁을 만들겠어?" 아주머니가 쏘아붙였다. "네 아버지가?"

아주머니는 그런 생각을 하느니 루의 아버지에게 날개가 생겨 날아가라고 하는 게 더 낫겠다는 듯이 마른 코웃음을 쳤다. 결국 루는 마지못해 수그러들었지만, 아기를 잠깐 보고서 윈스턴 처칠 판박이라고 선언하고 나서야 떠났다. 고맙게도, 엄마는 아직 자고 있었다.

나도 역시 루가 가지 않았으면 했다. 맥과이어 아주머니와 단둘이 있는 게 두려웠던 것이다. 몇 년 동안 (루는 말할 것도 없고) 장난꾸러기 아들 셋을 키우면서 날카로워진 그 눈빛은 사람을 꿰뚫어 볼 수 있을 것 같았다. 사과 껍질을 벗기듯이 쉽게 거짓말을 벗겨내고 그 밑의 진실을 찾아낼 수 있을 것 같았다.

그리고 나의 진실 — 루와 나에 관한 진실 — 은 썩어 있었다.

하지만 걱정할 필요가 없었다. 맥과이어 아주머니는 한 번씩 나를 향해 소리쳐 지시하는 것 외에는 내게 눈길을 줄 여유도 없었다. 아주머니는 내게 스튜용 채소를 썰게 하고 자신은 뒤뜰로 나가 빨래를 했다. 그리고 저녁을 차리자마자 아기가 또다시 울음을 터트리는 바람에 나를 식탁에 혼자 남겨두고 갔다.

"설거지할 줄 아니?" 엄마의 앞치마를 허리에 두르고 거기에 손을 닦으면서 아주머니가 물었다.

"네, 아주머니." 내가 말했다.

"훌륭하네." 아주머니가 답했다. "좀 배우라고 내가 언제 루를 보낼지도 몰라."

그리고 그게 그날 밤 더 늦게야 계단 아래 다시 나타날 때까지 아주머니가 했던 말의 거의 전부였다.

"그럼 잘 자." 아주머니가 말했다. "내일 아침에 들를게. 밤에 뭐라도 필요한 게 있으면 나한테 오렴. 알았지?"

나는 고개를 끄덕였지만, 맥과이어 아주머니는 이미 문을 향해 부리나케 걸어가고 있었다.

"그럴 일은 없겠죠?" 내가 갑자기 물었다. "뭐가 필요할 일요? 제 말은, 엄마와 아기, 다 괜찮은 거죠?"

맥과이어 아주머니는 머뭇거리더니 따스한 햇살 속으로 막 걸어 들어간 사람처럼 나긋해졌다. "다 괜찮아," 아주머니가 말했다. "둘은 아주 멋진 한 쌍이고, 넌 훌륭한 오빠가 될 거야. 새로 태어난 아기야말로 어떤 사람이든 더 나아지고 싶게 만드는 존재란다. 새로운 출발이지, 응?"

아주머니는 그때 나를 똑바로 봤는데, 나는 아주머니가 결국 나를 꿰뚫어 본 건 아닐까 하는 생각이 들었다.

42

그날 밤 내가 침대에 그대로 쓰러질 지경이 되어 내 방까지 까치발로 복도를 걸어갈 때 엄마 방에서 무슨 소리가 들렸다. 바스락거리는 소리, 그리고 울음소리 비슷한 것이. 문이 살짝 열려 있어서 나는 안을 들여다봤다.

방은 달빛에 흠뻑 물들어 있었다. 맥과이어 아주머니가 엄마 방으로 옮겨 놓은 게 분명한 아기 침대 안에서 아기가 꼼지락거리고 있었다. 엄마는 깊이 잠들어 있었다.

나는 잠시 망설이다가 안으로 들어가서 아기를 안아 올렸다. 아기는 매듭으로 묶은 겉싸개 밖으로 삐죽 나온 작은 머리일 뿐이었다. 침대에서 아기를 들어 올리자 아기가 낑낑 소리를 냈지만 눈은 여전히 감겨 있었다.

조심스럽게, 나는 아기를 창가의 의자로 데려가 무릎 위에다 안았다. 바깥의 별들이 밝고 가까웠다. 마치 아기를 좀 더 잘 보려고 자기들 자리에서 내려온 것 같았다.

고요한 어둠 속에서도 아기가 있어서 집은 더 살아 있는 느낌이었다. 바이올린이 연주를 시작하기 직전의 순간처럼 공기가 떨렸다. 잭이 우리와 지내려고 왔을 때의 느낌 같았다.

우습게도, 나는 그때 형이 생겼다고 생각했었다. 그런데 이제 내게는 작은 여동생이 생겼다.

내 팔 안의 아기는 너무 가벼웠고, 겉싸개에 싸여 있는 모습이 둥지 속의 새끼 새 같았다. 그리고 나는 그 새를 안전하게 지키는 튼튼한 나무였다.

나는 맥과이어 아주머니가 했던 말, 아기가 사람을 더 나아지고 싶게 만든다는 말을 생각했다. 내 여동생은 나를 더 용감해지고 싶게 만들었다. 그 어떤 것으로부터든 이 애를 보호할 수 있는 그런 오빠가 되고 싶도록.

하지만 내가 할 수 있는 모든 것을 다해서 이 아기를 세상에서 안전하게 지키겠다고 다짐하면서도, 나는 내가 보호할 수 없는 일들이 있다는 걸 알았다. 전쟁이라든가 발가락을 다친다든가, 아니면 천둥 치는 비 같은 것들 말이다. 또는 순전한 불운 같은 것도.

그러다가 나는 세계 곳곳에 방금 태어난 아기들이 있을 것이고, 내 여동생이 그 아기들 중 누구라도 될 수 있었다는 생각이 들었다. 할리우드의 영화배우나 와이오밍의 카우보이에게 태어날 수도 있었다. 아니면 베일리 씨 같은 남자에게 태어날 수도 있었다. 아니면, 맑은 하늘 아래 잠들어 있는 대신 이탈리아의 떨어지는 폭탄 아래서 지금 자고 있을 수도 있었다. 아니면, 더 나쁘게는, 폴란드의 게토에서. 독일의 수용소에서.

그렇다면 그 아기들은 어떻게 될까? 그들도 자기들을 보호해 줄 누군가가 있을 자격이 있지 않을까?

그런 생각을 하니 가슴이 조여왔다. 우리는 모두 우리가 싸우는 전쟁이 얼마나 정의롭고 꼭 필요한 것인지 말하지만, 우리가 전혀 말하지 않은 불의가 얼마나 많을까 하는 생각. 우리가 최선을 다해 못 본 척했던 것에 관한 생각.

아빠는 수용소에 관해 들었던 말을 간과하지 않았다. 아빠는 싸우러 가셨다. 자신의 역할을 하고 있었다.

그리고 엄마는 메이너드 씨가 해고하겠다고 위협했음에도 불구하고 신문에 그런 기사들을 실었다. 무슨 일이 일어나고 있는지 사람들이 볼 수 있도록.

그렇다면 나는 무엇을 할 것인가? 어떻게 누군가에게 도움이 될 수 있을까?

나는 녹초가 되어 있었지만, 팔에 안긴 아기를 바라보며 앉아서 오래도록 그 물음을 생각했다. 그러나 답은 나오지 않았다.

그 답은 다음 날 아침, 머스그레이브 가족이 보낸 소포가 도착하고 나서야 나오게 될 것이었다.

43

목요일

그 상자는 그날 아침 우리 문 옆 테이블 위에 놓여 있었다. "맥과 이어 씨 부인이 어제 딘위디 잡화점에서 가져왔을 거야." 엄마가 말했다. "지난주에 내가 보낸 것하고 서로 엇갈렸나 보다."

엄마는 침대에 앉아 있었는데, 너구리 같은 눈 주위 다크서클에도 불구하고 개똥지빠귀처럼 명랑해 보였다. 나도 아마 눈이 그럴 것이었다. 아기의 울음소리가 짧은 밤에 두 번이나 나를 깨웠다. 이제 엄마와 내가 일어나니 내 여동생은 자고 있었다.

엄마는 내가 가져다드린 블랙베리 잼을 바른 토스트를 한 입 베어 물고 내게 상자를 열라고 손짓했다. 안에는 레이스 칼라가 달린 작디작은 흰색 잠옷이 있었다. "와, 정말 예쁘다." 엄마가 깨끗한 손으로 잠옷을 문지르며 말했다. "쪽지가 있니?"

나는 상자 바닥에 있던 작은 봉투를 꺼내 엄마에게 건넸지만, 엄마는 고개를 저었다. "내가 먹는 동안 네가 읽어주렴." 엄마가 말했다. "아기가 금세 깨어날 거야."

그래서 나는 안에 있던 종이를 펼치고 머스그레이브 아주머니가 쓴 글을 읽기 시작했다.

친애하는 펄에게

편지 고마워요. 지난주에 받았답니다. 이 소포가 출산

전에 도착해서 새로 태어난 아기에게 이 옷을 입힐 수 있으면 좋겠어요. 아기가 건강하고 튼튼하라고, 그리고 잘 자는 아이가 되라고(이 마지막 기도는 당신을 위한 거예요) 기도했어요.

편지에서 우리가 어떻게 지내냐고 물었는데, 내 대답은 사람들 대부분보다 더 잘 지낸다는 거예요. 꼭 팔다리가 없어진 것처럼 언덕 위 우리 집이 그립기는 하지만 가족 옆에 다시 있으니 정말 좋아요. 나는 매일 밤 다른 사람들이 다 잠든 이후에도 언니와 함께 오래도록 깨어 있어요. 언니 집 현관에 앉아서 그동안의 시간을 만회하면서요. 이웃 사람들에게 들리지 않도록 목소리를 낮춰야 하죠. 가끔 난 이 도시에서는 코를 긁으려고 해도 누군가와 부딪칠 정도로 여유 공간이 없다는 느낌을 받아요. 하지만 여기서는 사람들이 서로를 보살펴 줘요. 우리처럼 더 나은 삶을 찾아서 북쪽으로 온 사람들이 정말 많고요.

조던은 물 만난 물고기처럼 이곳 생활에 적응했어요. 대부분의 시간은 사촌들과 동네를 탐험하며 보내고 있죠. 그리고 가을에 학교가 시작될 날을 손꼽아 기다리고 있어요. 나도 그 애와 함께 다시 시작할 거예요. 4학년 수업을 해달라는 제안을 막 받았거든요. 나는 합창단에서 노래도 다시 하고 있어요. 그렇게 많은 사람과 하모니를 이루는 내 목소리를 듣는 게 얼마나 행복한지 난 잊고 살았답니다.

비록 우리가 만들려고 했던 삶은 아니지만, 이게 우리가 살아갈 삶이라면 우리는 희망과 사랑, 그리고 기쁨으로 채워갈 거예요.

하지만, 적어도 당분간은, 앤서니 없이 그 삶을 만들어 가야 해요. 그는 입대를 허가받았답니다. 당신이 이 편지를 받을 때쯤이면 이미 출항했을 거예요. 사실대로 말하자면, 농장이 아니었다면, 그리고 인종 때문에 거부당했을 가능성이 크다는 사실이 아니었다면, 그는 오래전에 갔을 거예요. 그는 제2의 도리스 밀러가 되기를 바라는 것 같아요. 그는 해외에서 싸우는 게 여기서 평등으로 가는 길이라고 말해요. 그는 어디를 가든 더블 V가 새겨진 배지를 달고 다녀요. 해외에서는 연합군의 승리를 위해, 우리 나라에서는 진정한 민주주의의 승리를 위해서요. 나는 그가 사랑하는 나라를 위해 싸워서 우리 나라 국민도 자기를 사랑하게 되도록 하려는 것 같아요.

그가 아직 떠나지도 않았는데 나는 밤에 잠들지 못하고 누워서 그가 안전하게 돌아올까 걱정하고 있어요. 당신도 앨런에게 같은 마음이겠죠. 하지만 나는 자랑스럽기도 해요. 정말 자랑스러워요.

아기와 어떻게 지내는지 편지로 알려줘요. 이 세상 행운이 모두 당신에게 가기를 빌게요.

당신의 친구,
대프니가

"엄마?"

내가 편지를 다 읽었는데도 엄마는 여전히 창밖을 바라보며 생각에 빠져 있었다.

"음," 엄마가 마침내 말했다. "그들의 일이 다 잘 풀려서 다행이야."

"저도요." 내가 말했다. 조던이 학교에 다니는 모습을 상상하니 미소가 지어졌다.

"도리스 밀러가 누구예요?" 내가 물었다.

"해군 취사병이야. 아니, 취사병이었어. 인종 때문에 그는 그렇게밖에는 전쟁에 참여할 수가 없었어. 진주만 공격 전까지는. 그 후에 영웅이 됐지."

"그럼 머스그레이브 아저씨가 입대하고 싶어 했던 이유가 그거예요?" 내가 물었다. "영웅이 되려고?"

"그건 머스그레이브 아주머니가 말한 것 같은데." 엄마가 대답했다. "그는 전쟁의 승리를 돕기 위해 싸우는 것이기도 하지만, 피부색 이상의 존재로 인정받기 위해서 싸우는 것이기도 한 것 같아. 그가 유일한 사람은 아닐 거야. 그런 사람들 중 일부는 그저 인정받으려고 애쓰다가 죽겠지. 난 그가 옳기를, 그래서 변화된 나라로 돌아오기를 바랄 뿐이야."

"**엄마는** 머스그레이브 가족을 제대로 보잖아요." 내가 말했다. "다른 사람들이 보지 못할 때 엄마는 왜 그들이 어떤 사람들인지 볼 수 있는 거예요?"

엄마는 아기를 바라봤다. "내 생각에 우리 대부분에게는 목소리가 있어." 엄마가 말했다. "우리 내면 깊은 어딘가에, 우리가 잘못을 저질렀을 때 말해주는 그런 목소리 말이야. 어떤 사람들은 그걸 못 본 척할 수 있어. 사실, 우리는 대부분 수시로 그렇게 하는 것 같아. 하지만 그 목소리를 더는 못 들은 척할 수 없었던 날이 내게 찾아왔던 거야. 나는 귀를 기울였지."

250

"언제요?"

엄마는 손을 올려 창백한 쇄골 부위를 문질렀다. "내가 자랄 때 작은 여자애가 하나 있었어." 엄마가 말했다. "나와 같은 나이였지. 우리는 매일 아침 학교 가는 길에 서로를 지나쳤는데, 그때는 물론 인종 분리가 있었어. 우리 둘 다 서로를 별로 주목하지 않았던 것 같아. 그러다가 어느 부활절에, 어머니가 내게 가게 창 너머로 봤던 작은 금 십자가 목걸이를 사주셨어. 내가 본 것 중에서 제일 아름다운 물건이었어."

"엄마가 일요일마다 거는 그 목걸이요?" 내가 물었다.

"맞아," 엄마가 말했다. "그 다음 주에 나는 목에 그 십자가를 걸고 학교로 갔어. 평소처럼 그 아이를 지나쳤는데 그 애가 내 목걸이를 보는 걸 봤어. 그러더니 그 애는 내게 미소를 지으며 원피스 칼라 안에서 자기 목걸이를 꺼내는 거야. 내 것과 거의 똑같은 거였어. 그 애는 그게 자기 어머니 것이었다고 했어. 그때부터 우리는 항상 인사를 하거나, 길 반대편에 있을 때는 서로 손을 흔들었어. 세상이 아무리 우리가 다르다고 생각하게 만들려고 해도 우리의 마음에는 많은 공통점이 있다는 걸 보여주는 데는 그 십자가 하나면 충분했던 거야. 그 후로 난 우리를 실제로 갈라놓는 것은 피부색이 아니라 피부색 때문에 우리가 받는 대우라는 사실에 눈을 감을 수가 없었어."

나는 자면서 꿈틀거리는 아기에게 시선을 두고 그 애가 누구로든 태어날 수 있었다는 것과 단지 어디서 태어났는지, 어떻게 생겼는지 때문에 세상이 그 애를 얼마나 다르게 대했을지를 다시 생각했다. 나는 늘 거기 있던 것을 갑자기 보게 됐다는 엄마의 말이 뭘 의미하는지 이해했다.

"세상은 그리 공평한 곳이 아니죠, 엄마?"

엄마는 내 쪽으로 슬픈 미소를 보냈다. 엄마가 앞으로 손을 내밀어 내 머리를 쓸어 넘겼다. "그래, 대니. 그렇지 않아. 아직은 네가 그걸 알 필요가 없었으면 좋았을 테지만, 때로는 더 일찍 네가 이해하도록 가르쳐야 하지 않았나 하는 생각도 해. 무엇이 잘못됐는지 보기 전까지는 바로잡을 수가 없으니까. 그리고 우리는 모두 자기의 몫을 해야 하고."

"그렇지만 **제** 몫은 뭔데요?"

나는 엄마처럼 신문을 편집하지 않았다. 전쟁에서 싸우기엔 너무 어렸다. 잭을 그의 아버지로부터 구하거나 머스그레이브 가족이 포기 갭에서 계속 살도록 돕기엔 너무 늦었다.

엄마는 오랫동안 나를 바라봤다. "그건 내가 말해줄 수 없는 거야, 대니." 엄마가 말했다. "네 마음만이 말해줄 수 있어. 하지만 내가 내 역할을 잘했다면, 넌 이미 알고 있을 거야."

엄마가 옳았다. 왜냐하면 내 머릿속 뒤편에 협곡 건너편에서 나를 부르고 있는 것 같은 어떤 목소리가, 엄마가 묘사했던 것과 똑같은 목소리가 **있었기** 때문이다. 어디서 시작해야 하는지를 내가 알고 있다고 말하는 목소리였다.

다른 그 무엇보다 더 내가 바로잡아야 할 잘못이 하나 있었다. 그리고 곧 알게 되겠지만, 바로 그날 나는 그 기회를 맞게 될 것이었다.

44

그날 아침 신문 배달을 하러 집을 나설 때 나는 위니를 데리고 갔다. 나는 잭을 설득해서 머무르게 할 수 없다 해도 **위니라면** 할 수 있을지도 모른다는 희미한 희망이 내게는 여전히 있었다.

<헤럴드>지 사무실을 향해 속력을 내어 달려가자 집들이 흐릿한 형상으로 마구 지나갔다. 평소보다 출발이 조금 늦었기에 나는 빨리 바그너 할머니의 집에 도착해서 잭을 만나고 싶은 마음이 간절했다.

시내로 들어갈 것이었기에 나는 위니에게 목줄을 채우고 줄을 핸들에 묶었다. 위니는 내 옆에서 혀를 내밀고서 바람을 가르며 달렸다. 너무 행복하고 걱정 없어 보여서 우리가 서로 바뀌었으면 좋겠다고 바랄 정도였다.

신문을 챙긴 후 나는 포플러 스트리트를 따라 내려가다가 평소의 경로대로 방향을 틀었다. 내 다리는 날아갔다.

맥과이어네 집으로 올라가는 길을 지나가는데 나무들 사이로 뭔가 움직이는 것이 눈에 띄어 나는 속도를 늦췄다. 남자아이 둘이 내 쪽으로 등을 보인 채 각자 어떤 물건의 손잡이를 들고 있었다.

브루스와 로건이었다. 배달 시간에 내가 늦게 나오긴 했지만, 아직은 아주 이른 아침이었다. 숲속을 어슬렁거리기에는 너무 이른 시간이었다. 나는 멈춰 서서 그 애들이 나무들 사이를 움직이는 것을 자세히 관찰했다. 그 애들은 눈에 띌 것을 걱정하는 것처럼 각각 한쪽으로 은밀한 시선을 던지는 모습이었다.

그 애들은 곧장 맥과이어네 집을 향하고 있었다.

그 애들이 들고 가는 게 무엇인지 알아내려고 눈을 가늘게 뜨자 가슴에 무거운 것이 떨어졌다. 페인트 통 두 개였다.

그때 나는 영화 속 한 장면을 보는 것처럼 정확히 무슨 일이 일어날지 알았다. 브루스와 로건이 무슨 짓을 할지, 그리고 그게 맥과이어 가족에게 얼마나 큰 상처를 줄지 나는 알았다.

그리고 그 모든 것이 나 때문이라는 것도 알았다.

지난·일

1942년 11월

그날 아침 맥과이어 가족은 교회에 오지 않았다. 7대 대죄에 관한 매클렌버그 씨 부인의 강의 시간에 쿠키를 몇 개 먹는 게, 정확히, 탐욕에 해당하는지, 정욕에 관한 건 왜, 정확히, 건너뛰었는지 등을 물으며 강의를 방해하는 루가 없어서 교회 학교는 허전했다.

물론, 나는 그들이 왜 오지 않았는지 이해했다. 조지에 관한 소식을 듣자마자 루가 내게 말해줬던 것이다. 맥과이어 가족에게 온 것은 엄숙한 검은 자동차가 아니라 군대에서 보낸 간단한 전보 한 장뿐이었다. 맥과이어 아주머니는 가족들 모두가 독감에 걸려서 집에서 나올 수 없다는 쪽지를 학교에 보냈다.

유일한 은총이 있다면 조지가 탈영한 사실을 다른 사람은 아무도 모른다는 것이었다.

엄마는 예배 후에 더글러스 목사님과 잠깐 말을 나누고 싶어 했다. 그래서 나는 뒤쪽 묘지로 빠져나가 엄마를 기다렸다.

사람들의 시야에서 벗어난 순간 나는 가을 낙엽이 발밑에서 바스락거리는 소리를 즐기며 느긋하게 시간을 보냈다. 나무들 뒤에서 태양이 비추자 나무들은 마치 마술사의 속임수를 받은 듯 진홍색으로 불타고 있는 것처럼 보였다. 11월치고는 따뜻해서 스웨터를 입으면 될 정도의 쌀쌀한 날씨였다. 잔디에 누워 눈을 감고 싶은 생각을 저항하기에는 너무 유혹적인 날씨였다.

하지만 눈꺼풀이 감기자마자 발소리가 내 쪽으로 바스락거리며 다가왔다. 나는 일어나 앉아 묘비 주위를 내다봤다. 브루스 피트먼이 맞은편에 서 있었다. 그가 씩 웃었다.

"이제 죽은 사람들하고 노냐, 어?" 그가 물었고 나는 벌떡 일어났다. "하긴 뭐, 네가 평소에 같이 어울리는 사람들보다는 그게 더 낫겠네. 있잖아, 우리 아빠가 그러는데, 우리 집에 있는 닭들이 잭 베일리보다는 머리가 더 좋대."

"닥쳐." 내가 낮은 소리로 말했다.

나는 우리를 가로막은 묘비 옆으로 돌아나가서 그를 지나치려고 했지만, 그는 딱 맞는 때 발을 내밀어 나를 잔디 위로 쓰러뜨렸다. 팔꿈치에 날카로운 통증이 느껴졌고 나는 팔꿈치가 돌에 부딪힌 게 틀림없다는 걸 알았다

"아이고." 브루스가 말했다.

바닥에서 나는 누구라도 있을까 하고 묘지를 둘러봤지만, 우리 둘뿐이었다. 학교에서는 잭이 항상 근처에 있었다. 한동안은 그것만으로도 브루스를 막기에 충분했다. 하지만 여기는 학교가 아니었다. 지금 나를 도와줄 사람은 아무도 없었다. 나는 허둥지둥 일어나려고 했지만, 브루스가 다시 나를 밀어 넘어뜨렸다.

"놔줘, 안 그러면 난… 난…."

"울려고?" 그가 물었다. "소리 질러 엄마를 부르려고? 고자질하러?" 태양이 그 애의 뒤에 있어서 그 애의 표정은 읽기가 어려웠다. "그래봐. 난 그냥 네가 거짓말한다고 할 거야. 게다가 고자질은 겁쟁이만 하는 거지. 내가 아는 다른 모든 남자애는 다 맞서 싸워. 하지만 네 유일한 다른 친구는 여자애니까 뭐. 루 맥과이어를 친구라고 부를 수라도 있다면 말이야. 아니면, 걔는 네 여자친구?"

그 애는 그 마지막 단어를 역겹다는 듯 뱉어냈다.

"루는 내 여자친구가 아니야." 나는 항변했다. "날 놔줘, 브루스!"

그는 미소를 지었다. "내가 왜 그래야 하는데?"

내 심장이 가슴을 쾅쾅 두드렸다. 마치 나와 함께든, 아니면 나를 버리고든, 도망칠 계획이라는 듯이.

나는 그에게 이유를 대야 한다는 것을 알았다. 그렇지 않으면 팔꿈치에 피를 흘리는 것보다 더 심한 상태로 돌아가게 될 것이었다. 브루스는 흔적을 남기지 않고 나를 다치게 하는 법을 알고 있었다.

"루는 내 친구가 아니야." 나는 불쑥 말했다. "내가 왜 탈영병을 오빠로 둔 애랑 친구가 되겠어?"

브루스가 주먹을 내렸다. 그의 턱이 믿지 못하겠다는 듯 늘어졌다. "탈영병?"

"걔가… 걔가 나한테 직접 말했어." 내가 말했다. "그때부터 난 걔랑 말도 안 해."

브루스의 눈이 신이 나서 반짝거렸다. "이런, 이런." 그가 혼잣말을 했다. "탈영병이라."

그리고 그렇게, 나는 내 등에서 표적을 떼서 루의 등에 정확히 붙여 놓았다.

나는 다시 일어서려 했고, 브루스는 이번에는 막지 않았다. "어떻게… 어떻게 하려는 거야?"

나는 이미 그의 머릿속이 여러 가능성을 계산하는 것을 볼 수 있었다. "그건 네가 상관할 바 아니지." 그가 말했다. "진실을 말했으니까 보내줄게. 하지만 다시는 그 겁쟁이의 여동생과 말하는 걸 들키면 안 돼."

하지만 나는 움직이지 않았다. 나는 시간을 되돌릴 방법을, 내가 한 말을 취소할 방법을 찾고 있었다. 루와 그 애의 온 가족에게 방금 내가 저지른 끔찍한 일을 되돌릴 방법을.

"가." 브루스가 개에게 말하듯 명령했다. "꺼지라고!"

그래서 나는 달렸다. 그리고 뒤돌아보지 않았다.

내가 말하지 않았던가? 모든 이야기에 영웅이 있는 건 아니라고.

45

1943년 6월

나는 묘지에 있었던 그 날 이후로 브루스의 충고를 따랐다. 루와 말하는 걸 그만뒀다. 학교에서 루를 피했고 루가 집에 찾아오면 엄마가 나를 찾을 수 없는 뒤뜰로 도망쳤다.

나는 내가 도망치는 데 소질이 있다는 걸 알게 됐다. 내가 브루스에게 말한 후 그 소식은, 틀림없이 그럴 거라고 내가 생각한 것처럼, 빠르게 퍼졌다. 메이너드 씨는 아빠에게 그에 관한 기사를 신문에 싣게 했다. 잭이 본 기사가 그것이었다. 그리고 그건 맥과이어 가족이 마을에 얼굴을 내밀지 않기 시작한 때쯤이었다.

"너무 수치스럽죠." 어느 날 오후 엄마 심부름으로 소금을 사러 갔을 때 나는 딘위디 씨 부인이 그렇게 말하는 소리를 들었다.

"그들은 그럴 수밖에요." 카운터에서 그 아주머니가 상대하던 남자가 말했다. "그 애는 우리 모두에게 수치를 안긴 거예요."

나는 그 사람에게 조지는 그렇게 나쁜 청년이 아니라고 말하고 싶었다.

그러는 대신, 나는 돌아서서 나왔고, 엄마에게는 가게에 소금이 다 떨어졌다고 말했다.

나는 내가 한 일을 아무에게도 말하지 않았다. 그 말을 한 사람이 나라는 것을 루가 알아챘는지, 아니면 내가 그저 다른 모든 사람처럼… 자기 가족과 어울리는 걸 두려워하는 걸로 생각했는지 나는 알지 못했다.

지금 나는, 브루스의 충고를 따르는 대신, 그와 로건이 독미나리 나무들 사이로 사라지는 것을 눈으로 좇았다. 갑작스러운 분노가 밀려들었다. **이젠 아니야.** 내 머릿속의 목소리가 말했다. **이미 충분히 오랜 시간이 지났다.** 이제 도망치는 것을, 숨는 것을 멈출 시간이었다. 내가 저지른 일과 마주 설 시간이었다.

나는 그 애들을 좇아가서 그곳에서 바로 그들을 막으려고 용기를 내고 있었다. 하지만 갑자기 내 머릿속에 다른 계획이 떠올랐다. 훨씬 더 나은 계획이. 그리고 내게는 시간이 있을 것이었다. 브루스와 로건은 해가 진 후에 다시 돌아올 것이 확실했다. 하지만 나는 루의 도움을 받아야 할 것이다.

나는 그 과부 할머니의 집으로, 잭에게로 가고 싶은 마음이 간절했다. 적어도 한 번은 더 그를 만나야 했다. 그러면 나는 그에게 내가 저지른 일을 말할 것 같았다. 그가 가만히 내 눈을 들여다볼 수 있다면, 그때는 나도 나 자신을 마주할 수 있을지도 몰랐다.

하지만 내가 가야 할 다른 곳이, 먼저 만나봐야 할 다른 사람이 있었다.

잭은 나의 영웅이었다. 그는 한때 내가 항상 원했던 형이었다. 하지만 결코 내 제일 친한 친구는 아니었다.

제일 친한 친구는 모든 비밀을 털어놓을 수 있고, 자기의 진짜 모습을 보여줄 수 있는 사람이다. 떼어내려고 할 때조차도 진드기처럼 들러붙어 있는 사람.

잭에게 그런 친구가 있었던 적이 있는지는 모르지만, 나는 있었다. 그 애의 이름은 루 맥과이어였다. 그 애는 내가 원하지 않았을 때조차도 항상 의리 있는 친구였다.

그 애는 내가 그런 짓을 저질러도 되는, 그런 아이가 아니었다. 나는 그 일을 바로잡아야 했다. 그것도 빨리.

46

내가 문을 두드리자 1초 후에 바로 루가 문을 열었다. 마치 기다리고 있었던 것 같았다. 그 애는 한 손에 반쯤 먹은 사과를 들고 있었다.

"지미, 아기 좀 봐!" 그 애가 어깨 너머로 소리쳤다. 그러고는 현관으로 나와서 방충망 문을 쾅 닫았다. 위니가 그 애의 손을 핥았고 그 애는 허리를 굽혀 녀석의 귀 뒤를 긁어줬다.

"사건에 관한 거야?" 그 애가 열성적으로 물으며 나무 계단에 앉았다. "왜냐하면 난 우리가 해야 한다고 생각 —."

"사건에 관한 게 아니야." 내가 가로막았다.

그 애는 인상을 썼다. "그럼 뭔데?"

나는 눈을 감고 용기를 냈다. "조지 형에 관한 거야."

루의 얼굴이 굳어졌다. "조지 오빠?"

"나였어, 루." 내가 말했다. "브루스에게 말한 사람이 나였어. 나는 브루스가… 그 애가 하려고 했던 게…. 하지만 그건 변명이 안 돼. 절대 그래서는 안 됐어. 그 애가 피트먼 씨에게 말했을 거고 그가 다른 모든 사람에게 말했겠지. 그러니까 미안해. 정말 미안해."

그 말들은 내가 지금껏 했던 말 중 제일 하기 어려운 말이어서 나는 신발 끈에 대고 말을 했다. 하지만 이제 고개를 들었다. 그런데 루는 나를 보고 있지 않았다. 그 애는 바깥쪽 길을 응시하며 제자리에 얼어붙어 있었다. 마침내, 그 애가 천천히 손을 입으로 가져가서 사과를 한 입 더 베어 물었는데 **와드득** 과육 베는 소리가 크게 났다.

그 애는 그러고는 내 쪽을 돌아봤다. "내가 몰랐을 것 같아?"

"알았어?"

루가 눈알을 굴렸다. "풀기 어려운 사건이 아니었는걸." 그 애가 말했다. "엄마랑 아빠는 목숨을 걸고라도 아무에게도 말하지 않았을 거고, 지미는 몰랐어. 아기가 누구에게 고자질할 리도 없잖아. 알고 있었던 유일한 다른 사람이 너였어. 하지만 그래도… 내 안의 작은 부분은 내가 틀렸기를 바랐던 것 같아."

"난 —."

"우리 엄마가 장 보러 가면 딘위디 씨 부인이 더 이상 말을 안 붙인다는 거 알아? 그냥 한마디도 안 하고 주문만 적어. 엄마한테 더 적게라도 말을 하는 유일한 사람은 아빠인데, 아빠는 이제 단 한 문장도 온전하게 만들지 못하는 것 같아. 그리고 지미는 다시 밤에 오줌을 싸기 시작했어. 그 애 반 애들도 조지 오빠에 관해 알고서 이제 지미를 놀려대."

나는 두 손에 얼굴을 묻고 싶은 충동을 힘껏 참았다.

"더글러스 목사님이 지난 일요일에 우리를 보러 왔어. 엄마는 남아 있던 밀가루와 설탕 배급 쿠폰을 다 써서 케이크를 만들었지만, 목사님은 저녁은 같이 먹지 못한다고 했어. 우리는 목사님이 교회에 다시 나오라고 말하러 온 줄 알았는데, 그게 아니라 조금 더 오래 떨어져 지내는 게 최선일 수 있다고 했어. 잡음이 생길 거라고 하면서 말이야. 아, 목사님은 엄마의 팔을 두드리며 상황이 금방 정상으로 돌아올 거라고 말하면서 아주 친절하긴 했어. **너희** 엄마가 아기를 낳아서 정말 다행이야. 그 덕분에 우리 엄마가 처음으로 딴 데 신경을 쓰게 됐거든."

나는 낮게 신음을 내뱉었다. "미안해, 루. 그런 일이 일어나게 하려던 건 절대로 아니었어.”

“그럼, 왜 나한테 와서 말해야 했는데?” 그 애가 무릎을 손으로 탁 탁 치며 쏘아붙였다. “나는 네가 아니었을 수도 있다고 되뇌면서 계속 모르는 척할 수 있었어.”

“왜냐하면 일을 바로잡고 싶으니까.” 내가 말했다.

루가 비웃었다. “나한테 친구가 제일 필요했을 때 넌 절대로 진짜 내 친구가 아니었다고 말하는 걸로?”

“나는 네 **친구야**.” 내가 말했다. “그리고 그걸 증명할 거라서 온 거야.”

“어떻게?”

그래서 나는 방금 본 것을 말했다. 브루스와 로건이 하려는 일이 뭐라고 내가 생각하는지. 그리고 그 애들을 지켜보면서 내게 떠오른 좋은 생각을.

내 계획이 성공한다면 우리는 브루스 피트먼의 힘을 어느 정도, 혹은 완전히 제거할 수 있을 거라고 나는 말했다.

내가 말을 하면 할수록 그 애의 얼굴은 더 심하게 찡그려졌고 마침내 천둥 치기 직전에 이르렀다.

“네 말이 맞는 거면 좋겠네.” 내가 설명을 끝내자 그 애가 중얼거렸다.

‘**안 그랬단 봐.**’ 나는 그 애의 생각을 거의 들을 수 있었다.

“내 말이 맞아, 루.” 내가 말했다. “약속해. 이번에는 널 실망하게 하지 않을 거야. 오늘 밤에 볼까?”

“좋아.” 그 애가 대답했다. 그러고는 내게 눈길도 주지 않고 돌아서서 행진하듯 문으로 들어가더니 뒤로 문을 쾅 닫았다.

47

나는 루의 집을 떠나 바그너 할머니의 집 방향으로 최대한 빨리 자전거를 몰았다. 위니는 계속 나를 쳐다보며 달리면서 꼬리를 흔들었고, 나는 녀석이 그렇게 행복한 표정으로 나를 보지 않았으면 좋겠다고 생각했다. 잭을 쳐다보던 그런 식으로.

바그너 할머니의 집으로 가는 언덕에 이르렀을 때 나는 처음으로 그분과 그분의 남편이 무슨 이유로 여기서, 낯선 땅의 낯선 사람으로 인생을 다시 시작하기로 선택했는지 의아했다. 어쩌면 그분들 역시 괴롭히는 사람에게서 도망치고 있었을지도 모른다. 어쩌면 보호해 줄 사람도 없었을지 모른다.

그러자 어쩌면 도망치는 게 옳은 일일 때가 **있다는** 생각이 들었다. 아니면, 머스그레이브 가족의 경우처럼 유일한 선택일 때가 있다는. 그건 때로는 결코 도망치는 게 아니라 스스로 일어서는 방법일 수도 있다는.

우리가 언덕 꼭대기에 다다랐을 때 위니가 귀를 쫑긋 세우더니 갑자기 나를 잡아당기는 바람에 나는 자전거에서 거의 떨어질 뻔했다. 나는 녀석을 제어할 수 있도록 브레이크를 밟았다. 녀석은 긴장한 채 과부 할머니 집 뒤쪽 숲을 향해 낑낑거렸다.

녀석의 시선을 따라 숲 속을 보고서 나는 숨이 멎는 줄 알았다. 나무들이 거인처럼 우뚝 하늘로 솟아 있고 아침 햇살이 나무들 사이의 모든 것을 비추고 있었다. 햇빛을 받은 나무들 사이에 금빛 형체의 인물이 서 있고, 새들이 지평선으로 날아가고 있었다. 그들을 포근하게 안고서 숲은 너무나 평화로워 보였다. 나는 위니가 짖지 않도록 안아 올렸다. 그리고 우리 둘은 오래도록 숲을 보고 있었다. 우리 둘 다 숲으로 달려가고 싶은 충동을 참고 있었다. 마지막으로 한번 달려가고 싶은 충동을.

그 대신, 나는 더는 볼 것이 없어질 때까지 그 모습을 눈에 가득 담고서 그곳에 서 있었다.

마침내 그 할머니의 현관에 도착했을 때 계단 맨 밑에 남겨진 쪽지가 보였다. 나는 그 쪽지를 멍하니 쳐다봤다.

쪽지를 펼치자 배에 물이 차오르는 것처럼 심장이 차올랐다.

D에게

바그너 할머니가 어젯밤에 잠든 채 돌아가셨어. 그래서 나는 더는 기다릴 수가 없었어. 페니 박사님께 네가 말해 주겠니? 그분이 너무 오래 혼자 있지 않았으면 좋겠어. 네가 문을 두드렸는데 답이 없었다고 말하면 돼.

작별 인사를 하지 못해 미안해. 하지만 이게 더 나아. 나는 널 항상 기억할 거고, 너도 예전에 그랬던 것처럼 나를 기억해 주길 바라. 내가 널 실망하게 했다면 미안해. 우리 위니를 부탁할게. 기억해, 넌 네가 생각하는 것보다 용감하다는 걸.

어쩌면 우리는 언젠가 '욘더'에서 만나게 될 거야.

48

그날 오후는 내 인생에서 제일 긴 오후 중 하나였다.

집에 도착해 보니 페니 박사님이 막 엄마를 진찰하고 아래층으로 내려오는 중이었다. 내 다음 방문지가 박사님의 진료실이 될 예정이었으니, 그건 잘된 일이었다.

"엄마는 아주 건강하셔." 박사님이 소매로 안경을 닦으며 내게 실눈을 뜨고 말했다. "할머니는 언제 오시니?"

"일요일에요." 내가 대답했다.

"좋아, 좋아. 그때까지는 네가 잘 해내겠지. 내가 듣기로는, 맥과이어 씨 부인이 여기 와서 도와주고 있다고? 그때까지 도와줄 수 있으면 좋을 텐데."

"박사님?"

그는 안경을 다시 썼고, 안경 뒤에서 두 눈은 다시 한번 부엉이 같이 둥근 눈이 됐다. "박사님이 바그… 바그너 씨 부인이 어떤지 확인해 보시는 게 좋을 것 같아요." 나는 잭이 지시한 대로 말했다. "오늘 아침에 제가 한참이나 문을 두드렸는데 대답이 없었어요."

페니 박사님이 나를 가만히 살폈다. "그렇게 할게. 진료실로 가기 전에 내가 들르면 되겠다. 고맙다, 대니. 그런데 왜 문을 두드렸는지 물어봐도 될까?"

"새 한 마리가 창문으로 날아 들어가는 걸 제가… 제가 봤거든요." 나는 거짓말을 했다. "그분이 알아야 할 것 같았어요."

"그렇구나." 박사님이 말했지만 나는 이상하게도 그가 나를 믿지 않는다는 느낌을 받았다. 내가 기억하기로는, 페니 박사님도 징병 위원회 위원이었고, 그래서 잭의 실종에 관해서도 아마 알고 있을 것이었다. 나는 숨을 참으며 박사님이 다음에 무슨 말을 할지 기다렸다. 그러나 박사님은 그냥 내게 고개를 끄덕일 뿐이었다. "그럼, 난 가보마."

내가 위층으로 올라갔을 때까지 엄마와 아직 이름이 없는 아기는 둘 다 잠들어 있었다. 그래서 나는 위니를 데리고 선착장으로 갔다.

사람들은 다 학교나 직장에 있었기에 나는 가는 길에 누구도 마주치지 않았다. 나로서는 좋은 일이었다. 나는 한동안 혼자 생각해 볼 필요가 있었다. 내 마음속에서 엉켜 있던 모든 것을 풀어야 했다.

그래서 나는 신발을 벗고 선착장 끝에 앉아 강을 바라봤다. 저 멀리, 지나가는 기차의 낮은 울음소리가 들렸다. 저 기차를 타고 잭이 떠난 건 아닐까, 지금 이 순간에도 그는 서쪽 테네시로 가는 기차에 몰래 몸을 싣고 있는 건 아닐까 하는 생각이 들었다. 전사한 병사들의 시신을 집으로 운반하는 바로 그 선로가 그를 안전한 곳으로 데려갈 수 있을까 하는 생각도 들었다.

그게 옳은지, 그른지 나는 더 이상 알지 못했다. 내가 아는 건 단지 내가 아무에게도 절대로 말하지 않을 것이라는 점이었다.

어쩌면 결국은 소문이 퍼질 수도 있다. 징병 위원회 위원 중 한 사람이 말할지도 모른다. 하지만 내 생각에 그들은 그러지 않을 것 같았다. 워맥 경사와 소여 경관이 학교에 와서 번치 선생님, 그리고 피트먼 씨와 얘기를 나눈 진짜 이유는 어떤 외부 기관에도 잭의 징집 기피를 보고하지 말라고 요청하기 위해서였을 것이다. 그 일을 조용히 처리해서 베일리 씨가 맥과이어 가족이 느낀 수치심을 느끼지 않게 하려고. 모든 게 내가 루의 비밀을 지키지 않았기 때문이다.

그러나 나는 잭의 비밀은 지킬 것이다.

나는 그날 아침 바그너 할머니 집 숲속에서 본 것을 절대로 말하지 않을 것이다. 나무들 아래 서 있던, 소년이 될 기회를 얻지 못했던 남자를 — 아니면, 어쩌면 아직 남자가 될 준비가 되지 않았던 소년을. 그의 양쪽에는 텅 빈 새장들이 있었고 공중을 휘젓는 새들의 날갯짓이 있었다. 그는 몇 년 전 홍수가 난 물에서 나올 때 내가 본 소년처럼 태양을 향해 얼굴을 들어 올리고 있었다.

다만 이 소년은 구원을 기다리는 것처럼 보이지 않았다. 그는 막 태어난 소년처럼 보였다. 또한 빛 속으로 날아오를 생각인 것처럼.

잭은 거기, 안전한 나무들과 따뜻한 태양 속에서 너무나 평화로워 보였다. 그걸 산산이 부순다는 것은 생각도 할 수 없는 일이었다.

그리고 그렇게, 나는 그를 보냈다. 아롱거리는 그 언덕 너머로 그가 사라져서 숲 속으로 영원히 자취를 감출 때까지 나는 한마디도 하지 않았다.

그 순간 나는 그토록 많은 전쟁을 치르고 난 그가 평화를 누릴 자격이 있다고 판단했다.

왜냐하면 온갖 종류의 전쟁이 있기 때문이다. 그렇지 않은가? 지난 수년간 우리는 모두 어느 편으로든 전쟁에 들어가기를 기다리고 있었던 것 같았다. 하지만 전쟁은 이미 우리에게 와 있었다면? 우리 주변에서는 줄곧 — 어떤 것은 작고 또 어떤 것은 거대한 — 전쟁이 일어나고 있었는데, 우리가 싸울 기회를 놓치고 있었다면?

엄마는 히틀러가 독일인들을 조금씩 유대인에게 등을 돌리게 했다고 했다. 끔찍하고도 전면적인 그의 캠페인은 작은 것들에서 시작됐다는 뜻이었다. 잭이 얼마나 고통받고 있는지 내가 보고 싶지 않았던 것처럼 그들도 보고 싶어 하지 않았던 것이다. 바그너 할머니에 관해 우리가 주고받은 이야기, 그분을 우리와는 다른 위험한 사람으로 낙인찍는 이야기로 번져가는 작은 속삭임들. 그리고 포기 갭이 머그스레이브 가족에게, 그다음에는 맥과이어 가족에게 등을 돌렸던 것처럼 차갑게 돌아서는 어깨들.

내가 엄마에게 독일에서 일어나고 있는 일이 여기서도 일어날 수 있는지 물었을 때, 어쩌던 내가 정말로 알고 싶었던 것은 만약 그렇다면 **나는** 어떻게 했을까 하는 것이었다. 그 무자비한 잔인함의 물결에 그냥 휩쓸려 버려도 도는지 말이다. 엄마가 수용소 이야기를 해준 이후부터 늘 나를 잡아댕기고 있던 물음은 그것이었다.

하지만 나는 마침내 내가 무엇을 **할** 것인가에 대한 답은 지금 내가 하고 있는 일에 있다는 것을 이해했다. 용기는 만일을 대비해 모아둘 수 있는 것이 아니었다. 듣기는 연습이 필요했다. 내가 지금 내 제일 친한 친구를 위해 일어서지 않는다면, 때가 왔을 때 이웃이나 급우, 낯선 사람을 위해 일어서기를 어떻게 바랄 수 있겠는가? 작은 불의에 맞설 수 없다면 어떻게 더 큰 것들과 싸울 수 있겠는가?

어떻게 작은 잘못이 또 다른 작은 잘못으로 가는 길을 만들고, 또 다른, 또 다른 것들을 만들어서 결국 그 모든 잘못들이 거대하고 괴물 같고 사악한 것이 되는지가 내 눈에 보이기 시작했다.

내게는 답이 있었다. 그러나 바꿀 수 없을 만큼 늦은 건 아니었다. 나는 전쟁에서 싸우기에는 너무 어릴지 모르지만 그로부터 배우기에는 충분한 나이였다. 그리고 이게 내가 배운 것이었다. "용기는 **언제나** 중요하다. 그리고 용기는 집에서 시작된다."

49

황금빛 오후 햇살이 강에 잔물결을 일으키기 시작했을 때 나는 근처 강둑에서 흠뻑 젖은 채 나뭇가지를 씹는 데 열심이던 위니를 불러 집으로 향했다.

집에 도착하자 엄마는 내게 목욕을 좀 할 테니 그동안 아기를 안아 달라고 했다. 내 작은 여동생은 내가 여태껏 본 중에서 제일 또렷하게 깨어 있는 상태였다. 파란색 작은 눈이 주변을 살피다가 내 얼굴에 와서 멈췄다.

나는 그 애의 뺨에 손가락을 갖다 댔다. 나는 그 애가 점토로 만들어졌지만 아직 굳지 않은 것처럼 부드럽게 쓰다듬었다. 손가락으로 살을 누르면 움푹 들어간 곳이 그대로 남을 것 같았다.

"안녕." 나는 아기에게 속삭였다. "나는 네 오빠 대니야. 좋은 오빠가 되면 좋을 텐데. 어쨌든 노력할게. 네가 자랑스러워할 만한 오빠가 되려고 노력할 거야."

하지만 그때쯤 그 애의 눈은 다시 감겼고 숨소리는 부드러워졌다. 그 애는 이미 깊이 잠들어 있었다. 나는 어떻게 해야 할지 몰랐고 아기를 깨게 하고 싶지 않았기에 한참 후에 엄마가 다시 나타날 때까지 그렇게 그냥 안고 있었다. 내 왼팔은 완전히 뻣뻣해졌다.

"그것 봐," 엄마가 말했다. "넌 재능을 타고났어."

인정해야만 하는 것이, 나는 그 애를 그렇게 안고 있는 게 좋았다. 그날 이미 온갖 일이 일어난 후 처음으로 맞은 평화로운 시간이었다.

아기의 작은 가슴이 오르락내리락하는 것을 보니 앞으로 있을 일을 두고 느끼는 불안이 진정되는 것이었다.

"뭘 골똘히 생각하는 것 같구나." 엄마가 미소를 지으며 내 옆에 앉았다. 그리고 부드럽게 아기를 자기 무릎 위로 옮기며 말했다.

"<헤럴드>지 사무실에서 뭘 좀 빌려야 하는데요." 내가 말했다. "그리고 오늘 밤에 어딜 좀 가야 해요."

엄마가 나를 보며 얼굴을 찌푸렸다. "잭과 관련된 거니?"

나는 주머니에서 잭이 남긴 쪽지를 꺼냈다. 그 쪽지의 절반만이긴 하지만 말이다. 바그너 할머니를 언급한 절반은 찢어냈었다.

쪽지를 받아 읽으면서 엄마의 입가에 그늘이 졌다. "아, 대니!" 엄마가 말했다. 고개를 들었을 때 엄마의 눈에는 눈물이 빛나고 있었다. "정말 미안해. 너무 힘들었겠지. 그 남자와 함께 사는 게 말이야. 떠나지 말고 우리에게 왔으면 좋았을 텐데. 그 애가 무사하기만 바랄 뿐이야."

"무사해요, 엄마." 내가 말했다.

"네가 어떻게 알아?" 엄마가 나를 자세히 살피며 물었다.

"그냥 알아요."

엄마가 편지 맨 밑을 가리켰다. "이건 무슨 뜻이니?" 엄마가 물었다. "'어쩌면 우리는 언젠가 '욘더'에서 만나게 될 거야'라니?"

"모르겠어요." 잠깐 있다가 내가 말했다. 그게 내가 할 수 있는 유일하게 정직한 대답이었다. 왜냐하면 그때는 '욘더'가 지독히도 멀게 느껴졌기 때문이다.

"제가 해야 할 일은…," 내가 말을 시작했다. "그 형이 제가 하기를 원할 일이에요."

"기억해, 넌 네가 생각하는 것보다 용감하다는 걸."

"하지만 그게 뭔지 나한테 말하지는 않을 거니?"

나는 고개를 저었다. 말하면 엄마가 허락하지 않을까 봐 걱정됐다.

"아직은요." 내가 말했다. "내일까지는요. 하지만 그건 옳은 일이에요, 엄마. 약속해요."

엄마는 나를 봤다가 아기를 보고, 다시 나를 봤다. "그래, 그렇다면 좋아," 엄마가 마침내 말했다. "**네가** 안전하기만 **하다면** 말이야."

"그럴 거예요." 내가 말했다. 나는 내가 진실을 말하고 있기를 바랐다.

"그리고, 엄마?"

"응?"

"생각한 게 있어요. 아기 이름 말이에요."

50

<헤럴드>지 사무실로 가려고 집을 나왔을 때 해가 지기 시작했다. 하늘은 불그스름한 분홍색이 되었다. 우리 마을 과수원에서 10월에 익어서 12월이 갈 때까지 우리의 파이를 채워줄 사과 색깔이었다.

다행스럽게도, 내가 도착했을 때 사무실은 비어 있었다. 나는 위니를 바깥 가로등 기둥에 묶었다. 처음에는 녀석을 집에 두고 가야 한다고 생각했다. 우리를 들키게 하면 어떡할 것인가? 하지만 그러다가 나와 루가 브루스와 로건을 상대하는 것을 상상하자 우리에게는 얻을 수 있는 온갖 도움이 필요할 것임을 깨달았다.

나는 엄마의 열쇠로 안으로 들어가서 카메라가 보관된 벽장으로 갔다. 취재 카메라가 눈에 들어왔지만 너무 크다고 판단했다. 그리고 어쨌든, 사진을 한 장 찍을 때마다 필름을 교체해야 하므로 나는 아마 한 장밖에 찍지 못할 것이었다. 대신, 나는 소형 카메라를 선택하고 그 위에 달 플래시와 전구 몇 개를 고른 뒤 새 필름을 넣었다. 소여 경관의 아버지인 소여 씨는 전쟁터에 나가기 전에 신문사의 사진을 담당했는데, 내게 카메라 작동법을 보여준 적이 있었다. 나는 준비를 하면서 그에게 조용히 감사했다.

카메라가 준비되자 나는 그 물품들을 안장 가방에 조심스럽게 넣었다. 들어갈 만한 공간이 딱 남아 있었다. 나는 나와서 문을 잠갔다.

위니와 내가 자전거를 타고 멀어져 갈 때 포플러 스트리트는 그림자로 덮였다. 가게와 사무실은 어두워졌고 집의 불빛들이 들판에 가득한 반딧불이처럼 주황색, 노란색, 금색으로 깜빡이기 시작했다.

맥과이어네 집에 가기 전에 해야 할 마지막 일이 하나 있었다. 집을 나서기 전에 나는 안장 가방을 내 고철 수집품으로 채웠다. 나는 반짝이는 금속을 발견할 때마다 하나씩 주우면서 대회에서 우승해서 상을 받는 영웅의 모습을 상상했었다.

하지만 나는 이제 더는 영웅으로 대접받고 싶지 않았다. 게다가 나는 그것들이 훨씬 더 필요한 사람을 알고 있었다. 어둠에 묻힌 채 나는 내가 모은 것을 몽땅 다 내려서 프라이스네 집 현관으로 옮겼다. 다음 날 아침 딜런이 발견하게 되도록. 그런 다음 나는 밤 속으로 출발했다.

맥과이어네 집에 도착하자 아주머니와 루가 부엌에서 저녁 설거지를 하는 것이 보였고 아저씨는 소파에 앉아 책을 읽고 남자애들은 그 발치에서 놀고 있었다.

맥과이어 아주머니가 모두를 침대로 몰아넣을 때까지 기다려야 했기에 나는 여유를 가지고 최적의 장소를 찾았다. 브루스는 지나가는 사람들에게 보이는 곳에 메시지를 칠할 것이 확실했다. 그래서 나는 집과 헛간 앞 두 군데가 다 보이는 이끼 낀 큰 바위 뒤의 장소를 최종적으로 선택했다. 나는 전구를 플래시에 끼워 넣고 플래시를 카메라에 부착했다. 그게 끝나자 위니가 내 무릎에 기대어 누웠고 나는 침착함을 유지하기 위해 녀석의 귀를 쓰다듬었다.

맥과이어네 집 불이 하나둘씩 꺼졌다. 다행히 달은 거의 보름달이었다. 그 빛이 옛날에 엄마와 내가 헤엄치며 놀았던 바다의 은빛 파도처럼 숲을 씻어냈다. 나는 눈을 감고 점점 더 깊이 헤엄치는 상상을 했다.

다시 눈을 떴을 때는 귀뚜라미 노래가 나를 둘러싼 채 점점 더 커지고 있었다.

얼마 후 나는 숲의 소리가 아닌 소리를 들었다. 아주 천천히 열리는 방충망, 삐걱거리는 문소리. 달빛 속에서 루가 살금살금 나오는 것이 보였다. 그 애는 현관에 멈춰서 가만히 어둠을 훑었다.

나는 가져온 손전등을 켰다. 네 번 짧게, 그다음 짧게 한 번, 길게 한 번, 또 짧게 한 번. '여기'를 뜻하는 모스 부호였다.

"그거 꺼!" 루가 쉬쉬하며 말했다. "한 번이면 충분했어."

"미안." 나는 멋쩍게 중얼거렸다. "지금까지 모스 부호를 실제로 써 본 적이 없어서."

"됐어." 그 애가 내 옆에 무릎을 꿇으며 말했다. "진짜 왔네."

"당연하지." 나는 그 애의 목소리에 들어 있는 놀라움에 약간 상처받으며 대답했다.

"가져왔어?"

나는 카메라를 들어 올렸고 루가 고개를 끄덕였다. "엄마한테는 뭐라고 했어?"

"옳은 일을 위해 필요하다고 했어."

"오늘 밤인 거 확실해?" 그 애가 물었다.

"확실해." 브루스와 로건은 숲에 페인트를 숨기기 위해 일찍 일어났을 것이다. 그래야 누군가 그 애들이 오늘 밤 걸어오는 것을 보더라도 현장에서 — 말 그대로 — 붙잡히지 않을 것이다. 하지만 그 애들은 페인트가 그곳에 필요 이상으로 오래 있어서 누군가 우연히 발견할 위험을 감수하지는 않을 것이다.

그러니까 기다리는 것 외에 남은 일이 없었다. 조금 이따가 루가 카드 한 벌을 꺼냈고 우리는 카드 게임을 시작했다. 하지만 말은 많이 하지 않았다. 그 애는 정확히 말해 차갑지는 않았지만, 어떤 패가 있는지 물을 때나 게임을 끝낼 때 뻣뻣했다. 자기가 이겼을 때도 뻐기지 않았고 내가 이겼을 때 눈알을 굴리지도 않았다.

나는 우정이란 깨지는 건 한순간일 수 있지만 다시 바로잡으려면 훨씬 더 오랜 시간이 걸린다는 것을 이해하기 시작했다. 그리고 어찌 보면 그래야 말이 되는 것이었다. 그건 물에 빠진 시계나 떨어뜨린 접시를 수선하는 것과 같았다. 인내심을 가지고 헌신해야 한다. 자기가 망가뜨린 물건을 고치는 데 걸린 시간이 그만한 가치가 있도록 하려면 정성을 다해 고쳐야 하는 것이다.

드디어, 위니의 귀가 쫑긋 섰고, 녀석의 코가 우리 뒤 숲을 향했다. 녀석이 낮게 으르렁거리자 나는 아까 식품 저장실에서 가져온 육포를 찾기 위해 주머니를 뒤졌다. 녀석을 조용하게 만들기 위한 뇌물이었다.

내가 육포를 건넬 때 양치류 사이를 살며시 움직이는 발소리가 들렸다. 루와 나는 크게 뜬 눈으로 시선을 교환했다. 다음 순간, 두 쌍의 다리가 나타나더니 몇 미터 떨어진 숲을 가르며 움직이고 있었다. 속삭이는 소리도 들렸지만, 귀뚜라미 소리 때문에 무슨 말인지 알아들을 수는 없었다.

우리는 두 형체가 나무들 사이를 뚫고 맥과이어네 마당으로 나오는 것을 숨어 있던 곳에서 지켜봤다. 각자 한 손에는 페인트 통을, 다른 손에는 붓을 들고 있었다. 둘 중 키가 큰 쪽 ― 로건일 것이다 ― 이 헛간의 옆면을 향해 고개를 끄덕였는데, 거기는 마을에 제일 가까운 쪽이어서 길 아래 사방에서 보이는 곳이었다.

잠시 속삭이는 대화를 나눈 후 둘은 작업에 착수했다.

276

뭔가가 내 팔을 잡는 느낌이 들어서 나는 거의 펄쩍 뛸 뻔했는데 그건 루일 뿐이었다. 그 애는 은빛 달빛 아래에서 숙연해 보였다. 분명 그 애의 아랫입술이 잠깐 떨리는 게 보였다.

"저 애들이 뭘 쓸 것 같아?" 그 애가 낮게 말했다.

"모르겠어." 내가 말했다. "하지만… 알아내야겠지. 쟤들이 뭔가를 하기 전에 사진을 찍으면 대단한 증거가 안 될 거야."

그 애는 고개를 끄덕이며 위니의 머리를 자기 무릎 위로 끌어당겼다. 그 애의 다른 손은 여전히 내 팔을 꽉 잡고 있었다.

나는 어둠 속에서 눈을 가늘게 뜨고 브루스와 로건이 작업하는 것을 지켜봤다. 로건이 각각의 글자를 칠하자 그다음 브루스가 뒤를 따라 그 글자를 더 진하게 채웠다. 몇 분밖에 걸리지 않는 일이었지만 그 애들이 글자들을 쓰는 것을 지켜보고 있자니 일분일초가 거미줄처럼 늘어나서 달라붙는 것 같았다.

겁
쟁
이
는

여
기
서

환
영

루의 손아귀 힘이 더 세졌고 그 애의 손톱이 내 팔에 파고들었다.

"이제 충분해." 그 애가 낮은 소리로 말했다. "'겁쟁이는 여기서 환영받지 못한다.' 그게 쟤들이 쓰고 있는 거야. 더 이상 계속하게 둘 필요 없어."

"알았어." 나는 쿵쾅거리는 내 심장 소리를 들으며 말했다. "가자."

루가 일어서서 앞으로 조금씩 나아가기 시작했다. 나는 위니가 그 자리에 있도록 육포를 하나 더 던져주고 카메라를 손에 들고 뒤따라갔다.

우리의 계획이 성공을 거두려면 세 가지가 이루어져야 했다.

첫째, 내가 사진을 찍을 기회를 얻기 전에 들켜서는 안 됐다. 둘째, 그들의 얼굴이 아주 명확히 식별될 수 있도록 사진을 찍어야 했다. 셋째, 그들이 우리를 붙잡아 증거를 파괴하기 전에 도망가야 했다.

나는 몸을 숙이고 루를 따라 나무들을 지나 마당으로 들어가면서 떨리는 손으로 카메라를 꽉 쥐었다. 숨어 있던 곳을 뒤로 하고 나오자, 배가 격렬하게 뒤틀렸다. 브루스나 로건이 뒤돌아본다면 우리를 볼 것이다. '그 애들이 뒤돌아본다면'이 아니라 '뒤돌아볼 **때**'라고 나는 생각을 바로잡았다.

이제 되돌아갈 수 없었다. 어떤 식으로로든, 브루스와 나는 결국 대면하게 될 것이다.

접근할 수 있는 최대한의 선까지 기어갔을 때 우리는 멈춰 섰고, 나는 파인더를 눈에 가져갔다. 그리고 루의 날카로운 휘파람 소리가 들렸다.

이 부분은 우리가 의논해서 계획한 것이기는 했지만, 그래도 그 소리는 내게 충격으로 다가왔다. 우리가 생각했던 바로 그대로, 브루스와 로건이 돌아섰다. 하지만 나는 너무 놀라서 사진을 찍지 못하고 순간적으로 머뭇거렸다.

"찍어, 대니!" 루가 외쳤다.

찰칵! 플래시가 터졌다. 우리는 모두 순간적으로 눈이 멀었다.

다음 한순간, 그 형체들은 그대로 얼어붙어 있었다. 우리는 마치 진짜 상황이 아니라 우리가 찍은 사진을 미리 보고 있는 것 같았다.

그다음 으르렁거리는 목소리가 들렸다. "저 카메라 빼앗아!"

잠시 후, 그들은 우리를 향해 곧바로 돌진하고 있었다.

51

"가!" 나는 루에게 속삭이며 카메라를 그 애의 팔에 밀어 넣었다.

이것도, 역시, 계획의 일부였다. 비록 싸움에서 도망치는 데는 내가 더 경험이 많았지만, 루가 더 빨랐다. 브루스나 로건에게 붙잡히기 전에 문까지 가서 안으로 들어갈 가능성이 그 애가 더 높았다. 나는 그 애에게 시간을 벌어주기 위해 최대한 오래 그들을 막을 것이다.

루와 나는 잠시 눈을 마주쳤다. 그다음 그 애는 잔디 위를 가로질러 달려갔다.

처음에는, 브루스와 로건, 둘 다 나를 향하는 것 같았다. 그러나 그때 조금 전의 걸걸한 목소리가 들렸다. "넌 쟤한테 가. 내가 여자애를 쫓아갈게."

"뛰어, 루!" 내가 소리쳤다.

나는 나를 향해 오는 게 로건인 줄 알았는데, 그 애가 앞으로 돌진하자 그게 브루스라는 걸 깨달았다. 그 애는 이미 주먹을 쥔 한쪽 팔을 뒤로 빼고 있었다. 본능적으로, 나는 몸을 숙였다. 그와 동시에, 나는 한쪽 발을 앞으로 내밀었고 브루스의 발이 땅에서 떨어지기 전에 그 애의 정강이가 내 정강이에 부딪히는 것이 느껴졌다.

"이건," 내가 말했다. "루 대신이야."

브루스에게서 배운 동작으로 그 애를 쓰러뜨리다니, 그럴싸한 것 같았다. 하지만 축하할 시간이 없었다. 올려다보니 로건이 루를 거의 붙잡을 뻔하고 있었다. 내가 그들을 좇아 달리기 시작했을 때 로건이 앞으로 돌진하며 루의 어깨를 향해 손을 뻗었지만, 간신히 빗나갔다. 그 애는 넘어지면서 대신 루의 다리를 잡았다. 그러자 루도, 역시, 잔디 위로 날아갔다.

루는 비명을 지르며 뒤로 발길질을 했다. 그 애의 신발 밑창이 로건의 머리를 쳤다. 로건은 고통스러운 신음을 냈다. "이 작은 —."

루가 몸을 돌렸고 내가 오는 것을 봤다. 그 애는 또 로건이 무릎을 꿇고 카메라를 향해 뛰어들려고 하는 것도 봤다.

"받아, 대니!"

다음 순간, 카메라는 공중을 빙글빙글 돌며 날고 있었고 나는 그걸 받으려고 돌진하고 있었다. 내가 잡으려고 손을 뻗었지만, 카메라는 내 손가락 사이로 빠져 잔디 위로 떨어졌다. 최소한 나는 카메라가 그대로 땅에 떨어지는 것은 막았다. 나는 카메라가 부서지지 않았기를 기도했다.

"뒤를 봐!" 루가 소리쳤다.

돌아보니 브루스가 다시 일어나서 나를 향해 화살처럼 날아오고 있었다. 그러다가 그 애가 갑자기 헐떡이며 비명을 질렀다. 뭔가가 그 애를 뒤로 끌어당기고 있었다. 위니가 그 애의 다리를 잡아당기며 흰 이빨을 번득이며 발목을 물고 있었던 것이다.

로건이 루의 칼라를 잡고 그 애를 일으켜 세우고 있었는데 그 얼굴은 어둠 속에서 분노로 이글거렸다. 나는 순식간에 주머니에서 새 플래시 전구를 꺼내 처음 것을 빼내고 두 번째 전구를 끼워 넣었다. 그리고는 다시 카메라를 눈에 대고 또 다른 사진을 찍었다. 플래시가 루에게 빠져나갈 순간을 주기를 바라면서.

빛이 터지면서 공격자의 얼굴을 비췄다. 첫 번째 사진에서는 선명하게 볼 수 없었지만 이제, 가까이 오니, 볼 수 있었다.

로건이 아니었다. 피트먼 씨였다.

그리고 그가 빛에 놀라 눈을 깜빡이는 사이에 루가 발을 들고, 그 애를 보면 항상 연상되곤 하던 거친 야생 조랑말처럼 있는 힘을 다해 그의 배를 찼다.

피트먼 씨가 허리를 접었을 때 문이 쾅 열리며 새로운 목소리가 울려 나왔다.

"거기 누구야?" 현관에서 맥과이어 아저씨의 목소리가 들렸다. 그 집 안에서는 불빛이 다시 밝게 비치고 있었는데, 나는 불이 켜진 것도 알아채지 못했었다.

나는 자기 아들을 데리러 달려가는 피트먼 씨를 강하게 치고 루의 옆으로 달려갔다. 내 뒤에서 브루스가 끙끙거리며 훌쩍였다. 찰나의 순간, 피트먼 씨가 나를 노려봤다.

"그리고 이건," 나는 중얼거렸다. "머스그레이브 가족 대신이야."

"저예요, 아빠!" 루가 소리쳤다.

"위니, 이리 와!" 내가 명령했다.

위니는 브루스를 놓아주고 내 옆으로 달려왔고 피트먼 씨는 브루스가 일어나도록 도왔다.

브루스는 아버지가 끌어가기 전에 이를 갈며 잠시 나를 쳐다봤다. "이 일을 후회하게 될 거야." 그가 내게 침을 뱉었다.

그 애는 틀렸다. 나는 이미 내 인생에서 내가 했던 — 혹은 하지 않았던 — 많은 일들을 후회했고, 앞으로 더 많은 일을 후회하게 될지도 모른다.

하지만 그날 밤 내가 한 일은 절대로 그중 하나가 되지 않을 것이다.

52

맥과이어 아주머니와 아저씨, 두 사람 모두 망연자실한 모습이었다. 그런 모습을 보는 것은 끔찍했다. 맥과이어 아저씨는 빨간색으로 휘갈겨 쓴 거대한 글자들을 멍하니 바라봤고 아주머니는 아저씨의 어깨에 얼굴을 묻고 울고 있었다.

"이해가 안 돼." 우리가 모두 따뜻한 부엌으로 돌아온 후 맥과이어 아주머니가 말했다. "너희는 어떻게 그들이 그럴 거라는 걸 알았어? 그리고 왜 그렇게 하도록 내버려뒀어?"

"대니가 오늘 아침 브루스와 로건 애벗이 페인트 통을 숨기는 걸 봤어요. 그 애들은 이미 바그너 씨 부인 집에도 같은 짓을 했어요."

나는 두 번째 질문에 대한 답으로 카메라를 들어 올렸다. "우리는 피트먼 부자가 헛간에 페인트칠하지 못하게 막을 수도 있었어요." 내가 말했다. "하지만 그렇게 해서는 그들이 다른 누군가에게 같은 짓을 하지 않는다는 걸 확실히 보장할 수 없어요."

"알겠구나." 맥과이어 아저씨가 말했다. 아저씨의 얼굴은 불빛 아래에서 초췌하고 늙어 보였다. 아저씨는 자기 농작물만큼이나 햇빛과 비가 필요한 농부의 얼굴을 하고 있었다. "사진을 찍었군. 그래서 그걸로 뭘 할 작정이니?"

"인쇄하는 거죠." 내가 말했다. "신문에요. 그래서 모든 사람이 피트먼 부자가 어떤 사람들인지 볼 수 있게 할 거예요."

나는 우리가 브루스의 인성을 폭로할 것으로 생각했었다. 그 애의

아버지가 그 낙서의 배후에 있는 사람이라고는 꿈에도 생각하지 못했다. 하지만 나는 세상에는 위대한 남자들과 여자들이 있는가 하면 하찮은 사람들도 있다는 것을 배우고 있었다. 그리고 피트먼 씨는 그 모든 농장과 권력, 그리고 반짝이는 차가 있어도 한없이 하찮은 사람이었다.

브루스의 비열함이 어디서 생겼는지 마을 전체가 정확히 알게 되는 게 오히려 더 나은 일이었다.

하지만 맥과이어 아저씨는 고개를 저었다. "안 돼." 그가 말했다. "그러지 않는 게 좋겠다. 우리 가족은 이미 구경거리가 됐어. 그들에게 또 쳐다볼 거리를 줄 생각은 없어."

맥과이어 아주머니가 식탁을 손으로 쾅 내리치자 우리는 모두 놀랐다. "이 가족은 충분히 오래 치욕스럽게 살았어." 아주머니가 소리를 질렀다. "그리고 나는 닉 피트먼이 이 일에서 빠져나가게 두지 않을 거야. 나는 이제 더는 내 아들을 부끄러워하지 않을 거야. 루와 대니가 옳아. **피트먼 부자가** 부끄러워지게 해야지. 그들이 겁쟁이라고. 우리 조지가 아니라."

그러고는 흐느끼기 시작했다. 그래서 나는 가야 할 때라고 판단했다.

53

엄마는 내가 너무 늦게까지 밖에 있어서 걱정했다고 화를 냈지만 내가 어디 있었는지 말하자 누그러졌다. 엄마는 또한 피트먼 부자의 사진을 인쇄해야 한다는 데 동의했다. 이틀 후, 그들은 <헤럴드>지의 1면에 실렸다.

그 후, 어떤 것들은 변했고 어떤 것들은 변하지 않았다.

나는 여느 때와 마찬가지로 신문을 배달하기 위해 새벽에 일어났다. 다음 날도, 그다음 날도 마찬가지일 것이다.

바그너 할머니의 집에는 이제 아무도 살지 않았기에 내 배달 노선은 조금 더 짧아졌다. 하지만 나는 어쨌든 거의 날마다 그곳으로 자전거를 타고 가서 잠시 멈춰 생각을 하곤 했다. 맥과이어네 헛간에 관한 기사가 실린 같은 판에 그분의 죽음에 관한 짧은 기사가 났었다. 아무도 그분을 잘 알지 못했던 것 같았다. 자세한 이야기가 거의 없었기 때문이다. 그리고 당연히, 그분이 잭을 위해 한 일도 전혀 언급되지 않았다.

결국은, 우리 중 누구보다 그를 제일 많이 도운 건 그분이었다. 그리고 그는 우리가 모두 그분을 두고 말했던 이야기들 너머로 그분을 알아본 유일한 사람이었다. 그들이 서로를 발견한 것은 지당한 일이었다.

나는 카메라를 꽤 능숙하게 다룰 줄 아는 것으로 드러났다. 그런데 사람들의 진짜 이야깃거리가 된 건 피트먼 부자가 맥과이어네 헛간에 페인트칠하는 사진이 아니었다. 피트먼 씨가 루의 칼라를 잡은 사진, 그의 얼굴에 마침내 드러난 혐오였다.

"불쌍한 애," 그다음 날 내가 엄마를 위해 사무실에 물건을 가지러 갔을 때 후퍼 아주머니가 말하는 게 들렸다. "피트먼 씨가 다음에 무슨 일을 했을지 생각하기도 싫어요."

"나는 항상 그에게 비열한 면이 있다고 생각했어요." 오글트리 씨가 대답했다. "그렇다고 해도 성인 남자가 어린 여자애를 그렇게 대해? 부끄러운 줄 알아야지."

나는 사람들이 그 사진을 보고 느꼈던 충격과 분노를 듣게 되어 기뻤다. 하지만 그것은 또한 나를 슬프게 했다. 그들 중 누구도 머스그레이브 가족에 대해서는 똑같이 분노하지 않았기 때문이다. 그리고 피트먼 씨가 그들에게 한 짓은 훨씬 더 나쁜 것이었다.

브루스는 학년이 끝날 때까지 학교로 돌아오지 않았다. 딜런 프라이스가 고철 수집 대회 우승자로 발표되어 육군 소령이 그 애에게 메달을 수여한 토요일 특별 집회에도 나오지 않았다. 딜런은 학교 아이들이 환호해 주자 정말로 미소를 지었다. 프라이스 아주머니도 관중들 속에서 손뼉을 치고 있었다. 남편이 전사한 이후로 그 아주머니가 집을 나온 것을 본 것은 그때가 처음이었다.

"너였어?" 그날 아침 집회가 열리기 전에 딜런이 복도에서 내게 물었다.

나는 그 애를 멍한 눈으로 쳐다봤다. "뭐가 나였어?"

"아무것도 아니야." 그 애는 어리둥절하면서도 기뻐 보이는 표정으로 말했다.

그날, 영웅은 딜런 혼자만이 아니었다. 집회가 끝나자 모두들 루가 — 그 애는 자전거 거치대 옆에서 나를 기다리고 있었다 — 피트

먼 씨를 어떻게 물리쳤는지 들으려고 그 애 주위에 모여들어, 그가
진짜로 그 애에게 산탄총을 겨눴는지, 혹은 그 애가 거의 죽을 뻔했
는지 물었다.

"아니," 모두의 관심을 만끽하며 루가 말했다. "그는 그렇게 세지
않았어. 하지만 브루스보다는 셌지. 대니가 그 애를 걸어 넘어뜨렸
을 때 그 울부짖던 소리를 너희들이 들어야 했는데. 찬물에 빠진 고
양이 같았어."

그 애는 웃고 있는 아이들 너머로 나와 눈을 마주치고는 미소 지었
다. 나도 미소를 지으며 고갯짓으로 학교 계단 쪽을 가리켰다, 거기엔
로건이 혼자 서 있었다. 찡그린 표정만이 그 애의 유일한 동반자였다.

일주일 전에 나는 누군가 브루스를 두고 그렇게 웃는 것을 상상
할 수 없었다. 하지만 마치 마법이 깨진 것처럼 더 이상 아무도 그 애
를 두려워하지 않았다. 나로선 그게 그토록 오래 걸렸던 것만이 아
쉬울 뿐이었다.

피트먼 가족은 그 일요일에 교회에도 역시 오지 않았다. 피트먼
씨가 의문의 긴급 상황 때문에 주 밖으로 불려갔었다는 소문이 있
었다. 그는 여름을 메릴랜드에서 보내려고 가족을 데리고 갔다. 비록
그 전에 징병 위원회 위원직을 사양하긴 했지만 말이다.

"아마 돌아올 때쯤 사람들이 잊기를 바라는 거겠지." 엄마가 말
했다. "하지만 그는 불쾌한 놀라움을 맛보게 될걸. 이 산은 오래오래
기억하는 산이거든."

하지만 피트먼 가족의 좌석이 비어 있지는 않았다. 그 일요일, 맥
과이어 아주머니가 예배가 시작되기 직전에 교회에 들어와서 턱을
높이 치켜들고 통로를 행진했다. 양쪽에 아들을 하나씩 데리고서.

그다음으로 맥과이어 아저씨가 머리를 뒤로 빗어 넘기고 눈을 내리
깐 채 들어왔다. 그리고 마지막으로, 어쩌다 보니 허리에 리본이 달
린 분홍색 체크무늬 원피스 속에 갇히게 된 루가 들어왔다. 그 애는
자기가 얼마나 귀여운지 말하는 첫 번째 사람의 배를 차버릴 마지막
한 번의 발길질을 아껴두고 있는 것 같은 모습이었다.

더글러스 목사님은 그날 아침 요한복음을 낭독했다. "죄 없는 자
가 먼저 심판하라." 목사님은 신도들에게 그 말을 상기시켰다. 하지
만 그럴 필요가 없었다.

사람들은 피트먼 가족에 대해 마음을 바꿨다면 맥과이어 가족에
대해서도 **마음을** 바꿨다. 갑자기, 모두들 "몇몇 사람들"이 그들을 부
당하게 대했고 그들은 이미 충분히 고생했다는 데 동조하는 것 같
았다.(하지만 그 "몇몇 사람들"이 정확히 누구인지에 관해서는 누구
도 같은 생각은 아닌 것 같았다.)

"가엾은 조지는 어쨌건 입대**했잖아.**" 나와 엄마, 그리고 아기의 앞
쪽 좌석에 있던 딘위디 씨 부인이 중얼거렸다. "그는 자기가 선택해
서 간 거야."

"나는 항상 그 애를 좋아했어." 업다이크 씨 부인이 대답했다. "알
잖아, 우리 앨피가 병상에 누워 있을 때 그 애가 와서 돼지들에게 먹
이를 줬어. 내가 수고비로 파이를 주는 것조차 마다했지. 하지만 전
쟁은 사람의 몸에 이상한 일을 일으킬 수 있어. 누구라도 그 애가 한
일을 했을 수 있다고, 정말로."

그 일요일 예배가 끝난 후, 맥과이어 가족과 악수하려는 줄이 더
글러스 목사님과 악수하려는 줄보다 더 길었다.

많은 사람이 맥과이어 가족과 이야기를 마치고 나서 새로 태어난
아기를 보고 싶어 하며 엄마에게 걸어왔다.

“어머, 인형 같네.” 발렌타인 씨 부인이 감탄했다. “이름이 뭐예요?”

엄마와 나는 시선을 교환했다.

“대프니,” 엄마가 말했다. “이름은 대프니예요.”

“머스그레이브 아주머니의 이름을 따서요.” 내가 덧붙였다.

그 사서의 얼굴이 굳었고 뺨에 홍조가 올라왔다. 딘위디 씨 부인과 업다이크 씨 부인이 흔들리는 눈빛을 교환하는 것이 보였다.

“정말 예뻐요.” 내가 알아채지 못한 사이에 내 뒤에 와 있던 패터쇼 선생님이 말했다. 선생님은 내게 작은 미소를 보냈다.

대프니 머스그레이브는 포기 갭을 떠날 수밖에 없었지만, 대프니 티먼스는 앞으로 오랜 세월 그곳에서 살 것이고 이름이 같은 어떤 사람을 상기시킬 것이다. 아무도 외면할 수 없는 존재로.

그건 단지 이름일 뿐이라는 걸 나는 알고 있었다. 그걸로는 부족했다. 과거나 미래를 바꿀 마법의 주문이 아니었다. 하지만 포기 갭 사람들이 내 여동생을 보고 그 애의 이름을 말할 때 나는 그들이 그들 자신의 모습을 보기를, 편견과 그 모든 것 역시도 보기를 바랐다. 나는 대프니가 **그들을** 더 나은 사람이 되고 싶게 만들기를 바랐다. 그 애가 나를 그렇게 만들었듯이.

대프니는 새로운 시작이었다. 그리고 시작에 **불과했다.**

루가 엄마의 어깨 너머로 나와 눈을 마주치며 묘지를 향해 고갯짓을 했다.

“금방 돌아올게요.” 나는 엄마에게 말했다.

나는 루에게 갔고 우리는 함께 교회 저 먼 쪽으로, 우리의 우정이 시작됐고 거의 끝날 뻔했던 묘지로 걸어갔다. 여름이 시작되는 첫 일요일이었다. 그리고 그렇게 느껴지는 날씨였다. 루가 허리에서 리본을 풀어 손안에 구겨 넣을 때 나는 셔츠 소매를 걷어 올렸다.

그 애는 긴 풀밭에 풀썩 앉더니 자기 집 소파에 앉는 것처럼 아주 편안하게 이끼가 얼룩덜룩한 묘비에 몸을 기댔다.

"흠." 그 애가 내 옆에 앉으면서 내 눈을 들여다보며 말했다.

"흠." 나는 망설이며 따라 말했다.

"피트먼 가족은 한동안 여기 얼굴을 내밀지 않을 거라고 들었어." 그 애가 말했다. 그러고는 이를 드러내며 웃었다.

"안됐네." 내가 말했다. "저 교회에 피트먼 씨가 도망가기 전에 한 대 때리고 싶었을 여자들이 수십 명은 넘을 텐데."

루가 킥킥 웃었다. 그리고 우리 사이에는 어깨에 함께 두르는 담요처럼 따뜻하고 편안한 침묵의 순간이 내려왔다.

"나는 항상 브루스가 마음 깊은 곳에서는 겁쟁이라는 걸 알았어." 루가 풀잎을 뽑아 햇빛에 들어 올리며 말했다. "그리고 피트먼 씨가 전혀 부드럽고 달콤한 복숭아가 아니라는 것도 알았어. 하지만 브루스만큼 나쁜 사람인 줄은 몰랐어. 아니, **더 나쁜** 사람인 줄은."

"나는 알았어" 내가 조용히 대답했다.

"브루스가 달리 어쩔 수 있었을지 모르겠어." 루가 소리 내어 궁금해했다. "그런 아버지를 뒀으니, 어쩌면 그는 언제나 사람들을 괴롭히게 됐을 거야."

"잭은 그런 사람이 아니었어." 내가 말했다.

"아니지, 아닐 거라고 봐." 루가 나를 쳐다봤다. 햇빛 속에서 그 애의 눈이 부드러워졌다. "잭을 찾아내지 못해서 미안해, 대니. 그가 네게 좋은 친구였다는 걸 알아."

그 전날 집회에서 나는 루에게 엄마에게 보여줬던 잭의 쪽지 반쪽을 보여줬다. 그 애는 폭로해야 할 큰 사건의 은폐 같은 게 없어서 실망한 것 같았지만, 제일 간단한 해결이 보통은 옳은 것임을 보여 준 것뿐이라고 말했다.

"괜찮아." 나는 그렇게 말했지만 실제로는 그렇지 않았다. "나도 **네게** 더 좋은 친구가 아니었던 게 미안해."

루가 어깨를 으쓱했다. 하지만 그 애의 눈은 다시 한번 쌍둥이 방패가 은빛으로 번쩍이듯 날카롭게 빛나고 있었다.

바로 그때, 엄마가 부르는 소리가 들렸다.

"가야겠다." 나는 루에게 말했다. "할머니의 기차를 마중 가야 해."

루는 고개를 끄덕였지만 내가 일어섰을 때도 있던 자리에 그대로 있었다. "잠깐."

"응?"

"널 용서할게, 대니." 그 애가 말했다. "하지만 다시 또 그런 짓을 한다면 피트먼 씨가 당한 것보다 더 심한 꼴을 당할 거야."

나는 활짝 웃었다. "접수." 내가 말했다.

나는 야생 당근들을 보며 망설이다가 그 꽃들 중 하나를 따서 묘지 모퉁이로 갔다. 사라 베일리가 잠들어 있는 곳이었다. 잭이 거기 뒀던 깃털은 날아가고 없었다. 나는 그 자리에 꽃을 놓았다.

엄마가 내 이름을 다시 불렀고 나는 가려고 돌아섰다.

묘지에 있으면서 처음으로 나는 귀신이 무섭지 않은 느낌이 들었다. 나는 달려가기 시작했다. 그리고 처음으로 도망치는 것이 아닌 기분을 맛보았다.

54

그 후

엄마를 통해 존 베일리가 어느 날 밤 잠든 채로 사망했다는 소식을 들은 건 그해 여름이 좀 더 지난 무렵이었다. 엄마에게 그 소식을 전한 것은 딘위디 씨 부인이었다. 그는 교회 묘지 아내 옆에 묻혔다.

그 소식을 듣자 나는 루와 내가 베일리 씨의 오두막에서 발견한 전쟁 훈장이 다시 생각났다. 그 훈장은 어떻게 되었을까? 나는 궁금했다.

베일리 씨가 어떻게 해서 잭의 눈을 멍들게 하고 갈비뼈를 부러뜨린 남자가 되었는지 나는 결코 정확히 알지 못할 것이다. 하지만 전쟁에서 용감했다는 것으로 그가 아들에게 한 일들이 묵인될 수 없다는 것은 알았다. 한순간의 두려움을 이유로 조지 맥과이어를 겁쟁이로 낙인찍는 것이 잘못된 것처럼 나는 베일리 씨가 전투에서 용감했다는 이유만으로 그를 영웅으로 생각할 수 없었다. 용기는 중요한 것이지만 양심이 없다면 대단치 않다.

물론, 잭의 말이 옳았을 수도 있다. 전쟁이 정말로 그의 아버지를 통제할 수 없이 변화시켰을 가능성도 있었다. 하지만 어쨌든, 베일리 씨를 멈추게 하는 것은 포기 갭에 있는 우리의 몫이었다. 친아버지가 가족이 될 수 없었던 잭에게 가족이 되어주는 것 말이다. 잭에게 상처를 준 것은 아버지의 주먹이었을지 모르지만, 그가 겪어야 했던 고통에 우리는 모두 한몫을 했다.

어떤 사람들은 잭이 떠나기로 한 것이 그가 겁쟁이라는 걸 보여준다고 말할지도 모르지만 나는 그것에 의구심을 느꼈다. 잭은, 모르는 사람이었던 내게 그랬던 것처럼, 누구든 도움이 필요한 사람이라면 항상 보살펴 줬다. 우리가 그에게 같은 방식으로 보답했다면 모든 것은 달라졌을지도 모른다. 그리고 잭 같은 사람들이 더 많다면, 애초에 전쟁이 없을지도 모른다.

나무들에 진홍색과 밝은 갈색 물이 오르며 여름이 천천히 가을로 바뀌어 갈 때 내 머릿속에는 이런 생각들이 계속 엎치락뒤치락했다. 그리고 나는 때때로 전쟁이 아빠를 따라 우리 집으로도 오는 건 아닐까, 우리가 아빠의 변한 모습을 보게 되지 않을까 하는 생각이 들기도 했다.

하지만 그해 10월에 돌아온 아빠는, 비록 다리에 입은 파편 상처 때문에 예전처럼 움직일 수는 없었지만, 항상 그랬던 것과 똑같았다. 아빠는 세상을 조금 더 천천히, 조금 더 무겁게 걸어 다니게 될 것이다.

하지만 그런 사실이 아빠가 대프니를 볼 때마다 그 애를 공중으로 던지는 걸 막지는 못했다. 대프니는 그럴 때마다 좋아서 까르륵 웃었고, 그 웃음을 보면 이번에는 나머지 우리가 웃게 되는 것이었다.

그리고 1년 반 후 전쟁이 끝난 뒤, 우리는 머스그레이브 가족으로부터 머스그레이브 아저씨도 무사히 건강하게 돌아왔다는 소식을 들었다. 하지만 아저씨는 나치의 다하우 포로수용소에 있다가 풀려났다고 했다. 그곳은 엄마가 내게 말했던 수용소 중 하나로서 우리가 강제 수용소라고 부르게 된 곳이었다. 그리고 그곳의 기억 — 온갖 역경에 맞서 삶에 매달렸던 사람들, 그리고 더는 그럴 수 없게 된 사람들 — 은, 머스그레이브 아주머니가 편지에 썼듯이, 결코 아저씨를 떠나지 않을 것이었다.

수용소들을 찍은 사진들이 출간되자 갑자기 모두들 그 이야기를 하고 있었다. 피트먼 부자의 사진이 <헤럴드>지에 인쇄된 후 그랬던 것과 똑같았다.

그들은 경악하고 믿지 못했다. "어떻게 이런 일이 일어날 수 있었어? 왜 아무도 그걸 막지 않았어?"

하지만 나는 알았다. 그건 우리 모두 방관했기 때문이기도 했다. 그리고 끔찍한 잘못들은 그렇게 시작되는 것이었다.

대프니가 커가면서 나는 그 애와 위니를 데리고 숲속으로 산책을 다니기 시작했다. 그곳에서 나는 칠면조가 제일 좋아하는 도토리가 있는 붉은 참나무와 곰의 굴이 될 만큼 속이 커다랗게 빈 플라타너스, 그리고 가재가 밑에 들어가기 제일 좋은 돌들을 그 애에게 보여 줬다. 나는 종종 <헤럴드>지의 카메라 중 하나를 가져가서 참나무 잎 사이로 빛이 춤을 추거나 강에 눈이 내리는 사진을 찍곤 했다. 눈으로는 볼 수 없는 것들을 카메라가 드러낼 수 있다는 게 좋았다. 나는 언젠가 사진 기자가 되고 싶다고 마음먹었다. 사진을 이용해서 사람들이 전에는 보지 못했던 것을 보도록 돕고 싶었다.

나는 그 숲에서도 잭을 느꼈다. 그는 바람을 타고 나무들 사이를 지나갔다. 졸졸 흐르는 개울을 따라 웃으면서. 나는 항상 그의 목소리를 들었다. *"기억해, 넌 네가 생각하는 것보다 용감하다는 걸."*

때때로, 깊은 밤에 '욘더'의 모습이 여전히 내게 찾아오곤 했다.

내 꿈에서 마을의 통나무집들은 소박하면서도 당당했는데, 그 집들의 창문은 오라고 손짓하는 것처럼 활짝 열려 있었다. 흰 독미나리와 이끼 위에 비가 내린 숲의 내음이 그 집들 속으로 바람에 날려 들어갔고, 싱싱한 블랙베리, 버터 녹는 냄새, 빵 굽는 냄새가 풍겨 나왔다.

아이들은 맨발로 서로를 쫓아 웃고 헐떡이며 거리와 나무들 사이를 달렸다. 근처 어딘가에서 바이올린 음이 들렸다. 그림자들이 머리 위로 달리기에 고개를 들었더니 잭이 내게 말했던 새들, 그 보석 새들이 줄에서 풀려난 밝은색 연처럼 하늘을 가로지르며 날고 있었다.

때로는 그곳에 잭이 있었다. 항상 남자가 아닌 소년인 그는 기다란 테이블에서 음식을 먹거나 다른 아이들과 함께 달리고 있었다. 그의 눈은 평화로운 숲을 담은 초록색이었다.

하지만 그때쯤 나는 '욘더'는 그런 것 이상이었다는 사실을, 그보다 더 멋진 꿈은 없었다는 사실을 이해했다. 그건 어두운 밤에 겁먹은 작은 소년에게 속삭여 주던 희망이었다.

전쟁이라는 걸 들어본 적도, 싸우는 일도 절대로 없었던, 그런 곳은 지구상에는 없었다. 적어도 이승에서는 그랬다. '욘더'는, 지평선처럼, 결코 도달할 수 없는 곳이었다.

하지만 비록 우리가 그곳에 도달하지 못할지라도, 최소한 더 가까이 갈 수는 있다. 엄마가 말한 것이 그런 것이었다. '욘더'는 **방향**이었다. 우리 모두가 따라갈 수 있는 방향 말이다. 악이 없는 곳은 찾을 수 없다면 우리는 적어도 그것에 맞설 용기를 가진 곳에 있을 수 있다.

그래도 나는 저 멀리, 언덕 깊숙이 숨겨진 어딘가에 진짜 마을이 있다고, 하늘을 색색으로 가득 채우고 허공을 노래로 가득 채우는 보석 새들만 남은 채 서서히 무너져 내리는 어떤 마을이 있다고 생각하고 싶었다. 격렬하게 사랑하고 총 맞을 두려움 없이 자유롭게 날아다니는 새들이 있는.

정말로, 평화롭게 살아가는 새들이 있는.

작가의 당부

이 책의 배경은 1940년대로서 당시에는 방치되고 학대당하는 아이들을 향한 지원이 지금보다 훨씬 적었습니다. 다행히도, 오늘날에는 그런 지원이 있습니다. 아이들은 누구나 자기 집에서 안전함을 느낄 자격이 있습니다. 그러니까 **여러분이** 그렇다는 말입니다! 만약 안전하다고 느끼지 못한다면 **꼭** 도움을 요청하세요. 선생님이나 상담사처럼 외부의 신뢰할 수 있는 어른에게 말하세요. 아니면 아동 학대 신고 전화(112)로 전화하세요. 그리고, 물론, 긴급 상황에서는 항상 119에 전화하세요.

학대를 당하는 사람이 스스로 도움을 구하는 것은 어렵거나 무서울 때가 많습니다. 그러므로 친구가 학대당하는 상황일지 모른다고 의심된다면, 여러분이 신뢰하는 어른에게 알리고 어떤 상황에서든 여러분이 친구의 곁에 있다는 것을 알려줌으로써 친구를 도와주세요.

역사적 배경

제2차 세계 대전 당시의 유럽을 다룬 책들은 많이 있지만, 미국이라는 전선에 초점을 맞춘 책은 그리 많지 않습니다. 오늘날, 사람들 대부분은 전쟁 기간에 미국에서 무슨 일이 일어났는지 그리 잘 알지 못합니다. 그 전쟁이 미국인들의 삶에 엄청난 영향을 끼쳤음에도 말입니다. 미국에 있던 거의 모든 사람은 입대하거나 징집된 누군가를 알고 있었고, 많은 사람이 크고 작은 방법으로 전쟁을 지원하는 데 기여할 방법을 찾았습니다.

어떤 의미에서, 미국은 제2차 세계 대전 때가 전성기였습니다. 해외에서 미국인들은 연합국들과 함께 민주주의의 가치를 위해 용감하게 싸웠습니다. 40만 명이 넘는 미국인들이 전쟁에서 목숨을 잃었고 우리는 오늘날에도 여전히 그들에게 빚을 지고 있지요. 자국에서 미국인들은 단결해서 국익을 위해 열심히 일하고 희생도 마다하지 않았습니다. 그래서 우리 중 많은 사람이 전쟁에서 미국을 선의 편으로, 영웅으로 생각하는 것입니다.

하지만, 대니가 알게 되듯이, 영웅에게는 눈에 보이는 것 말고도 더 많은 것이 보통 있는 법이며, 제2차 세계 대전에서 미국의 역할에 대한 진실은 더 복잡합니다. 더 정의로운 세상을 위해 우리가 헌신한 점을 기리는 것이 중요한 것처럼 더 정의로운 나라를 만들기 위해서는 우리가 놓친 기회들로부터 배우는 것도 필요합니다.

첫째, 미국인들은 독일의 강제 수용소가 발견되어 사람들이 풀려난 이후에야 히틀러의 유대인 말살 작전을 알게 됐다고 흔히들 생각합니다. 하지만 독일 유대인들에 대한 박해와 폭력이 늘어가면서 전쟁이 시작되기 훨씬 전부터 그들이 위험에 처해 있었다는 것을 루스벨트 행정부와 미국 대중은 분명히 알고 있었습니다. 그런데도 루스벨트 대통령은 독일 난민을 더 많이 미국으로 받아들이라는 요구를 거부했으며, 심지어 1939년에는 망명을 위해 찾아온, 거의 1,000명에 달하는 유대인 난민을 태운 배를 돌려보내기까지 했습니다. 그 탑승자들 중 많은 이들이 나중에 강제 수용소에 수감되어 나치의 손에 죽임을 당했습니다.

히틀러의 작전과 관련된 세세한 사항은 1942년 이전에 이미 대중에 알려지고 있었습니다. 유명한 전쟁 기자인 에드워드 R. 머로는 12월 13일에 "수백만 명의 사람들을 무자비할 정도로 효율적으로 쓸어 모아서 살해하고 있다. 그들 대부분은 유대인들이다."라고 방송을 통해 알린 바 있습니다. <더 네이션>과 <뉴 리퍼블릭> 같은 소수의 언론 매체들이 해외에서 일어나고 있는 끔찍한 사건들에 대해 경종을 울리며 개입하자고 지지를 촉구하는 캠페인을 벌였지만, 대부분의 매체는 이 대학살을 다루는 데 지면을 거의 할애하지 않았습니다.

하지만 그런 기사들이 **있었습니다**. 미국 홀로코스트 기념관에서 편찬한 <펼쳐진 역사>라는 검색 가능한 데이터베이스가 있습니다. 거기에는 히틀러의 말살 작전, 바르샤바 게토 봉기, 그리고 홀로코스트와 관련된 다른 많은 사건에 관해 미국 전역에서 작성되어 실린 수천 개의 기사들이 담겨 있었습니다. 이 책에서 언급된 헤드라인과 기사들은 모두 그 데이터베이스의 기사들을 바탕으로 한 것입니다.

제가 조사를 하며 알게 된, 놀랍지만 전형적인 사례 중 하나는 <와

토가 데모크라트>의 기사였는데, "추축국에 의해 유대인 200만 명이 살해되다"가 그 헤드라인이었습니다. 그 기사는 단 한 단락 길이로 8면에 실려 있었죠. 그 밑에는 육류 가격 기사가 있었습니다. 1942년 크리스마스이브에 실린 기사였습니다. 나는 궁금했습니다. 어떻게 누군가가 수백만 명의 생명을 앗아간 일의 뉴스 가치가 육류 가격이나 별 다를 바 없다고 생각할 수 있었을까요? 누가 그 기사를 읽고 그냥 다음 기사를 읽어 나갈 수 있었을까요?

그러니까 일부 미국인들은 벌어지고 있는 비극에 대해 정말로 아무것도 몰랐을 수도 있지만, 대부분은 마음 한구석에서 그걸 알고 있었을 것입니다. 만약 미국인들이 전쟁을 지원하기 위해 단결했던 것처럼 유럽의 유대인들을 돕는 데 단결했다면 루스벨트 대통령은 결국 살해당했던 그 사람들을 일부라도 구출하는 것을 우선순위로 여겨야 한다는 압력을 느꼈을 것입니다.

둘째, 미국은 제 2차 세계대전을 해외에서 민주주의를 보호하고 확산시키는 기회로 사용한 반면, 자국에서의 민주적 권리에 관해서는 같은 말을 할 수 없습니다. 수천 명의 일본계 미국인들이 강제 수용소로 끌려갔고, 많은 이들이 그 과정에서 일자리와 집, 토지를 영원히 잃었습니다. 심지어 나중에 전쟁에 참전하게 될 사람들까지도 그랬습니다. 한편, 많은 흑인 남녀들이 머스그레이브 씨같이 자신의 역할을 다하겠다는 열의에 가득했지만, 인종 때문에 입대를 허용받지 못했습니다. 머스그레이브 씨 부인의 편지에서 언급된 영웅 도리스 밀러는 해군 입대를 허용받았지만, 다른 수병들을 위해 요리하고 그들을 시중들고 청소하는 취사병만 가능했을 뿐입니다. 그러나 그런 것도 그가 일본의 진주만 공격 당시 대공 기관총을 조작하고 함장을 포함하여 부상당한 전우들을 구하는 것을 막지는 못했습니다.

전쟁 후반에 더 많은 흑인 남녀의 입대가 허용되었을 때 — 120만 명 이상이 복무했습니다 — 그들은 분리된 부대에서 싸웠고 이등 시민 취급을 받았습니다. 한편 국내 전선에서는 당시 미국에서 가장 널리 읽히던 흑인 신문인 <피츠버그 쿠리어>에서 이중 승리(Double V) 캠페인이 시작되었습니다. <쿠리어>는 미국의 흑인들에게 해외에서 폭군을 응징하는 것은 물론이고 자국에서도 자신들의 권리를 위해 싸우자고 촉구했습니다. 이 캠페인은 1960년대 인권 운동의 토대를 다지는 데 도움을 주게 됩니다.

불행히도, 미국의 많은 백인은 나치의 유대인 박해와 자국에서의 흑인 및 다른 소수 집단에 대한 억압이 갖는 유사점을 보려 하지 않았습니다. 반면에, 히틀러는 전쟁이 일어나기 훨씬 전에 이 둘을 연결했죠. 유대인들의 권리를 박탈하고 궁극적으로 홀로코스트로 이어진 법률을 초안할 때 나치당은 미국 남부의 짐 크로 법, 그리고 아메리카 원주민 및 다른 집단이 미국 시민이 되는 것을 막았던 시민권 법으로부터 직접적인 영감을 얻었던 것입니다.

머스그레이브 가족은 허구의 가족이지만, 그들의 곤경은 많은 진짜 흑인 가족들이 경험한 것입니다. 농장 대출을 거부하는 것은 흑인들이 미국의 여러 기관에서 부당하게 대우받은 많은 방법 중 하나일 뿐입니다. 그리고 애팔래치아산맥 일대는 사람들이 자주 백인들만 사는 지역이라고 생각하는 곳이지만, 오랫동안 많은 흑인 공동체의 고향이었던 곳입니다. 예를 들어, 머스그레이브 씨 부인이 "언덕"이라고 부르는 동네는 지금은 주날루스카로 알려져 있는 '분'이라는 마을에 실제로 있는 곳입니다. 남북전쟁 후 노예였던 사람들이 마침내 해방되어 자신들의 노동에 대한 대가를 받아야 했을 때 그 사람들은 머스그레이브 씨의 할아버지처럼 토지의 형태로 보상받은 경우가 제법 많습니다. 하지만 보통 이 토지는 질이 좋지 않고 경작하기 어려운 곳들이었죠.

미국과 연합국들은 제 2차 세계대전에서 승리했지만, 국가 차원에서 우리는 우리가 추구하며 싸웠던 모든 가치를 실현하지는 못했습니다. 승리를 통해 깨닫고 배우는 것만큼이나 실패에서도 그렇게 하는 것이 중요합니다. 우리가 해야 할 일은 아직 끝나지 않았기 때문이죠. 우리가 전쟁터에서 돌아가신 이들의 희생을 기릴 수 있는 것은 진정한 평등과 민주주의를 위해 계속 헌신할 때입니다. 싸움은 계속되고 있습니다.

토론을 위한 질문들

1. 엄마는 대니에게 "우리 대부분에게는 목소리가 있어. 우리 내면 깊은 어딘가에, 우리가 잘못을 저질렀을 때 말해주는 그런 목소리 말이야"라고 말합니다. 여러분의 머릿속에 그런 목소리가 들렸던 때가 언제인지 생각할 수 있나요? 그 목소리를 듣고 여러분은 무엇을 했습니까? 다르게는 무엇을 할 수 있었을까요?

2. 대니는 우리에게 모든 이야기에 영웅이 있는 것은 아니라고 합니다. 이 책에는 진정한 영웅이 있나요? 있다면, 혹은 없다면 그 이유는 무엇인가요?

3. 이 책은 어떤 면에서 미국인들이 공동의 대의에 함께하는 것을 보여주고 있습니까? 그들의 단결에서 우리가 배울 수 있는 교훈은 무엇일까요?

4. 머스그레이브 가족은 포기 갭에서 다른 가족들과는 어떻게 다른 대우를 받았습니까? 왜 아무도 그들이 그런 방식으로 대우받는 것에 의문을 제기하지 않았다고 생각하나요?

5. 머스그레이브 가족은 농장 대출을 거절당한 후 포기 갭을 떠납니다. 이 일은 그 가족에게 어떤 영향을 줬을까요? 이 일이 미래 세대의 머스그레이브 가족에게는 어떻게 작용하게 될까요?

6. 대니와 그의 가족은 잭을 돕기 위해 달리 무엇을 할 수 있었을까요? 여러분에게 잭의 상황에 놓인 친구가 있다면 여러분은 무엇을 할 건가요?

7. 잭이 포기 갭을 떠나기로 한 것, 그리고 대니가 그를 보내주기로
   결심한 것에 여러분은 동의하나요? 그렇다면, 혹은 아니라면 그
   이유는 무엇인가요?

8. 이 책에서 대니는 "어떻게 작은 잘못이 또 다른 작은 잘못으로
   가는 길을 만들고, 또 다른, 또 다른 것들을 만들어서 결국 그
   모든 잘못들이 거대하고 괴물 같고 사악한 것이 되는지가 내 눈
   에 보이기 시작했다"라고 말합니다. 그의 이 말이 의미하는 것
   은 무엇이라고 생각하나요?

9. 용기, **그리고** 양심을 가진다는 것은 무엇을 의미한다고 생각하
   나요? 두 가지를 다 가지는 것이 중요한 이유는 무엇일까요?

옮긴이 최호정

서울대학교 미학과와 한국외국어대학교 통번역대학원 한노과를 졸업하고 뉴욕주립대학교 빙엄턴에서 번역학 박사과정을 수료했다. 옮긴 책으로는 『반투 스티브 비코』, 『도스또예프스키와 함께 한 나날들』, 『무엇을 할 것인가』, 『킬러스 와이프』, 『리슐리외 호텔 살인』, 『사냥이 끝나고』, 『코끼리한테 깔릴래, 곰한테 먹힐래?』 등이 있다.

너를 잃어버린 여름
ⓒ 2026 키멜리움

초판 펴낸 날 2026년 01월 30일

지은이 앨리 스탠디시
옮긴이 최호정
디자인 이명아
편집 이경희
펴낸이 김찬휘
펴낸곳 키멜리움
주소 04025 서울특별시 마포구 방울내로11길 16 하나빌딩 4층
전화 02) 544-9294
팩스 070) 7614-2454
전자우편 cimeliumbooks@gmail.com
등록 2021년 4월 23일 (제2019-000016호)
ISBN 979-11-993573-2-7 (43840)

* 책값은 뒤표지에 있습니다.
* 잘못된 책은 구입하신 곳에서 교환 가능합니다.